AS IDADES DE LULU

ALMUDENA GRANDES

AS IDADES DE LULU

Tradução
Luís Carlos Cabral

Copyright © Almudena Grandes, 1989
Prólogo © Almudena Grandes, 2004
Publicado originalmente em espanhol por Tusquets Editores,
Barcelona, 1989, 2004

Título original: *Las Edades de Lulú*

Capa: Oporto design
Foto de capa: Guille Faingold / Stocksy United

Editoração: FA Studio

Texto revisado segundo o novo
Acordo Ortográfico da Língua Portuguesa

2015
Impresso no Brasil
Printed in Brazil

Cip-Brasil. Catalogação na publicação.
Sindicato Nacional dos Editores de Livros, RJ.

G779i	Grandes, Almudena, 1960- As idades de Lulu / Almudena Grandes; tradução Lucia Jahn. — 1. ed.— Rio de Janeiro: Bertrand Brasil, 2015. 252 p.; 23 cm. Tradução de: Las edades de Lulú ISBN 978-85-286-1746-7 1. Romance espanhol. I. Jahn, Lucia. II. Título.	
15-22499		CDD: 863 CDU: 821.134.2-3

Todos os direitos reservados pela:
EDITORA BERTRAND BRASIL LTDA.
Rua Argentina, 171 — 2º andar — São Cristóvão
20921-380 — Rio de Janeiro — RJ
Tel.: (0xx21) 2585-2076 — Fax: (0xx21) 2585-2084

Não é permitida a reprodução total ou parcial desta obra, por quaisquer meios, sem a prévia autorização por escrito da Editora.

Atendimento e venda direta ao leitor:
mdireto@record.com.br ou (0xx21) 2585-2002

Prólogo
Quinze anos depois

Comecei a escrever *As Idades de Lulu* no outono de 1987. Tinha 27 anos e, até onde me lembrava, sempre quisera ser escritora, embora, naquela época, depois de ter começado várias dezenas de romances sem nunca ter sido capaz de terminar o segundo capítulo de nenhum, minha fé começasse a fraquejar. Hoje suponho que o trabalho com que então me sustentava era um dos principais agentes da minha desesperança. E, no entanto, também sei que, se não tivesse me dedicado a ele durante aqueles anos, jamais teria conseguido começar a escrever.

Eu trabalhava, desde 1982, como escritora por encomenda — o que no jargão editorial espanhol é conhecido como "trabalhar como escravo", "escrava" no meu caso — para diversas editoras que publicavam principalmente livros didáticos, fascículos e obras de referência e/ou divulgação. Era um ambiente muito semelhante àquele que, em 1998, viria a ser o cenário do meu quarto romance, *Atlas de geografia humana*. Não tinha contrato fixo e dependia das encomendas que apareciam ocasionalmente. Meu trabalho consistia em redigir textos — legendas de fotografias, verbetes para enciclopédias, chamadas de capas, orelhas, quadros esquemáticos, sinopses, boxes e resumos — sobre o que fosse necessário, mas sempre no tamanho, estilo e tom que o editor do livro me pedisse. Às vezes sabia alguma coisa a respeito do tema, na maioria dos casos não sabia nada, mas não fazia diferença. Plagiava — ou seja, copiava mudando as palavras e alterando a sintaxe do texto original — tudo o que podia e, quando não podia, inventava. Assim, minha criatividade foi atingindo um nível bastante considerável que, no entanto, e incluo isso na lista dos meus méritos, nunca comprometeu minha estabilidade profissional. Além disso, meus textos também não eram submetidos a um controle de qualidade muito rigoroso, e nenhum dos autores que supostamente os escreveram — porque eu quase nunca os assinava — jamais se queixou de minhas invenções, se é que alguma vez chegaram a lê-los, coisa de que duvido.

Escrever por encomenda me tornou escritora, mas também me suscitou uma perigosa condescendência em relação a mim mesma. Por um lado, permitiu que eu aprendesse o ofício e me familiarizou com a disciplina cotidiana da escrita, e, por outro, inevitavelmente me levou a depreciar aquilo que passou a ser minha própria produção textual. Eu não tinha vínculo empregatício, recebia por página que entregava, e o que ganhava pelo meu trabalho — uma média de mil e quinhentas pesetas a lauda de trinta linhas de sessenta toques — não incentivava exatamente meu esforço. Quando já estava começando a achar que escrever por encomenda seria o único horizonte que conseguiria atingir a partir do teclado de um computador, aconteceu uma coisa que acionou um mecanismo íntimo, secreto, que sempre extraiu o melhor e o pior de mim.

Em 1987, já estava trabalhando em uma peculiar combinação de pluriemprego e exclusividade para o grupo editorial Anaya. De manhã, ia ao reluzente edifício da rua Josefa Valcárcel e coordenava uma coleção de guias turísticos. Naturalmente, não tinha um contrato fixo, nunca tive, mas finalmente tinha uma sala só para mim, detalhe que me fascinou muito durante algumas semanas e me permitiu, durante muitas outras, escrever nos intervalos boa parte de *As Idades de Lulu* em um caderno que guardo até hoje. Quando terminava minha jornada matinal, ia para casa, onde passava as tardes redigindo as legendas das fotos para a coleção da Biblioteca Iberoamericana, a grande aposta editorial do grupo diante dos eventos de 1992,* que se aproximavam. Para usar palavras daqueles tempos, a Biblioteca era minha. Eu vinha escrevendo as legendas das fotos de todos os volumes desde o surgimento da coleção e tentei continuar fazendo isso e coordenando os guias ao mesmo tempo porque precisava de dinheiro. Comprometera-me com uma hipoteca criminosa, uma daquelas dos anos 1980, e só conseguia pagá-la a duras penas, ou pelo menos tentei, mas não consegui. Quando ficou evidente que aquilo estava além das minhas possibilidades, meu chefe contratou outra redatora para que dividíssemos o trabalho. Era uma jornalista formada, pelo que me lembro, e casada com um executivo do grupo, detalhe que, é claro, não a tornou muito popular na equipe. Mas era simpática e, por sorte, muito lenta, talvez porque não se preocupasse com dinheiro, e por isso mal chegou a assumir metade do trabalho que deveria ser meu. Dávamo-nos bem, tanto que minha sala foi um dos lugares nos quais apareceu certa manhã com uma garrafa de vinho em uma das mãos e uma pilha de copos de plástico na outra.

Se tivesse que definir a mim mesma por uma virtude, não saberia qual escolher. Nenhuma das minhas virtudes, muitas ou poucas, poderá jamais competir em intensidade com meu defeito, meu principal pecado, o qual não hesitaria nem por um instante mencionar para definir a mim mesma. Porque, se existo, é porque sou soberba.

---

* Referência à comemoração do V Centenário do Descobrimento da América, que, na Espanha, coincidiu com os Jogos Olímpicos de Barcelona e a Exposição Universal de Sevilha. (N. T.)

Tão excessivamente e de forma tão extremada que devo a esta fraqueza grande parte da minha força. A soberba está na origem da minha ambição e da minha tenacidade, a soberba me libera de sentimentos tão literários como a vaidade ou a inveja — que só podem ser experimentados quando se considera que os demais estão no mesmo nível que você —, e, além disso, a soberba foi a responsável pela maior parte dos dissabores, decepções, fracassos e situações ridículas que sofri em minha vida. Não existe queda mais dura do que a queda de uma pessoa soberba, nem um estupor semelhante ao que um soberbo experimenta quando desaba. Tampouco existe, ou pelo menos eu não o conheço, um estímulo tão feroz como aquele que trinca os dentes de uma soberba ressentida.

Aquela mulher, que não tinha culpa de nada, convidou-me para tomar um copo de vinho para celebrar o prêmio de consolação que ganhara em um concurso literário de contos — creio que era o Hucha de Oro, mas não estou muito certa, talvez fosse patrocinado pela Renfe —, cujo primeiro prêmio, para maior vergonha minha, não fora atribuído a ninguém. Ela estava entusiasmada, queria comemorar, e tinha todo o direito, todos os motivos do mundo para fazê-lo. Mas ali estava eu — EU —, que era a escritora da casa, aquela que um dia iria escrever, aquela que vivia anunciando diante da máquina de café que estava prestes a começar um romance. Eu, ofuscada pela detentora de um mísero prêmio de consolação de um primeiro prêmio não atribuído; eu, condenada a ver e a ouvir expressões de admiração alheia; eu, com um sorriso mais falso do que o beijo de Judas e cerrando os dentes até que minhas mandíbulas começassem a doer. Então, como tantas vezes na vida, gritei com os lábios fechados, gritei para dentro e para o mundo ao mesmo tempo, gritei sem mover um único músculo do rosto, mas com os músculos da alma apertados como um punho.

Vocês vão ver só, foi isso que gritei. E naquela vez foi verdade. Naquela vez mostrei a eles.

Eu tinha uma gaveta cheia de primeiros capítulos de romances. Naquela gaveta havia de tudo. Projetos de livros de espionagem, de intriga, psicológicos, do século XIX, modernos, engraçados, tristíssimos, épicos, cômicos, trágicos, e uma pilha de versões daquilo que com o tempo, e por fim, acabaria sendo o início do segundo romance que concluí, *Te llamaré Viernes*, publicado em 1991. Naquela gaveta, sobre a qual me atirei como uma possessa ainda conservando no paladar um amargo sabor de vinho tinto, havia também meia dúzia de páginas que testemunhavam meu amor juvenil, imenso e incondicional por Boris Vian. Talvez por isso aquelas páginas foram também as únicas coisas que fui capaz de ler sem sentir o inevitável impulso de rasgá-las imediatamente. Naquela noite queimei meus navios. Naquela noite, o primeiro episódio de meu aprendizado literário desceu à rua dentro de um saco de lixo. Só poupei aquelas seis páginas, e a versão que me pareceu a menos espantosa do encontro fortuito que, diante das grades do Jardim Botânico, une os destinos de um garoto muito feio e de uma garota de aldeia que à noite vende brincos de arame em uma pasta que, de dia, lhe dá o aspecto de estudante de Belas-Artes.

Assim, como um cantor de flamenco que resolve de repente a modalidade do que vai começar a cantar, decidi começar a escrever "por Boris Vian". Ou, mais exatamente, por Vernon Sullivan, o pseudônimo atrás do qual o escritor francês se escondeu ao publicar *Vou cuspir no seu túmulo*, um livro que me impressionou muitíssimo quando o li e que continua me impressionando até hoje, cada vez que lembro que o pobre Boris morreu aos 39 anos e sem problemas de saúde aparentes, apenas algumas horas depois de ter assistido a uma exibição privada da versão cinematográfica de seu romance. Eu sempre achara *Vou cuspir...* um livro fascinante por seu radicalismo e por sua ambiguidade moral, essa problemática condição de um romance que é brutal, em primeiro lugar, pela deliberada intenção de seu autor, mas, além disso e sobretudo, porque este imagina que os critérios do espanto de seus leitores não irão coincidir, em absoluto, com os que inspiram seu próprio espanto, e, mesmo assim, e suspeitando que não vai adiantar de nada, resolve encerrar a história de seu herói — um negro de pele clara tão inteligente como rancoroso, violentador e assassino de louras belíssimas da América sulista, pseudoaristocrática e abobalhada — no momento em que seu cadáver chega a sua aldeia natal, dizendo que "os vizinhos acabaram enforcando-o simplesmente porque era negro".

Eu não me atrevi a ir tão longe e escolhi um modelo mais modesto e acessível, inspirado diretamente em *Con las mujeres no hay manera*,* outro romance de Boris/Vernon Vian/Sullivan, protagonizado por um jovem mauricinho e detetive amador que se traveste para solucionar um caso e acaba caindo nas garras de uma gangue de meninas estúpidas, lésbicas e delinquentes. Como o restante das obras da série, *Con las mujeres...* oscila entre o gênero *noir* e o erótico sem renunciar à crueldade programática que seu autor formulou pela primeira vez em *Vou cuspir no seu túmulo*. Esse também seria meu plano, e a origem daquelas seis páginas que alteraram para sempre minha relação com o que eu mesma escrevera. Só é preciso adaptar o argumento do romance de Boris, pensei. Parecia fácil, mas não era.

O fato é que escolhi uma mulher de 30 anos, de boa família, casada, mas, por razões óbvias, não muito respeitável, e a situei no

---

* Título original: *Elles se rendent pas compte*. (N. T.)

centro do submundo gay. Até aí tudo ia bem. Parecia um tema original e era, parecia um começo brilhante e talvez fosse, mas só se admitisse de antemão que não me levaria a lugar nenhum. Logo compreendi que o problema não era aonde chegava minha protagonista, mas de onde vinha, que tipo de vida, de história, a levara a um lugar tão extravagante como aquele em que eu pretendia situá-la. Então tive de me perguntar sobre ela. E o que descobri me interessou mais do que meu projeto inicial. Só então, meses depois de ter acreditado que estava começando a trabalhar em um romance, abandonei um hipotético *Con los hombres no hay manera* e me dediquei a escrever de verdade *As Idades de Lulu*.

Hoje, quinze anos depois, não me arrependo do que fiz.

Acho importante esclarecer este ponto porque há tempos venho observando que a pergunta "De que Almudena Grandes se arrepende?" se repete com uma frequência suspeita — muito superior, de qualquer maneira, a que percebo nas entrevistas de meus colegas — nos questionários aos quais respondo. Por isso, antes de mais nada, quero deixar bem claro que continuo gostando de *As Idades de Lulu*, que ainda o considero um bom livro, certamente o melhor que consegui começar em 1987, e que, sobretudo, continua me inspirando uma imensa gratidão. Poucos livros fizeram por seus autores o que este romance fez por mim, dando-me a oportunidade de levar a vida que sempre quis viver. Esta edição revista, e espero que definitiva, é, portanto, resultado de amor e não de arrependimento.

Não tenho o hábito de ler meus romances depois de publicados, mas nos últimos anos tive de me aproximar de suas páginas com alguma frequência para responder a perguntas, às vezes extremamente específicas, que me enviam por e-mail estudantes de doutorado que têm a generosidade de pesquisar minha obra. Nesse contexto, quase sempre ocupada em escrever outros livros que já me pareciam muito distantes do primeiro, ao consultar *As Idades de Lulu* fui me dando conta de que, em alguns aspectos concretos, o romance estava muito mal escrito. Quando, no começo de 2004, meu editor, Antonio López Lamadrid, comentou comigo que haviam se passado quinze anos desde 1989 e que deveríamos renovar o primeiro contrato que assinamos porque o romance continuava vendendo, vi-me diante de uma ótima oportunidade para evitar, de uma vez por todas, que eu continuasse rangendo os dentes cada vez que lia uma única frase com cinco advérbios terminados em *mente*. Essa é a justificativa de um processo no qual pretendi limpar o texto sem reescrever o livro, ou seja, corrigir sem trapacear.

Devo reconhecer, porém, que vontade não me faltou. Se não estivesse tão convencida da necessidade de ser leal ao meu próprio trabalho, teria adotado medidas muito mais drásticas frente a alguns episódios, personagens e diálogos que agora me parecem insuportáveis de tão ingênuos. No entanto, quase por definição, os primeiros romances são ingênuos. Por isso, Chelo continua bissexual daquela sua maneira tão pitoresca, e Lulu sonha com nada mais, nada menos do que um passe de mágica semelhante ao de *Milagre em Milão* — um filme que eu adoro, de qualquer forma — para planejar sua frustrada volta para casa antes de encontrar uma prostituta que treme de frio na porta da casa de Encarna etc. É verdade que suprimi alguns fragmentos, em geral curtíssimos, e acrescentei outros, sobretudo para que o livro abordasse certos detalhes que sempre conheci e que não consegui desenvolver na primeira vez, ou para dar consistência romanesca a algumas situações, mas devo esclarecer que isso só aconteceu excepcionalmente, quando não me sentia capaz de suportar determinados excessos de pretensão ou cafonice.

Os critérios gerais que adotei depois de ler o romance com atenção são poucos e precisos. Suprimi dezenas de ocorrências de ponto e parágrafo, porque fragmentavam o texto de uma maneira tão excessiva como desnecessária — de fato, em nenhum caso tive de acrescentar uma única palavra para que os parágrafos resultantes tivessem coerência em si mesmos — e talvez uma centena de advérbios de modo, embora queira deixar claro, nessas justificativas, que minha extraordinária afeição por essa família de palavras era proporcional aos serviços que me prestaram durante os muitos anos em que trabalhei em textos sob encomenda. Um dos primeiros truques que aprendi no ofício era que uma dúzia de advérbios terminados em *mente* e bem colocados valiam mil e quinhentas pesetas, que recebia a mais quando conseguia esticar o texto até completar duas ou três linhas de uma última página que não existia antes que os tivesse incluído.

Agora Lulu chora menos — "mas esta garota é uma chorona", disse-me Óscar Ladoire, um velho amigo que leu o romance antes de ser publicado, "passa o tempo todo chorando... E acho que entre o estádio do Real Madrid e Netuno não existe uma distância suficiente para que fizesse todas as coisas que fez e, ainda por cima, tivesse tempo de chorar" —; descreve seus estados de espírito com um vocabulário menos monótono — "por que tem de ficar repetindo o tempo todo que é feliz?" —, perguntou-me Francisco Javier Satué no dia em que o conheci, depois de eu ter lhe concedido uma entrevista para a Rádio Nacional durante a qual se atreveu a dizer, antes de qualquer outra pessoa, que gostara muito do meu romance, "*feliz* é um adjetivo complicado, muito singular. Quando é repetido perde valor, em vez de adquiri-lo" —; e poupa o leitor de uma ou outra bobagem, mas continua exibindo a ingenuidade, o entusiasmo e a inexperiência da escritora que a criou e que, quinze anos mais tarde, continua se enternecendo com detalhes como a angústia de sua personagem diante da quantidade de pó de café que está derramando enquanto tenta carregar uma cafeteira com os dedos trêmulos de nostalgia e nervosismo. "Aquela cafeteira ia me custar uma fortuna", leio agora, e recordo a época em que temia desperdiçar café e me espanto com tudo o que aconteceu conosco, comigo e Lulu, desde então até hoje.

Ely é um caso diferente. Durante muitos anos me senti em dívida com ela por não tê-la tratado como merecia e, o que é ainda mais desconcertante, não fui capaz de entender por quê. Ao escrever o livro, tive muito cuidado de despojá-la de qualquer adereço sórdido, cômico ou patético, para transformá-la em uma amiga da família, carinhosa, leal, peculiar, sim, mas também e sobretudo normal. Esse era o tipo de transgressão ambígua que me interessava e, no entanto, e embora acredite que o resultado refletiu em um grau aceitável minhas intenções, não pude evitar tratá-la no masculino. Esse tratamento era o que eu mesma não conseguia compreender alguns anos depois de publicar o romance, um mistério que só consegui resolver agora, após encarar o texto como se tivesse acabado de escrevê-lo. Então descobri como é complicado escrever sobre um transexual — o próprio artigo indica isso — no feminino, e até que ponto essa dificuldade se multiplica quando se trata de um romance erótico. A definitiva feminização literária de Ely foi o aspecto mais complicado e árduo com que me deparei nesse processo, a ponto de ter chegado a pensar que talvez tivesse cometido um erro ao empreendê-la. Agora estou satisfeita por tê-la completado. Só me resta esperar que Ely também esteja.

Tanta gente disse tanta coisa sobre *As Idades de Lulu* que não resisto à tentação de acrescentar minhas opiniões, embora me atreva a afirmar que o passar do tempo e a consequente caducidade do impacto inicial de um êxito não apenas assombroso, mas também tão complexo que já esteve prestes a me esmagar, modificaram consideravelmente a aceitação deste romance. Em outras palavras, diria que há anos tenho a impressão de que sou eu quem trabalha para *Lulu*, embora, no momento de sua publicação, tenha sido ela quem trabalhou para mim com muita eficácia. Portanto, agora que não faz mais sentido considerar este romance como um fenômeno repentino, isolado e duvidoso, acho que minhas opiniões sobre meu próprio trabalho serão entendidas melhor.

Estou convencida de que a sorte deste romance se deve, antes de tudo e em primeiro lugar, à acolhida que teve por parte de uma consistente geração de leitores espanhóis, que coincide mais ou menos em idade com a minha. A despeito das reações contrárias cristalizadas na cruzada que um jornal madrileno conservador desencadeou contra minha humilde pessoa — "você não pode imaginar como a invejo", dizia-me Juanjo Millás cada vez que nos encontrávamos naquela época —, apesar do suposto escândalo que certos expoentes da comunicação radiofônica propagaram sem muito êxito, aqueles leitores acolheram a história de Pablo e Lulu como se fosse uma crônica sentimental de sua própria geração, uma crônica radical e até exasperada em alguns aspectos, mas também universal em outros. Creio que essa leitura geracional ampliou de forma decisiva o horizonte do romance, fazendo-o chegar a muitas pessoas que até então não liam e nem voltaram a ler depois livros eróticos. As razões pelas quais hoje em dia o romance continua sendo aceito por leitores muito mais jovens, adolescentes do século XXI, são mais difíceis de entender, a ponto de não me sentir bastante capaz de decifrá-los, mas, se para eles não vale a leitura geracional, apesar das pequenas batalhas político-festivas sobre as quais seus pais possam lhes contar nos almoços de domingo, vale muito menos a leitura do escândalo, daquilo que hoje alguns já consideram a não história.

O romance também não foi lido da mesma maneira em todos os países onde foi publicado. Se na América Latina e no sul da Europa, por razões óbvias, provocou reações mais ou menos semelhantes à espanhola, em outros lugares, sobretudo nos países escandinavos e, em certa medida, também em lugares como a Holanda ou a Alemanha, *As Idades de Lulu* e eu mesma nos transformamos em um produto surpreendente, quase exótico. Para mim também não deixava de ser estranho o fato de que os entrevistadores que me perguntavam se meus conterrâneos me insultavam na rua ou se meu filho tivera problemas no colégio tivessem passado o verão alguma vez em Tenerife, ou em Ibiza, ou em Sitges, ou em Denia, ou em Torremolinos, ou em Tarifa, ou na Ilha Cristina. Então lembrava a eles que a Grande Muralha da China não está localizada na Espanha e ficavam me encarando, muito perplexos.

Por outro lado, minha própria perplexidade se transformara no principal elemento de minhas relações com o mundo externo. Nunca vivera tempos tão confusos, nem enfrentara uma overdose tão brutal de experiências insólitas. Aquele êxito foi muito precoce e tão complicado que, em vez de tranquilidade, me deu uma enorme insegurança, uma paradoxal e extraordinária — no sentido literal — falta de confiança em mim mesma. Mas, mesmo admitindo as consequências de tal condição, minha memória se nega a aceitar que eu tenha articulado alguma vez muitas das explosivas declarações que me atribuíram naquela época. Como não faria sentido este prólogo ser mais longo do que o livro, vou me limitar a desmentir, categórica e definitivamente, duas delas. Eu, acreditem, jamais diria que o Marquês de Sade é meu escritor favorito e tampouco afirmei que *As Idades de Lulu*, ou seja, meu livro, é um conto de fadas. Esta última afirmação, que fez correr rios de tinta no outro lado do oceano apesar de provir de uma publicação pouco rigorosa — o fato de as universidades espanholas não levarem em conta as revistas femininas na hora de elaborar bibliografias é pelo menos animador —, foi tirada de contexto por um entrevistador a quem me limitei a dizer que a paixão fervorosa e incondicional que une Pablo e Lulu durante quinze anos, sem desfalecer jamais, não me parecia própria do mundo real, mas sim de um conto de fadas. E nada mais, embora em 1989 eu acreditasse de verdade que uma história de amor não poderia durar tanto tempo, e agora, para minha sorte, saiba que em 1989 eu estava equivocada.

Do que tenho, sim, certeza é de que não acredito na reencarnação e de que nunca, nem remotamente, fui homem em uma vida anterior. Talvez os críticos de ambos os sexos que me recriminaram durante anos afirmando que a sexualidade de minha personagem era fictícia e um simples reflexo de tradicionais anseios masculinos — ou seja, um personagem feito à medida daquilo que os homens imaginam que sejam as mulheres — tenham tido uma experiência distinta da minha e se reencarnaram uma porção de vezes, o que lhes permite reconhecer com implacável rigor as fantasias e desejos próprios de cada sexo apesar de, aparentemente, só terem tido a oportunidade de conhecer um dos dois. Neste caso, seria bom que compartilhassem conosco os avatares de seu espírito. Lembro-me, inclusive, de uma afirmação radical de uma jornalista que, por ocasião do lançamento de um romance meu posterior, não sei se *Malena* ou *Atlas*, chegou a escrever no suplemento de um jornal que "nós, as mulheres, não nos reconhecemos em *As Idades de Lulu*". Assim, sem anestesia. Eu não sei o que ou quem são *as mulheres*, mas, como tenho dois cromossomos X, menstruo com regularidade e brinquei muito de casinha quando pequena, creio que tenho algum direito de dizer que eu, pelo menos, não me reconheço nessa falta de reconhecimento.

As Idades de Lulu

Para além dos jogos de palavras, cabe considerar o caráter profundamente reacionário e, naturalmente, machista daqueles que, talvez sem ter muita noção das consequências de suas opiniões, estendem a histórica discriminação que acomete as mulheres até o mais remoto confim da própria consciência. Porque as fantasias ou os desejos masculinos podem ser qualificados, e de fato foram, com a metade dos adjetivos que aparecem em qualquer dicionário, mas nenhum mereceu nunca a reprovação definitiva da desnaturalização. Assim, os homens podem obedecer a impulsos sexuais de natureza criminosa, brutal, desumana, mas nunca, até onde eu sei, a sexualidade masculina foi considerada imprópria em si mesma, nem sequer no âmbito da cultura homossexual. No entanto, qualquer atitude feminina heterodoxa frente a uma nebulosa ortodoxia que jamais foi formulada com precisão — apesar de a penetração ser em si mesma uma prática suspeita — não merece sequer o consolo de ser considerada politicamente incorreta. É imprópria, falsa, impraticável e portanto, para abreviar, porque parece que os matizes incomodam, masculina.

Eu acredito que a literatura não tem nada a ver com as respostas, e sim com as perguntas. Um bom escritor não é aquele que tenta iluminar a humanidade, respondendo às grandes questões universais que angustiam seus pares, mas aquele que faz perguntas a si mesmo e as apresenta em seus livros ao leitor, para compartilhar com ele talvez não o melhor, e sim o mais essencial do que possui. Desse ponto de vista, as certezas são muito menos valiosas do que as dúvidas, e as contradições são mais um estímulo do que uma dificuldade. As grandes verdades, essas, sim, precisam ser procuradas em outros livros. Talvez a melhor prova de que os meus não servem para isso seja uma leitura paradoxal do fim de *As Idades de Lulu*, no qual muitas das vozes de ambos os gêneros que antes reprovaram a falsidade masculina e intrínseca da sexualidade de meu personagem terminam reprovando também o desenlace envergonhado, aburguesado e convencionalmente feliz da esposa desencaminhada que volta a viver com o marido no lar conjugal. Até esse momento, pareciam ter muito clara a fronteira entre o Bem e o Mal, uma linha grossa — grossíssima — que repousava em suas convicções de que Pablo não passava de um protótipo do macho mediterrâneo, um imundo sádico sem escrúpulos, e Lulu, uma espécie de masoquista tola e submissa, alheia ao peso de suas correntes e escrava de alguns desejos intoleráveis porque equivocados, mas tudo é esquecido de repente. E aí, sim, sinto falta de antagonistas de mais envergadura, como a cúria católica, sem ir mais longe. Pelo menos os jesuítas sempre tiveram muito claro que, quando um personagem é a encarnação do Mal e vence a batalha, o final da história é necessariamente perverso. Amém.

Mas *As Idades de Lulu* deve muito mais a outros leitores, que apoiaram com firmeza este meu primeiro romance, que teve mais ou menos o mesmo número de inimigos entre progressistas e reacionários, coisa que na época não era fácil. Não quero deixar de lembrá-los aqui.

Recordo e recordarei sempre Juan García Hortelano, que já era um dos meus escritores favoritos quando defendeu meu livro com entusiasmo em sua condição de membro do júri da XI edição de La Sonrisa Vertical, ainda sem saber que ele mesmo aparece no livro como figurante involuntário. O escritor maior, consagrado e que viveu tudo, que fica observando Lulu se aproximar com Pablo da porta do estádio, sempre foi ele. Perguntou-me e eu lhe confessei, e então ficou me olhando com um sorriso estranho como se a ideia, que lhe agradava, tivesse passado em algum momento por sua cabeça.

As Idades de Lulu já contava com uma aliada radical naquele júri. Beatriz de Moura, diretora literária da Tusquets e minha editora da vida inteira, convidara-me a ir à entrega do prêmio para me conhecer, porque gostara tanto do romance que estava decidida a publicá-lo de qualquer forma, fosse premiado ou não. Depois ouvi algumas vezes de outros editores que tamanha dose de fé e de generosidade não significava nada, porque qualquer um teria apostado em um romance como este. Eles, Beatriz e eu sabemos que não é verdade, e quero deixar isso registrado.

Nunca poderei recompensar Daniel Fernández pela coragem que demonstrou ao assinar a única crítica positiva — e a dele foi mais do que positiva — que meu romance recebeu de um veículo importante, tão importante como o suplemento literário do *El País*. E, embora ainda se envergonhe, porque sempre fica vermelho quando lhe digo, não posso esquecer que ele voltou a ser o único que, um ano depois, votou em meu romance em uma pesquisa do mesmo jornal sobre os livros mais significativos dos últimos anos.

Já mencionei Javier Satué. Agora quero agradecer a Jorge Edwards, que dedicou ao *Lulu* um enorme artigo também no *El País*, mas na seção de Opinião, cuja visibilidade é muito maior, quando eu era tão inexperiente que nem sequer conhecia a importância de um texto como o dele. E quero citar também meu amigo, meu irmão Eduardo Mendicutti, que escreveu um prólogo tão excessivo por sua generosidade como por sua inteligência, para uma de nossas edições de banca de jornal. Minha lista de agradecimentos inclui nomes como os de Luis Antonio de Villena, Mario Vargas Llosa, José Manuel Caballero Bonald, Guillermo Cabrera Infante e Luis Landero, que falaram bem de meu livro em entrevistas ou espalharam o boato de que ele valia a pena em palestras e coquetéis literários. Mas, embora pareça uma insolência, o que me deixou mais orgulhosa foi um comentário anônimo que posso reproduzir literalmente porque, depois de lê-lo, o emoldurei, e tem me acompanhado durante todos estes anos em uma parede do meu escritório.

Trata-se da resenha de uma edição de bolso de *Ana Karenina* publicada sem assinatura no *Abc Literario*, em 26 de maio de 1990, em uma seção intitulada "Escaparate".

"Não é anacrônico dedicar-se a uma nova edição do imortal romance de Tolstoi, precedida de uma breve porém substanciosa apresentação de Juan López Morillas. Trata-se de um dos grandes romances a respeito do desejo e da morte. A paixão de Ana Karenina pelo conde Vronski é infinitamente mais poderosa e muito mais carregada de vida do que esses pseudorromances desprovidos de imaginação e cheios de Lulus, nos quais o estilo é apenas o pretexto para a manifestação de amadores metidos a progressistas que se infiltram nos círculos literários.

"Recomendar a leitura de *Ana Karenina* é, ao mesmo tempo, dizer não à adesão, por exígua que seja, àquilo que não é literatura, e sim manuais ao estilo de Thiamer Toth* às avessas, e que, no entanto, encontra o respaldo de editoras presumivelmente sérias, que abrem espaço para o que antes era vendido devidamente plastificado em algumas bancas de jornal."

Evidentemente, *Anna Karenina*, romance imortal, não merecia isso Evidentemente, seu autor imortal tampouco o merece. Mas duvido que algum outro escritor no mundo possa se gabar de que alguém tenha usado nada mais, nada menos do que Tolstoi como pretexto para atacar seu primeiro romance. E tampouco imagino uma carta de apresentação melhor.

Almudena Grandes
Madri, 1º de julho de 2004

---

* Padre e pensador católico húngaro famoso por suas ideias conservadoras. (N. T.)

Suponho que possa parecer estranho, mas aquela imagem, aquela inocente imagem, acabou sendo o fator mais esclarecedor, o impacto mais violento.

Eles, seus belos rostos, ladeavam à direita e à esquerda o ator principal, a quem não consegui mais identificar, tal era a confusão em que aquele radiante amálgama de corpos me mergulhara. A carne perfeita, reluzente, parecia afundar satisfeita em si mesma sem trauma algum, sujeito e objeto de um prazer total, redondo, autônomo, diferente do que sugerem esses ânus mesquinhos, franzidos, permanentemente contraídos em uma careta dolorosa e irreparável, tão tristes, pensei então.

Eles se olhavam, sorridentes, e olhavam o traseiro aberto que lhes era oferecido. Nas bordas, a pele era firme e rosada, macia, brilhante e limpa. Antes, alguém raspara toda a superfície com muito cuidado.

Era a primeira vez em minha vida que via semelhante espetáculo. Um homem, um homem grande e musculoso, um homem bonito, de quatro sobre a mesa, a bunda erguida, as coxas afastadas, esperando. Indefeso, encolhido como um cão abandonado, um animalzinho suplicante, trêmulo, querendo agradar a qualquer preço. Um cachorro abatido, que escondia o rosto, não uma mulher.

Havia visto dezenas de mulheres na mesma posição. Vira a mim mesma, algumas vezes.

Então desejei pela primeira vez estar ali, no outro lado da tela, tocá-lo, esquadrinhá-lo, obrigá-lo a erguer o rosto e olhar em seus olhos, limpar seu queixo e lambuzá-lo com sua própria saliva. Desejei alguma vez ter possuído um par daqueles sapatos horríveis de verniz com plataforma que as putas mais ousadas usam, umas hastes imundas, impraticáveis, para poder me equilibrar sobre seus altíssimos saltos afiados, armas tão vulgares, e me aproximar devagar dele, penetrá-lo com um deles, feri-lo e fazê-lo gritar, e sentir prazer nisso, derrubá-lo da mesa e continuar empurrando, rasgando, avançando através daquela carne imaculada, comovente, tão nova para mim.

Ela me antecipou. Entreabriu os lábios e esticou a língua. Seus olhos se fecharam e começou a trabalhar. Sempre de rigoroso perfil, como uma donzela egípcia, percorria aplicadamente com a ponta da língua a exígua ilha rosa que cercava o ponto desejado, lambia seus contornos, deslizava para dentro, introduzia-se nela. No começo seu companheiro se limitava a olhá-la com um sorriso amável, indulgente, mas logo a imitou. Ele também abriu a boca e fechou os olhos, e acariciou com a língua aquela pele intensa, a fronteira do abismo. Ao mesmo tempo, com sua mão livre, a única mão que estava ao alcance da câmera, bateu de leve no traseiro do desconhecido, que começou a se mexer para a frente e para trás, marcando um ritmo constante que parecia responder a um aviso secreto. O orifício, empapado de salivas alheias, contraiu-se várias vezes.

De vez em quando as línguas se encontravam e então se detinham por um instante, se enredavam e se lambiam mutuamente, para se desligarem logo depois e voltarem sozinhas a sua tarefa original. Ela deixava que seus dedos, suas enormes unhas pintadas de vermelho-escuro, cor de sangue seco, deslizassem sem pressa de cima a baixo, deixando atrás de si leves sulcos esbranquiçados que marcavam seu território. Ele, enquanto isso, apertava a carne clara com a mão, a beliscava e esticava, imprimindo marcas na pele. Nenhum dos dois permitiu a sua língua o mais breve descanso até que, de repente, a câmera abandonou-os, abandonou-me a minha pobre sorte.

Depois da primeira sacudida, do espanto e do alvoroço, experimentara a inefável sensação de uma mudança de pele. Estava muito alterada, mas compreendia. Era adorável assim, retraído, encolhido, o rosto oculto. Eu o desejava. Desejava possuí-lo. Aquela era uma sensação desconhecida. Eu não sou, não posso ser um homem. Nem mesmo quero ser um homem. Meus pensamentos eram turvos, confusos, mas apesar de tudo compreendia, não podia deixar de compreender.

Apenas um instante depois da metamorfose, a sensação habitual de estar me comportando mal, um frio úmido, um desagradável estalido, a pele eriçada, acabo de sair de um banho morno, asqueroso de tão quente, e os ladrilhos estão gelados, e não há toalha, não posso me enxugar, tenho de permanecer em pé, contraída, esfregando todo o corpo com as mãos, com as pontas dos dedos enrugadas como o grão-de-bico do cozido familiar, o inevitável cozido dos sábados. Desamparo. Quero voltar ao útero materno, me encharcar daquele líquido reconfortante, me enroscar e dormir, dormir por anos.

Sempre foi assim, a mesma repugnante premonição do arrependimento. Desde que me lembro, sempre a mesma coisa, embora então, há tantos anos, sofresse mais. Entupir-me de chocolate, brigar com meus irmãos, mentir, abandonar o livro de matemática, apagar a luz, desgrudar com dedos ansiosos os recônditos lábios com a mão esquerda e roçar aquilo cujo nome ainda não conheço com a ponta do indicador direito para descrever círculos leves e infinitos capazes de provocar ao fim a cisão. Parto-me em duas, uma indecifrável espada me atravessa e minhas coxas se afastam para sempre. Percebo a fenda que corre pelas minhas costas. Percorro-me, abro-me, cindo-me em dois seres completos. Como uma ameba. Elementar, feliz e babada. Mas quando volto a ser uma, um único ser superior, os ladrilhos estão gelados e não tenho nada com que enxugar essas gotas de água morna e asquerosa que me dão vontade de chorar.

Então o desconhecido voltou, e, com ele, meu corpo se transformou de novo em um lugar quente, confortável. Agora estava diante de mim, em todo seu esplendor. Seus acólitos permaneciam a seu lado, mas já não se ocupavam dele. Olharam-se por um momento, tão sorridentes como no princípio, e depois começaram a se beijar de maneira selvagem, urgente, insólita em um filme pornográfico. Antes os vira conversar, trocar gestos e grunhidos de vez em quando, como se, na realidade, se conhecessem bem. Talvez fosse o caso, não sei. De qualquer maneira, o beijo, aquele surpreendente, sincero beijo, parou de repente, e o final foi tão abrupto como o começo. Retornaram à formação original, e de novo foi ela quem tomou a iniciativa.

De repente, sem aviso prévio, fitando os olhos do companheiro, introduziu um dos dedos afiados no desconhecido, que desta vez não pareceu sentir a mudança de situação. As unhas eram tão longas e tão afiladas que pareciam animalescas, quase repugnantes. Supus que deviam feri-lo, tinham que estar ferindo-o pois, apesar de ele ter engolido sem uma única queixa todo o dedo, até a base, ela continuou empurrando, retorcendo a mão em torno da entrada, enquanto repreendia jocosamente o outro homem, que a fitava com expressão divertida. Como se estivesse muito satisfeita por aquela resposta, tagarelou e gesticulou durante um tempo como uma garotinha empolgada por uma surpresa. Franziu os lábios em um biquinho suplicante, inclinou a cabecinha loura e pequena, exibiu a ponta aguda da língua e, sem sequer olhar em sua direção, enfiou outro dedo, o segundo, no desconhecido. Então começou a mexer a mão mais depressa, com mais energia, e seu braço começou a tremer, todo seu corpo se mexia junto com sua mão enquanto seus gestos se tornavam mais explícitos, ainda mais femininos, os lábios contraídos em uma careta brutal, ridícula. E penetrou o desconhecido pela terceira vez. Foi enlouquecedor.

Não consegui experimentar nenhuma sensação próxima à compaixão, apesar de me apegar à ideia de que tudo aquilo devia ser muito doloroso para ele. Está sendo castigado, pensei, submetido a um castigo tão arbitrário como o prêmio que recebera antes. Era justo. Aquela pequena dor, uma dor tão ambígua, em troca de tanta beleza. A visão do desconhecido, penetrado, me obscurecia a mente.

Só depois, recuperada a calma, descartei a prazerosa hipótese do castigo e do sofrimento. Recordei todos os meus pequenos tormentos voluntários, aqueles a que talvez se entreguem todas as crianças, mas que eu ainda não conseguira abandonar. Apertar um elástico em torno da falange de um dedo, dar voltas e voltas até que a pele ficasse roxa e a carne começasse a arder. Cravar todas as unhas ao mesmo tempo na palma da mão, fincar os dedos com força e contemplar depois as marcas, meias-luas pequenas e irregulares de cor avermelhada. E o melhor, enfiar uma unha na estreita ranhura que separa dois dentes e pressionar para cima, contra a gengiva. A dor é instantânea. O prazer é imediato.

O desconhecido começou a se mexer de novo. Certamente se contorcia de prazer.

Então o outro, o homem de cabelo amarelo e águia tatuada, azul, no antebraço, abandonou sua condição passiva de espectador. Ficou em pé e pousou a mão esquerda no desconhecido, cujo rosto, mergulhado entre dois ombros enormes, eu ainda não podia ver. Sua mão direita empunhava um pau glorioso. As mudanças também afetaram a mulher, que puxou bem depressa seus três dedos, olhou ainda uma última vez para o homem louro, agora completamente ereto, e desapareceu pela direita, andando de joelhos como uma penitente. Os dois homens ficaram sozinhos, e foi então que percebi que o desconhecido seria sodomizado.

Senti um estranho regozijo, sodomia, sodomizar, duas de minhas palavras prediletas, eufemismos frustrados, muito mais inquietantes, mais reveladores do que as expressões grosseiras que substituem com propriedade; sodomizar, verbo sólido, corrosivo, que desata um violento calafrio pela coluna vertebral. Nunca vira dois homens fodendo, os homens gostam de ver duas mulheres fodendo, eu não gosto de mulheres, nunca havia pensado que poderia ver dois homens fodendo, mas então senti um estranho prazer e lembrei que gostava de pronunciar essa palavra, sodomia, e escrevê-la, sodomia, porque seu som evocava em mim uma noção de virilidade pura, virilidade animal e primitiva. Tanto o desconhecido como seu amante, sodomitas, eram, sem dúvida, frequentadores de academia. Corpos irrepreensíveis, músculos elásticos, agora tensos, pele lustrosa, bronzeado impecável, jovens e belos gregos das praias da Califórnia. Carne perfeita. Não havia nada de feminino neles.

O homem louro posicionou-se bem atrás do desconhecido. O ritmo de sua mão direita acentuava as admiráveis proporções de seu sexo, enorme, vermelho e reluzente, duro. As grossas e roxas veias, torturadas pela pele tensa, pareciam prestes a estourar, um magnífico presságio, mas ele se acariciava com muita calma, os pés cravados no chão, os olhos serenos, observando o movimento da mão, o rosto sério, sóbrio até, enquanto seu companheiro de elenco continuava esperando, de quatro na mesa.

Eu também esperava. Por um momento suspeitei com horror que afinal tudo seria reduzido a isto, a uma ridícula pantomima. Alguns meneios mais e o louro ejacularia no desconhecido, fora do desconhecido, salpicando sua pele com jatos de sêmen mil vezes inútil, rejeitando aquela carne deliciosa, obsessiva, objeto de minha vil iniciação, se é que pode se chamar assim um absurdo tão impreciso, que agora ameaçava terminar antes de ter começado. Alheio à minha ansiedade, o homem louro se masturbava lentamente, ocupando-se apenas dele mesmo. Ao mesmo tempo, sua mão livre acariciava sem muito interesse a anca do desconhecido. De repente, sem se alterar nem um pouco, afastou a mão, ergueu-a e a deixou cair com força. O açoite ressoou como uma chibatada. Aquele era um novo sinal, a contrassenha esperada. Tudo voltava a acontecer muito depressa. O homem louro entreabriu os lábios. Voltava a sorrir.

O desconhecido estremecia sob as pancadas, cada vez mais violentas, que estalavam nos meus ouvidos com o bíblico estrépito das trombetas de Jericó. Sua pele se avermelhava, suas coxas se contraíam, seu rígido, liso corpo de atleta massacrado em tantas máquinas infernais de musculação agora se agitava, impotente. Sua bunda tremia como as coxas de uma virgem velha na noite de núpcias. O volume da trilha sonora, um espantoso *pot-pourri* de temas de sempre ao piano, diminuiu pouco a pouco até sumir por completo, cedendo espaço ao estalo dos açoites. O desconhecido ofegava. O homem louro não perdera a calma. Um dos dois gritou, e depois se afastaram.

Desta vez o intervalo foi muito breve, e surpreendente. O rosto do desconhecido preencheu de repente toda a tela. Era belo, mais belo que seu carrasco, moreno, os olhos castanhos, as sobrancelhas e os lábios perfeitamente desenhados, quase femininos, a mandíbula por sua vez larga e poderosa. Desvelava-se o segredo, o desconhecido deixava de sê-lo, acabara de nascer e, portanto, precisava de um nome. Chamei-o de Lester.

Fazia sentido se chamar Lester, nome de colegial britânico, belo adolescente martirizado pela perversa vara de um mestre esquálido, sobrecasaca puída e membro miserável, que saboreava de antemão cada travessura do pequeno, e o obrigava a ficar depois da aula para debruçá-lo sobre a carteira, arriar sua calça e descarregar em sua bunda branca e firme uma avalanche de golpes de vara, enquanto seu lamentável pinto, só meio duro, pulava dentro da calça. Retrato robótico do sodomita perfeito, Lester, que na idade adulta sentiu nostalgia dos rituais da infância e procurou um novo mestre, um homem louro, mais forte do que ele, para que lhe ensinasse como as coisas são feitas.

E ali estava Lester, as faces coradas, púrpuras. Suava. Os fios de suor desenhavam em seu rosto estranhos rastros, como os que brotam das lágrimas. Olhava para lugar nenhum. Continuava esperando.

Quando a câmera voltou ao homem louro, este levantava de novo, mas agora com suavidade, a mão livre, que pousou sobre a pele avermelhada, acariciou-a por um instante e pressionou depois a carne, carne perfeita e deliciosamente intumescida, para abrir caminho com o polegar. O orifício me pareceu enorme. Inclinou-se para a frente, Lester afundou ainda mais, a cabeça de lado, a face grudada na madeira, e eu não aguentei.

O controle remoto estava na mesa. Peguei-o e voltei o vídeo. Voltei ao começo, quando a mulher ainda os acompanhava. Tentava reconstruir a sequência passo a passo, procurando manter a cabeça fria e compreender tudo muito bem, séria e atenta como quando resolvo encarar uma tarefa que está além das minhas capacidades. Queria conhecê-los, mas soube desistir a tempo. Afinal, não passavam de atores, fodiam por dinheiro, a partir dali qualquer tentativa de espreitar dentro deles seria inútil. Não fazia sentido adiar mais.

Ali estavam, ainda duas silhuetas distintas, separadas. Então, com uma facilidade espantosa, alheios completamente a mim, à minha agitação, o homem louro entrou, literalmente entrou, no menino grande, apoiou uma das mãos em sua cintura, agarrou com a outra seus cabelos — isso me encantou, naturalmente, Lester, você é um cachorro — e começou a se mexer dentro dele.

Eu os olhava, e não era capaz de processar minhas próprias sensações. Pouco a pouco, o homem louro deixou de sê-lo, seu cabelo ficou preto dentro da minha cabeça, salpicado de fios brancos e grossos, ficou alguns anos mais velho, de repente, e agora tinha um nome, mas eu não me atrevia a pronunciá-lo, nem sequer me atrevia a pensar nele. A câmera focou o rosto de Lester. Agora suava mais, os olhos quase fechados, os lábios tensos. Estava gostando muito.

Eu lhe repetia sem cessar, em silêncio: Você é um menino mau, Lester. Não devia ter feito isso. Você é muito cruel. Você aborreceu papai e agora foi sério. Pobre do papai! Ainda tão jovem, tão vigoroso, toda a vida cuidando do gramado, e você o destruiu todo em um minuto. Este ano você não irá mais para Eton e papai vai castigá-lo, já está castigando. Olhe para ele, olhe para você no espelho da sala de jantar, Lester. Com certeza ele não gostaria de fazer isso, mas é tão honrado, sempre tão rigoroso. Você merece as chibatadas, você pediu por isso ao perfurar o jardim com o coador chinês da cozinha para fazer seu estúpido campo de golfe. Eu o ouvi comentar antes, este será um castigo supremo. Papai vai penetrá-lo com o coador, Lester, vai meter na sua bunda esse grande funil de alumínio perfurado e quando tirá-lo estará gotejando de sangue. Você nem imagina. Mas tudo tem seu lado bom, acredite. O coador abrirá um buraco tal que, quando papai atacá-lo com a pica para se ressarcir nem que seja um pouco dos irreparáveis danos que você infligiu ao seu gramado, você nem sequer vai perceber, e isso é uma vantagem, estou dizendo, eu que sei disso por experiência própria, irmãozinho, querido Lester...

Os acontecimentos da tela me devolveram à realidade. O homem louro, louro outra vez, acabara de gozar. Quando o primeiro jato de sêmen saiu disparado, sinal incontestável da ausência de fraude, penetrou de novo naquele que agora, apesar de tudo, não deixava de ser um desconhecido.

Mas meu corpo ardia.

Um denso fio de baba transparente pendia do meu lábio inferior.

Foi um dia desastroso, estranho, um dia insólito desde o princípio, e não apenas pelo calor, este calor seco, africano, tão atípico já no final de setembro.

    Minha cunhada me ligou logo cedo. Queria saber se poderíamos marcar um horário, e me contar, de passagem, que Pablo estava muito bem com sua garota nova, chamou-a assim, de sua garota, aquela espécie de musa desbotada e muito jovem que tinha arranjado numa universidade. Naquele verão, o primeiro que não passávamos juntos desde que voltara dos Estados Unidos, inscrevera-se em todas as conferências do mundo, dois meses de curso em curso enquanto nossa filha passava um tempo com meus pais na serra. Eu ficara sem férias, começara a trabalhar havia pouco tempo, mas escapava para Miraflores nos fins de semana e ali fiquei sabendo que ele vinha pegar a menina de vez em quando, sempre em dias úteis. Não voltei a vê-lo até que o encontrei na porta do colégio de Inés, no primeiro dia de aula. A filha se alegrou tanto por ter aparecido que ele lhe prometeu pegá-la no colégio todas as tardes daquela semana, e cumprira a promessa, mas nunca a levava até minha casa depois do parque. Deixava-a na casa de Marcelo, que ficava muito perto da minha, cinco minutos antes de eu chegar. Inés já conhecia a ruiva, gostava muito dela, dizia que era muito simpática, e agora Milagros ligava para me lembrar. Não era a melhor maneira de começar o dia.

    Eu trabalhava em uma agência de serviços editoriais que não ia muito bem. Susana me colocara ali por amizade, e não porque estivessem precisando mesmo de funcionários. Milagros, pelo que me contou, precisava de nosso tempo mais do que nós precisávamos de seu dinheiro, mas respondi que estávamos muito ocupados e que não podíamos assumir outro livro. Assim tive a certeza de que me sentiria mal durante todo o dia, e depois o resto se complicou. Não consegui encontrar uma datilógrafa disponível, a composição não entregou a tempo as provas do anúncio dos alemães e um de nossos mais fiéis clientes cancelou uma encomenda de certa importância. Passei a manhã inteira pendurada no telefone para nada. Meu emprego estava por um fio, e se não liguei para minha cunhada para suplicar sua encomenda inoportuna foi porque tinha certeza de que já fora aceita por alguém de alguma empresa concorrente. O setor não estava muito próspero, e, além disso, era improvável que existisse outra editora tão imbecil como eu.

Ao meio-dia recebi uma ligação do colégio de Inés. A professora queria me encontrar uma tarde para conversar sobre minha filha. Em maio estivera com ela, explicara que Pablo e eu íamos nos separar, pedira que observasse a menina, e, por fim, ela dissera que Inés parecia normal, como sempre. Agora era diferente. Isso costuma acontecer, sabe?, disse ela, existem crianças que reagem antes e outras depois, mas tenho notado Inés um pouco ausente, desanimada, tristonha, não se preocupem, não é nada grave, mas deveriam ficar um pouco mais atentos a ela, afinal só tem 4 anos. Quando desliguei, estava tão deprimida que resolvi ter autopiedade, mas Pablo tinha uma secretária eletrônica. Pensara em convidá-lo para comer com o pretexto de conversar sobre os problemas de Inés e o verdadeiro objetivo de checar até que ponto perdera meu poder sobre ele, mas não me atrevi a deixar nenhuma mensagem. Depois, como se todo o resto fosse pouco, Chelo ligou logo em seguida.

Estava pior do que eu, com uma daquelas depressões úmidas que disparam secreções, lágrimas, catarros, babas, a língua inchada, sílabas ininteligíveis, sórdidos e viscerais sons que chegam não se sabe como à linha telefônica, a vítima goza, saboreia seu último pranto sobre a pedra sacrificial, o aço sobre o pescoço frágil, preparada para exercer a justiça, a injustiça suprema.

Desta vez me contou algo sobre a banca de um concurso no qual tentava passar havia anos, e desliguei o telefone. Não a suporto, não suporto seus ataques de histeria. Não sou, ao que parece, uma pessoa sensível. Estou acostumada a viver sob essa sombra.

Ainda me lembro como se fosse agora.

Quando voltei do colégio, meu irmão Marcelo estava na cama, e Pablo, que já era seu melhor amigo quando eu nasci, sentado a seus pés. Tinha 27 anos, era professor de Filologia Hispânica na Complutense, e acabara de publicar seu primeiro livro de poemas, que recebera críticas excelentes, embora não tão abundantes como as que os jornais dedicaram a sua edição crítica do *Cântico espiritual*. De qualquer forma, isso ainda não me impressionava, talvez porque ele não se parecesse nem um pouco com os poetas que apareciam no meu livro de Literatura. Era alto, grande e já tinha alguns cabelos brancos. Eu o conhecia desde sempre, e o amava de maneira vaga e apropriada, sem esperanças.

Naquela tarde, um cantor e compositor da moda ia apresentar em Madri um recital muito esperado, um grande acontecimento para a castigada oposição democrática. Pablo cismou que precisavam ir, e Marcelo o ouvia com expressão sofrida, os olhos fechados como se não tivesse força nem para levantar as pálpebras, acho que esta é a pior ressaca da minha vida, disse por fim, a pior, sério, tenha piedade de mim... Então me ofereci, já como um reflexo. Improvisei uma expressão de ansiedade, fechei os punhos, tentei fazer meus olhos brilharem e repeti como um papagaio que adoraria, adoraria de verdade ir com você, Pablo, se Marcelo não pode sair, vou eu e assim você não desperdiça a entrada... Nunca dera certo, mas desta vez ele me olhou de cima a baixo e consultou meu irmão. Marcelo, com uma cara que, para minha surpresa, expressava mais receio do que outra coisa, meditou por um momento, mencionou minha idade e depois disse que ele fizesse o que bem entendesse. Pablo voltou a me olhar. Eu estava tranquila porque sabia que ia me rejeitar. Não rejeitou.

Levantou-se, pegou-me pelo braço e começou a me apressar. Se não saíssemos imediatamente chegaríamos tarde, e o recital não deveria durar mais de dez minutos. Se perdêssemos o começo, só chegaríamos para ouvir as sirenes da polícia. Eu tentei resistir. Não tivera tempo de me trocar, estava com o uniforme do colégio, e só o suéter era novo, do meu tamanho. Eu já era a mais alta de todas as minhas irmãs. Herdara a saia de Isabel, que era muito curta, um palmo acima do joelho. A blusa era de Amelia, outra herança, os botões prestes a explodir. Quando começou o ano letivo, minha mãe se mostrara menos disposta do que nunca a gastar dinheiro, aquele era meu último ano. As meias estavam gastas, o elástico se afrouxara e eu não conseguia dar dois passos sem que se enrolassem no tornozelo. Os sapatos eram espantosos, com uma sola de borracha dessas que parecem toucinho cozido de dois dedos de altura. E tudo, exceto o casaco verde, que pertencera originalmente a um de meus irmãos homens, de uma espantosa cor marrom. Quando a pessoa é a sétima de nove irmãos, sobretudo quando os dois últimos são gêmeos, não costuma estrear nem o uniforme, por isso lhe pedi que me deixasse trocar de roupa, prometi que não demoraria nada, mas foi inútil. Não estava disposto a esperar nem um minuto, embora tivéssemos tempo de sobra.

— Está linda assim.

Quando estávamos atravessando a porta, Marcelo me chamou e disse que era melhor que Pablo saísse na frente e que, enquanto isso, eu dissesse alguma coisa a Amelia, que ia estudar na casa de Chelo ou outra história do tipo. Não compreendi o sentido daquele aviso, mas Pablo pareceu entendê-lo, ficou olhando para ele e lhe disse uma coisa ainda mais estranha.

— Ora, Marcelo, está pensando o que de mim?

Meu irmão riu e não disse mais nada.

Ele saiu primeiro. Quando desci, estava me esperando na porta. Faltava menos de um mês para o Natal. Fazia frio. O casaco era quase tão comprido quanto a saia, e a borda áspera roçava minhas coxas quando andava, mas isso não me incomodava tanto como seu aspecto masculino, tosco, feio, mais apropriado a um colegial de 12 anos que joga futebol no pátio do colégio do que a uma menina mais velha que vai a uma apresentação. Para tentar ajeitá-lo, abotoei o primeiro botão e levantei o capuz, mas, ao me olhar de relance em um pequeno espelho da fachada de uma mercearia, achei que não me favorecia. Notei que não se via nem uma única ponta do meu uniforme. Poderia estar sem roupa por baixo do casaco verde.

Pablo tinha um Seat 1500 de segunda mão, bastante desengonçado, mas um carro, enfim. Eu estava muito empolgada, era a primeira vez que saía com ele, a primeira vez que saia à noite e a primeira vez que saía com um cara que tivesse carro.

O trajeto foi longo. A Castellana estava engarrafada de ponta a ponta, mas ele não perdeu a calma em nenhum momento. Tampouco parou de falar, em um tom sempre malicioso, brincalhão, contando piadas, histórias inverossímeis, exagerando, era o tipo de conversa que desarmava minha mãe cada vez que ele chegava em casa e Marcelo estava de castigo sem poder sair. Então achei que ele estava me tratando como criança. Flagrei-o algumas vezes olhando minhas pernas e não fui capaz de tirar conclusões.

Quando estacionamos, bem longe do estádio, se virou para mim e começou a me dar instruções. Não devia me afastar dele por nada. Se a polícia aparecesse, não devia ficar nervosa. Se houvesse pancadaria, não devia gritar nem chorar. Se fosse preciso sair correndo, devia segurar sua mão e daríamos no pé, sem chiar. Prometera a Marcelo que eu voltaria para casa inteira. Dramatizava de propósito, para me animar com a perspectiva do risco e da corrida, e, quando terminou, perguntou se eu seria capaz de me comportar como uma boa menina, obediente. Eu, muito séria, respondi que sim, porque acreditara em tudo. Ele se aproximou de mim e me beijou duas vezes, primeiro apenas pousando os lábios no centro da minha bochecha esquerda, depois na borda do maxilar, quase na orelha. Enquanto isso, ele aproveitara minha expressão de menina em perigo para colocar a mão na minha coxa. Tinha muita facilidade para tocar as mulheres com elegância.

Na entrada teve início o ritual de saudações, beijos e afins. Eu me sentia ridícula no meio de tantos adultos, com meu casaco verde e as meias enroladas nos tornozelos. Pablo parecia absorto em seu próprio sucesso pessoal e por isso soltei seu braço e tentei ficar para trás. Mas, apesar das aparências, estava me marcando de perto. Agarrou meu pulso e me obrigou a ficar ao seu lado. Depois, sempre sem me olhar, pegou-me pela mão, não como costumam fazer os namorados, com os dedos entrecruzados, mas segurou minha mão e a apertou com o indicador e o polegar, como se seguram as crianças pequenas na faixa de pedestres. Nunca me daria a mão de outra maneira.

Um homem mais velho de aspecto zombeteiro, um escritor famoso que se destacava na multidão por sua expressão enfadada, como se, na verdade, importasse muito pouco o acontecimento, foi o único que notou minha presença. Ficou me olhando durante muito tempo, abriu o sorriso e se virou para nós, falando com uma voz muito baixa.

— Ora, Pablito...!

O aludido deu uma gargalhada.

— Gostou de você. Sabe quem é?

Sim, eu sabia.

As pessoas começavam a circular, e fomos para a fila. Pouco depois começou a confusão. Os sujeitos da porta, do serviço de segurança, bloquearam a entrada e começaram a gritar que ninguém entraria sem pagar. Os causadores do conflito, um grupo de quinze ou vinte adolescentes, responderam que não estavam dispostos nem a pagar nem a sair dali. Ficamos nisso por um bom tempo, até que alguém começou a empurrar no fim da fila. O primeiro empurrão me deslocou. Agora estava atrás de Pablo, grudada em Pablo, sua nuca roçando meu nariz. Os que estavam atrás voltaram a gritar, como se estivessem tomando impulso, e desencadearam uma segunda avalanche. Os seis botões do meu casaco, uma espécie de barrinhas de plástico marrom frisado de branco que pretendiam imitar a aparência do chifre de algum animal, cravaram-se em suas costas.

Perguntei se o machucara. Respondeu que sim, um pouco. Desabotoei o casaco. A multidão me dava calor. Continuavam empurrando de trás. O ar ficou espesso. Cheirava a gente. Pablo me segurou pelos pulsos e me obrigou a abraçá-lo. Tinha que sentir meu corpo contra o dele, minha respiração em sua nuca. Eu estava bem. Sentia que aquela multidão me dava certa impunidade. Não me atrevia a beijá-lo, mas comecei a me esfregar contra ele. Fazia aquilo unicamente por mim, queria ter alguma coisa para lembrar daquela noite, tinha certeza de que ele não percebia. Mexia-me bem devagar, grudando e desgrudando dele, encostando meus seios em suas costas e mordendo pequenos pedaços de seu suéter grená até que a aspereza da lã rangeu em meus dentes. Então, o tumulto se desfez em um instante, da mesma maneira como se formara. Voltava a fazer frio. Afastei-me de Pablo o mais depressa que pude. E ele começou a se comportar de maneira estranha.

Primeiro olhou o relógio, ficou um bom tempo olhando, como se precisasse fixar os olhos nele para poder pensar em outra coisa. Depois se afastou da fila e começou a caminhar na direção contrária, muito decidido.

— Vamos embora.

Obedeci, sem entender muito bem o que acontecera.

— Você fuma baseado?

O tom de sua voz mudara, não a reconhecia mais. Fiquei calada porque não sabia o que dizer.

— Responda.

Sim eu fumava, mas não lhe disse. Deixara de confiar nele. Neguei com a cabeça, muito séria, e ele sorriu, como se soubesse que eu tinha acabado de mentir. Depois, sem parar de andar, tirou um pedaço de haxixe do bolso, aqueceu-o e me passou um cigarro. Não me atrevi a lhe perguntar o que queria que fizesse com aquilo. Lambi o papel, desgrudei-o e esvaziei o tabaco na palma da mão. Então parou um momento para pegá-lo e fazer um baseado. Acendeu-o, deu duas tragadas e o ofereceu a mim, mas fiquei parada e voltei a negar com a cabeça.

— Pelo amor de Deus, Lulu, pare de se comportar como uma imbecil!

Ele, Chelo e meu pai eram as únicas pessoas que continuavam me chamando assim. Marcelo costumava me chamar de Pato, Patinho, porque era, e continuo sendo, muito desengonçada.

Por fim peguei o baseado, dei duas tragadas e o devolvi. Continuamos andando, como se não tivesse acontecido nada. Pouco depois me atrevi a perguntar.

— Por que não entramos?

Ele voltou a sorrir.

— Você gosta mesmo daquele sujeito?

— Não... — só disse meia verdade. Na realidade, naquela época nem sequer sabia que cantava em catalão.

— Eu também não gosto. Então... por que iríamos entrar?

Passamos ao lado do carro, mas ele seguiu em frente.

— Aonde vamos?

Não me respondeu. Entramos por uma ruela. A poucos passos da esquina havia um toldo vermelho com letras douradas. Pablo abriu a porta. Antes de entrar, prestei atenção em dois loureiros desbotados que ladeavam a entrada e na luz amarelada emitida por um candeeiro aparafusado na parede. Lá dentro estava escuro.

— Cuidado com os degraus, Pato! — Mesmo assim, quase caí.

Pablo afastou uma pesada cortina de couro e entramos em um bar. Fiquei paralisada de vergonha. A maioria dos homens usava gravata. A idade média das mulheres não devia ser muito inferior a 30 anos. As mesas de centro, pequenas, em torno das quais estavam sentados, quase todos formando casais, estavam cobertas com toalhas de tons vermelhos. A luz era escassa e a música, muito baixa. Meus cabelos escaparam do rabicho e caíam em meu rosto. A consciência do uniforme me torturava. Sentia que todos me olhavam, e daquela vez era verdade. Todos estavam me olhando.

Nós nos sentamos no balcão. O tamborete era alto e redondo, muito pequeno. As pregas da saia se espalharam pelas minhas coxas. Agora parecia ainda mais curta. Cruzei as pernas e foi ainda pior, mas não me atrevi a me mexer de novo.

Pablo conversava com o garçom, que me olhava de soslaio.

— O que vai querer? — Fiquei pensando, na verdade não sabia.

— Não vai me dizer agora que também é abstêmia.

O garçom riu, e eu me senti mal. Engoli em seco e pedi um gim-tônica. Pablo se dirigiu ao garçom, sorrindo.

— Se chama Lulu...

— Ah, combina com ela se chamar Lulu...

— Na verdade me chamo María Luisa. — Não sei por que me senti obrigada a dar explicações.

— Lulu, cumprimente o cavalheiro. — Pablo mal conseguia falar, ria às gargalhadas, eu não entendia nada.

— Estou com fome.

Não me ocorreu nada melhor para dizer. Estava com fome. Colocaram diante de mim um pratinho com batatas fritas e comecei a devorá-las. Ele me censurou em seguida, embora seu sorriso desmentisse o rigor convencional, quase proverbial, de suas palavras.

— Senhoritas educadas não comem assim, tão depressa.

Voltava a se mostrar amável e risonho, mas sua voz continuava soando diferente. Tratava-me com uma desconcertante mistura de firmeza e cortesia, ele, que nunca fora firme comigo, e muito menos cortês.

— Sim, mas é que estou com fome.

— E as senhoritas educadas sempre deixam alguma coisa no prato.

— Sim...

Bebia gim com gelo. Terminou seu copo e pediu outro. Já terminara o meu e ameacei imitá-lo.

— Hoje você não bebe mais. — Antes que eu pudesse desgrudar os lábios e protestar, ele repetiu, com firmeza: — Não bebe mais.

Quando estávamos indo embora, o garçom se despediu de mim com muita cerimônia.

— Você é uma garota encantadora, Lulu.

Pablo voltou a rir. Eu já estava farta de risinhos enigmáticos, farta de que me tratassem como se fosse um cordeirinho branco com um

As Idades de Lulu

laço de fita rosa no pescoço, farta de não controlar a situação. Não é que eu não conseguisse imaginar os possíveis desenvolvimentos daquela história, é que os descartava de antemão porque me pareciam inverossímeis, inverossímil que ele quisesse de verdade perder tempo comigo, não entendia por que ele insistia em perder tempo comigo, por que perderia.

Do lado de fora fazia muito frio. Ele passou um braço em volta dos meus ombros, um sinal que eu não quis interpretar, abatida pelo desconcerto, e andamos em silêncio até o carro, mas quando estava abrindo a porta voltei a perguntar, aquela foi uma noite repleta de perguntas.

— Você vai me levar para casa?
— Você quer que eu leve você para casa?

Na realidade queria, sim, queria me enfiar na cama e dormir.

— Não.
— Muito bem.

Dentro do carro, ainda ficou um tempo me olhando. Depois, em um movimento bem sincronizado como se o tivesse ensaiado muitas vezes, enfiou a mão esquerda entre minhas pernas e a língua na minha boca e eu abri as pernas e abri a boca e tentei corresponder como podia, como sabia, que não era muito bem.

— Você está molhada...

Sua voz, as palavras manifestando mais satisfação do que espanto, soava muito longe. Sua língua estava quente, e cheirava a gim. Lambeu toda minha cara, o queixo, a garganta e o pescoço, e então resolvi não pensar mais, pela primeira vez não pensar, ele pensaria por mim.

Tentei me deixar levar, jogar a cabeça para trás, mas ele não permitiu. Pediu que abrisse os olhos. Virou-se contra mim e encaixou sua perna esquerda entre minhas pernas, pressionando para cima, obrigando-me a me esfregar contra seus jeans. Eu sentia calor, sentia que meu sexo se inchava, inchava cada vez mais, era como se se fechasse sozinho, com seu próprio inchaço, e ficava vermelho, cada vez mais vermelho, ficava roxo e a pele estava brilhante, pegajosa, grossa, meu sexo se avolumava diante de algo que não era prazer, não tinha nada a ver com o prazer fácil, o velho prazer doméstico, não parecia com aquele prazer, era mais uma sensação enervante, insuportável, nova, até mesmo incômoda, à qual no entanto não era possível renunciar.

Desabotoou minha blusa, mas não tirou meu sutiã. Limitou-se a puxá-lo para baixo, encaixando-o debaixo dos seios, que acariciou com mãos que me pareceram enormes. Depois mordeu um mamilo, somente um, uma única vez, apertou os dentes até me machucar, e suas mãos me abandonaram ao mesmo tempo, embora a pressão de sua coxa ficasse cada vez mais intensa. Então ouvi o inconfundível som de um zíper. Pegou minha mão direita, colocou-a ao redor de sua pica e movimentou-a três vezes.

Naquela noite sua pica também me pareceu enorme, magnífica, única, sobre-humana, e continuei sozinha. De repente, sentia-me segura. Essa era uma das poucas coisas que sabia fazer, bater punheta. No verão anterior, no cinema, praticara bastante com meu namorado, um bom garoto da minha idade que nunca fora capaz de me emocionar. O que sentia naquele momento era muito diferente. Estava comovida, deslumbrada, excitada, feliz, um pouco assustada também. Por isso procurei me concentrar, fazer direito, mas ele logo me corrigiu.

— Por que mexe a mão tão depressa? Se continuar assim, vou gozar.

Não entendi sua advertência. Eu achava que devia mexer a mão bem depressa. Eu achava que ele queria gozar, e que então iríamos

As Idades de Lulu

para casa. Eu achava que isso era o natural, mas, por alguma estranha inspiração, não lhe disse nada.

Sua mão agarrou meu pulso para dar um novo ritmo à minha mão, um ritmo preguiçoso, cansado, e a conduziu para baixo, agora estou roçando suas bolas, e outra vez para cima, agora tenho a ponta da pele entre os dedos, bem devagar. Ficamos assim por um bom tempo. Eu olhava minha mão, estava fascinada, ele olhava para mim, sorria. Entretanto, desapareceram as ânsias, a violência inicial. Agora tudo parecia muito suave, muito lento. Meu sexo continuava inchado, se abria e se fechava.

— Sempre confiei muito em você. — Sua voz era doce.

Aquele pedaço de carne escorregadia e avermelhada se transformara na estrela da noite. Ele não me tocava mais, não fazia nada comigo. Ia se mexendo bem devagar, para não me incomodar, até recuperar a posição inicial. Voltara a ocupar o banco do motorista, o corpo arqueado para a frente, os braços pendendo para trás. Quando teve algo mais a dizer, limitou-se a mexer a cabeça para aproximar a boca da minha orelha.

— Você...? — Não terminou a frase, ficou calado, pensativo, como se estivesse escolhendo as palavras. — Você chupou o pau de um cara alguma vez?

Parei de mexer a mão, levantei os olhos e cravei-os nos dele.

— Não. — Naquela vez não mentia, e ele percebeu.

Não disse nada, continuava sorrindo. Esticou a mão e virou a chave de ignição. O motor começou a funcionar. Os vidros estavam embaçados. Lá fora devia estar gelando, uma cortina de vapor escapava pelo capô. Ele voltou a se reclinar no assento, me olhou, e eu me dei conta de que o mundo estava desabando, de que o mundo estava desabando em cima de mim.

— Tenho nojo.
— Compreendo.

Colocou um pé no acelerador e o apertou duas ou três vezes. Só faltava colocar a marcha à ré e iríamos embora dali, e tudo teria terminado. Então mordi a língua. Costumo morder a língua por uma fração de segundo antes de tomar uma decisão importante.

Abaixei a cabeça, fechei os olhos, abri a boca e pensei que, apesar de tudo, não havia nada de mau em me certificar primeiro.

— Não vai mijar em mim, não é mesmo?

Ele achou muita graça naquilo, quase todas as minhas palavras, quase tudo o que fiz estava sendo muito engraçado para ele naquela noite.

— Não, se você não quiser.

Fiquei muito séria.

— Não quero.

— Eu sei, boba, era só uma brincadeira.

Seu sorriso não me tranquilizou muito, mas não podia mais recuar, de maneira que voltei a abaixar a cabeça, e a fechar os olhos, e então abri a boca e estirei a língua. Era melhor começar com a ponta da língua primeiro, a ideia de lambê-lo era menos insuportável. Pablo se arqueou ainda mais, esticou-se como um gato e colocou a mão na minha cabeça. Segurei sua pica com a mão direita e comecei pela base, encostei a língua na pele e a mantive quieta por um momento. Depois comecei a subir, bem devagar. A maior parte da minha língua continuava dentro da minha boca, de forma que, quando subia, varria a superfície com o nariz, passava a língua, e depois o lábio inferior seguia o fio da minha própria saliva. Quando cheguei à ponta, voltei para baixo, à base, e subi de novo bem devagar.

Pablo suspirava. Seus pelos faziam cócegas no meu queixo.

Na segunda vez me atrevi com a ponta.

Era doce. Todas as picas que provei na minha vida eram doces, o que não quer dizer que tivessem um gosto agradável. Estava dura e quente, pegajosa, é claro, mas no geral, e para minha surpresa, era menos repugnante do que eu imaginara no começo, e eu me sentia cada vez melhor, mais segura, a ideia de que ele estava rendido, de que me bastaria cerrar os dentes e apertá-los por um instante para acabar com ele, me reconfortava.

Percorria toda a fenda com a ponta da língua, descia pelo que parecia uma espécie de costura invisível até o grosso rebordo de carne e me instalava justo debaixo dele, para acompanhar seu contorno. Fazia tudo bem devagar — em situações como esta ninguém precisava me dizer as coisas duas vezes —, estava começando a achar que fazia tudo muito bem.

Objetivamente, não tirava nenhum prazer daquela atividade, a não ser o contato com uma carne nova, cuja natureza minha língua percebia com muito mais exatidão do que minhas mãos jamais sentiram. Objetivamente, não tirava nenhum prazer daquela atividade e, no entanto, estava cada vez mais excitada. Em algum lugar da minha memória, longe o bastante para não incomodar, perto o bastante para se fazer notar, palpitavam minha pouca idade, faltavam ainda seis anos para chegar aos 21 — naquela época a maioridade era aos 21, mas para mim tanto fazia, ninguém votava mesmo —, e o drama do pântano, quando desmaiei na água e Pablo salvou minha vida, recordações dos verões da minha infância, meu irmão e ele passando a mão em duas garotas no balanço do jardim enquanto eu espiava, e as palavras da minha mãe, conversando com suas amigas, Pablo é da família, quase como se fosse meu filho.

Marcelo, em casa, devia estar pensando que ainda estávamos fazendo babaquices com um isqueiro. Eu tentava não esquecer que estava dentro de um carro, em plena rua, chupando a pica de um amigo da família, e sentia ondas de um prazer intenso. Reconhecia a mim mesma desonrada, era delicioso, recordava as habituais repreensões — os rapazes só se divertem com essa espécie de garotas, não se casam com elas —, e também tinha consciência da relação peculiar que se estabelecera entre nós dois. Depois dos beijos e das demonstrações necessárias para me conquistar, ele mantinha uma passividade quase total. Sentado, ereto e vestido, deixava-se levar. Eu, atirada em cima do banco, meio despida, encolhida e incomodada, aceitava sem dificuldade aquele estado de coisas.

Minha mãe costumava repetir que teria me deixado ir com ele até o fim do mundo, e eu já estava começando a vê-lo.

Quando começava a me perguntar se já havia me acostumado o bastante para enfiar a pica na boca, ele voltou a decidir por mim. A mão repousada sobre minha cabeça a empurrou, de repente, para baixo. Estava desprevenida e engoli um bom pedaço. Afastei os lábios tão depressa como pude, mas sua mão continuava ali, inalterável, pressionando para baixo. Repetimos a brincadeira cinco ou seis vezes. Era divertido tentar resistir.

Estava com a boca cheia. Percebia as pequenas protuberâncias das veias, os imperceptíveis acidentes da pele enrugada, que subia e descia obedecendo aos impulsos da minha mão, tinha um gosto doce e tinha um gosto de suor, a ponta batia no céu da boca, tentei engoli-la inteira, enfiá-la toda na boca, e tive de conter algumas ânsias de vômito. Pablo tirou meu elástico, deslizou a mão por baixo do meu cabelo e fechou-a um pouco mais acima da nuca, segurando um punhado de cabelos próximos às raízes. Apertava-os e puxava em sua direção, sempre me guiando. Cravou os nós dos dedos na minha cabeça. Doía, mas não fiz nada para evitá-lo. Estava gostando.

Agora ele também se mexia bem devagar, entrava e saía da minha boca.

— Eu sempre soube que você era uma menina indecente, Lulu — falava devagar, mastigando as palavras, como se estivesse bêbado —, tenho pensado muito em você ultimamente, mas nunca achei que seria tão fácil...

Meu sexo reagiu na mesma hora, acabaria explodindo em pedaços se continuasse inchando naquele ritmo.

Mantinha os olhos fechados e estava completamente concentrada no que fazia. Dobrara-me tanto para a frente que estava quase deitada de lado no banco, com as pernas encolhidas, a maçaneta da janela na coxa, tentando fazer minha mão acompanhar o ritmo da minha boca, um desafio tão intenso para minha congênita falta de jeito que levei algum tempo para perceber a profunda mudança de situação.

Porque estávamos nos movendo.

A princípio supus que não era mais do que uma sensação subjetiva, naquela noite aconteceram muitas coisas, mas, de repente, o carro se encheu de luz, abri os olhos, olhei para cima e ali estavam, todas as luzes dos postes da Castellana, devolvendo-me o olhar. Estupor, primeiro. Como conseguira mover a alavanca de câmbio sem que eu me desse conta? Mas embaixo de mim não havia nenhuma alavanca de câmbio, precisei de algum tempo para recordar que naquele carro a alavanca ficava no volante. Depois, terror. Pânico.

Pulei como se tivesse sido impulsionada por uma mola invisível. Quando, por fim, consegui me acomodar no banco da direita, notei que estava seminua. Cobri-me como pude, com o suéter e com as mãos, para compor uma patética figura de mulher ultrajada um instante antes de Pablo pisar no freio. Paramos na pista central, em meio aos estridentes assovios de um ônibus que desviou pela direita. Quando estava passando ao nosso lado, pude distinguir o motorista, gesticulando com um dedo na têmpora. Minha opinião não era muito diferente da dele.

— Mas o que está fazendo? — Estava muito assustada. — Podia ter nos matado.

— O mesmo que você.

— Você não pode parar assim, no meio da rua...

— Você também não podia, e parou.

De repente me dei conta de que não parecia mais um adulto. Perdera toda sua altivez para se transformar em um adolescente contrariado, aborrecido. Seu plano falhara e era comovente contemplá-lo agora, com a braguilha aberta e a expressão séria, olhando com ar ofendido um ponto fixo, à distância. Pela primeira vez na minha vida, primeira e última vez na minha vida com ele, senti que era uma mulher, uma mulher adulta. Era uma sensação agradável, mas não podia desfrutá-la. Pablo estava furioso.

Tentei recuperar a calma para avaliar a situação. Olhei pela janela e constatei que os motoristas que passavam ao meu lado eram apenas torsos, corpos cortados pouco acima dos ombros. Hesitava.

— Vou levá-la para casa. Me perdoe, estou bêbado.

Foi o que disse e, de repente, tive vontade de chorar.

A miragem se dissipara. Sua voz era grave e serena, a voz de um adulto que pede perdão sem convicção, perdão, estou bêbado, uma forma de ser cortês com uma garota que, afinal de contas, não estivera à altura do que se esperava dela. Ficou me olhando por um momento, sorrindo, e aquele era um sorriso formal, amável, desprovido de qualquer cumplicidade, um sorriso de adulto condescendente, um amigo da família, de toda a vida, sinceramente envergonhado por ter enfiado os pés pelas mãos.

De repente me senti diminuída, estava ficando cada vez menor, menor. Muito nervosa. Agora andávamos bem depressa, minha casa não ficava tão longe, depois de tudo, minha casa não ficava tão longe, isso era tudo o que conseguia compreender, estava bloqueada, não conseguia pensar, mas tinha de fazê-lo, tinha de pensar depressa, o tempo fugia, escorria entre meus dedos, e aquilo era importante, era importante.

Virei-me para olhá-lo. Em algum momento levantara o zíper sem que eu me desse conta. Ele tampouco pressentiu meu próximo movimento. Avancei sobre ele, deixei cair todo meu corpo para a esquerda e comecei a apalpar sua calça, mas estava nervosa, muito nervosa, e uma das minhas mãos atrapalhava a outra, como se não jogassem no mesmo time. Consegui abrir seu cinto e bati uma das pontas no meu próprio queixo. Voltei a sentir vontade de chorar, mas de raiva, porque não conseguia fazer as coisas mais depressa. Desabotoei o botão e desci o zíper e a tirei, estava pequena, nada a ver com o rígido esplendor de apenas instantes atrás, e a enfiei na boca e agora cabia inteira, e comecei a fazer tudo o que sabia, e mais, queria me reconciliar com ela a todo custo, mas não crescia, a maldita não crescia e assim, pequena e mole, era tudo mais difícil.

Estava na minha boca, voltara a tê-la na boca, e a chupava, e de repente pensei que agora estava gostando e depois afastei a ideia, não era isso, na realidade não gostava, mas tinha de crescer, tinha de crescer de qualquer jeito, a tirava às vezes da boca e a lambia como tinha feito no começo, a percorria inteira com minha língua, a enchia de saliva, da ponta à base e outra vez à ponta, e voltava a enfiá-la na boca, a sacudia entre meus lábios, e a engolia, e mexia a língua dentro da minha boca, só a língua, como se chupasse o sangue de uma ferida inexistente, e depois, de fora, enquanto minha mão a sustentava com firmeza, deslizava mais além da base, e continuava penetrando no exíguo espaço entre o tecido e a carne, até encher a boca de pelos, para voltar outra vez ao princípio.

A primeira coisa que notei foi que começáramos a andar muito mais devagar, e que nos movíamos de um lado a outro, mudando de pista. Depois voltei a sentir sua mão na minha cabeça. Só no final me dei conta de que estava duro outra vez, que eu o havia deixado duro outra vez.

Paramos. Um semáforo. Não me atrevi a levantar a cabeça, mas entreabri os olhos para tentar calcular onde estávamos. Uma ponte metálica cruzava a rua, em direção perpendicular à nossa.

Sou madrilena. Conheço a Castellana de cor.

O fantástico Papai Noel de néon do El Corte Inglés devia estar nos saudando com a mão. Meti-a na boca e comecei a me movimentar sobre ela, de cima a baixo, marcando um ritmo mecânico, bom para pensar. Tínhamos de andar um bom trecho, de qualquer maneira. Aquele era o caminho obrigatório para ir à minha casa, para ir à dele também.

A partir de então comecei a calcular cada metro que avançávamos, às cegas, e a rua não era mais rua, não havia gente, e se houvesse gente não importaria, era apenas uma distância, a distância era a única coisa importante agora. A primeira contrassenha foi o ruído da fonte, já estava achando que não voltaria a ouvi-lo nunca mais, nos movimentávamos tão devagar que aquele imenso bloco cinza chegara a me parecer eterno. Deixamos o ruído da água para trás e seguimos em frente. Primeiro sobressalto prazeroso. Deixara à direita o caminho mais curto. Avançávamos em linha reta. Alguns minutos mais tarde, voltei a olhar de viés para me certificar de que chegáramos a Colón. Certeza. Não estávamos indo para minha casa. Surpresa. Tampouco íamos à dele. Aonde me levava? Água. Deixamos para trás a velha senhora e seguimos em frente. Aquilo começava a ficar parecido com a piada do bronco que só sabia dirigir em linha reta. Ainda passaríamos ao lado de outra fonte, água, mas aquela seria a última. Dobramos à esquerda, viramos algumas vezes e a dianteira do carro, opa, deu um pulo. Dessa vez quase a engoli de verdade.

O motor parou, mas não me atrevi a imitá-lo. Pablo me segurou pelo queixo, me ergueu enquanto me endireitava, me abraçou e me beijou. Quando nos afastamos, recuou por um momento para me olhar. Não disse nada, mas achei que tentava adivinhar se eu estava com medo.

— Esta não é a minha casa — quis parecer esperta.

— Não — riu —, mas você já esteve aqui.

Quando saímos para a rua, vi que atravessara o carro em diagonal em cima do meio-fio. Sempre foi muito fino para isso.

A casa, um prédio cinza e escuro, com mais ou menos um século nas costas, não me dizia nada. A entrada, uma bela entrada modernista, culminava em uma porta dupla de madeira, com vidraças enfeitadas de vidro colorido. A maçaneta da porta, grande, dourada, rematada por uma cabeça de golfinho, era, sim, familiar, mas não consegui descobrir por quê. Pablo caminhava na minha frente. Parou diante de uma porta com uma placa dourada no centro e então lembrei.

Estávamos entrando no escritório da mãe dele, o ateliê, como ela costumava chamá-lo, uma estilista de certa fama que desenhava quatro ou cinco coleções por ano e repetia como um papagaio o papo da tensão da criação, da responsabilidade social do criador e do impacto do *prêt-à-porter* nos hábitos de vida urbanos contemporâneos. Uma imbecil. Minha mãe fora cliente dela por muitos anos, antes de o sucesso subir à cabeça. Eu a acompanhava às vezes às provas e me sentava em uma poltrona com uma pilha de revistas de moda francesas, modelos belíssimas com brincos enormes e chapéus escandalosos, adorava olhá-las.

Ele continuava caminhando na minha frente. Ao passar ao lado de um dos sofás do corredor, pegou com a ponta dos dedos, sem nenhuma pausa, duas grandes almofadas quadradas. Na outra extremidade se abria uma grande porta dupla, a sala de provas. Acendeu a luz, jogou as almofadas no chão, fez um gesto vago com a mão para me indicar que entrasse e desapareceu.

A poltrona continuava ali, no mesmo lugar, eu teria jurado que era a mesma, com outro estofado.

— Lulu...

Não me lembrava dos espelhos, no entanto; as paredes estavam forradas com eles, espelhos que olhavam outros espelhos que por sua vez refletiam outros espelhos e no meio de todos estava eu, eu com meu espantoso suéter marrom e a saia quadriculada, eu de frente, eu de costas, de perfil, diminuída...

— Lulu! — agora gritava não sei de onde.
— O quê...?
— Você quer uma bebida?
— Não, obrigada.

... eu, um cordeirinho branco com um laço de fita rosa amarrado no pescoço, como a etiqueta do detergente que anunciavam, ainda anunciam, na televisão.

Pablo voltou com um copo na mão e se sentou na poltrona, me olhando. Eu enrubesci, mas ele não notou, ninguém nota nunca, sou muito morena, e continuava ali, plantada no meio da sala, não me mexera porque não sabia o que tinha de fazer, aonde tinha que ir.

— Nunca na vida vi sapatos tão horríveis.

Não baixei os olhos porque os conhecia de memória e eram mesmo horrorosos.

— Não permitem que vocês usem saltos no colégio?

Não, claro que não, que besteira, você não podia usar sapatos de salto alto em um colégio de freiras, nem sequer no sexto ano, embora pudesse sair para fumar nos intervalos.

— Não, não permitem — respondi, mesmo assim.
— Tire-os. — Suas palavras soavam como se fossem ordens, gostei disso, e fiquei descalça. — Venha cá. — Bateu na própria coxa.

Aproximei-me e me sentei no colo dele, encaixando as pernas entre seu corpo e os braços da poltrona. Antes, instintivamente, nunca cheguei a saber por quê e também não importa, levantei a parte de trás da saia, que ficou em cima dos seus joelhos, enquanto a parte posterior das minhas coxas roçava o tecido da sua calça. Aquilo o deixou muito surpreso.

— Onde você aprendeu isso? — Seu rosto refletia de novo uma espécie de surpresa satisfeita, na qual voltei a detectar mais satisfação do que surpresa.

— O quê? — Não entendia, não tinha consciência de que tivesse feito nada de especial.

— A levantar a saia antes de se sentar no colo de um cara. Não é um gesto natural.

É possível que tivesse razão, talvez não fosse um gesto natural, mas não sabia do que estava falando.

— Não sei — disse —, não estou entendendo.

— Tanto faz. — Tanto fazia. Ele estava feliz, sorria. — Tire o suéter e agora se comporte bem, não fale, não ria. Vou dar um telefonema.

Tirei primeiro a manga esquerda, depois o passei pelo pescoço; quando estava terminando com o braço direito, congelei.

— Marcelo? Olá, sou eu. — No outro lado devia estar meu irmão, não há muitos Marcelos por aí. — Nada, tudo bem...

Arrancou o suéter das minhas mãos, encaixou o telefone entre o queixo e o pescoço e começou a desabotoar minha blusa, apenas dois botões frouxos, eu não me mexia, nem sequer respirava, estava paralisada, bloqueada, muda.

— Não, não foi ruim, sério, nem Deus aguenta o sujeito, você sabe, mas as pessoas se divertiram, gritaram, choraram, e foram para casa entusiasmadas — adotou um tom épico, como o dos locutores de tevê quando transmitem uma partida da seleção —, para resumir, você perdeu outra jornada de glória do socialismo espanhol, camarada, mais uma, estamos embalados... — Podia ouvir as gargalhadas do meu irmão no outro lado do telefone. Pablo também ria, nem mesmo eu sei mentir melhor.

Passou a mão nas minhas costas e desabotoou o sutiã, um Belcor enorme, modelo juvenil dos anos 1970, cor de pele, decote reto, quadradinhos em relevo e três florezinhas de tecido aplicadas no centro, cuja contemplação lhe provocara exagerados e mudos espasmos de horror. Tapou o fone com a mão, me passou um dedo por baixo da alça e me disse no ouvido:

— Maldita da sua mãe! Por que não vêm blindados logo? — Eu ria sem fazer barulho. — Ou será que a ideia é saber se vocês conseguem chegar virgens ao casamento?

Tirou minha blusa e o sutiã, trocando o telefone de mão, segurando-o com o queixo quando era necessário.

— Ah, Lulu... Lulu foi minha boa ação do dia. — Olhava-me e sorria, estava lindo, lindíssimo, mais lindo do que nunca, desfrutando seu papel de consciencioso perversor de menores satisfeito consigo mesmo. — Mais uma vermelha, cara, fiz mais uma vermelha, sem aulas, nem Gorki, nem nada. Foi incrível, sério — falava devagar, olhando-me e acentuando as palavras, falava com Marcelo e comigo ao mesmo tempo, e passava o copo pelos meus mamilos, deixando um rastro úmido, gratuito, porque meus seios estavam pontiagudos desde que começara, embora o gelo provocasse uma sensação contraditória e agradável —, você não imagina, ergueu o punho, gritou como uma histérica, veio cantando *A Internacional* no carro o tempo todo, enfim, o repertório completo, você sabe. — Olhou para mim. — Eu nunca vi ninguém mexer os lábios com tanta alegria, estava feliz da vida... — Sorria, e eu lhe devolvi o sorriso, não tinha mais medo, e sim vontade de rir, embora não pudesse fazê-lo.

Tentei acelerar as coisas e abri a fivela do primeiro fecho da saia, mas ele fez que não com a cabeça, e me deu a entender que voltasse a fechá-la.

— Acontece que encontramos muita gente, ficamos bebendo por aí e agora ela está muito bêbada. — Enfiou a mão livre embaixo da saia e começou a acariciar a face interna das minhas coxas com a ponta dos dedos. — Porra, Marcelo! Sei lá... — Enfiou o indicador por baixo do elástico e começou a movimentá-lo de cima para baixo, bem devagar, percorrendo com o nó do dedo a linha da virilha. — Mas o que você está dizendo? Eu não a fiz beber, fomos tomar alguma coisa e ela se embebedou sozinha, já está crescidinha, não é mesmo? Mas o que você achava? Que eu ia passar a noite inteira cuidando da menina, por mais que seja sua irmã? Fugiu algumas vezes, bebeu do meu copo e do dos outros, sei lá... Estava muito animada, sentia-se bem, e ao chegar pegou no sono, não se aguentava em pé. Agora está dormindo, a deitamos, e pensei que poderia ficar aqui, se você não se importa, não me apetece nem um pouco levá-la para casa agora. — A ponta de seu dedo continuava percorrendo bem devagar a fenda do meu sexo, e com a outra mão, sem largar o telefone, puxou-me contra ele, tive de apoiar as mãos no respaldo da poltrona para manter o equilíbrio. — O quê? Não, estamos na rua Moreto, no ateliê da minha mãe, e vai se fuder, Marcelo, qual é o problema? Ninguém tem que ficar sabendo. Ela não disse que ia estudar na casa de uma amiga? Pois ficou dormindo com a amiga e pronto. De qualquer forma, o casamento era em Huesca, não? Não acredito que sua mãe tenha antenas tão longas... Não, não sei onde fica o colégio, mas ela me dirá, acho que ela ainda tem língua... Não, Marcelo, juro que não fiz nada, nada, nem penso em fazer.

Mexeu-se até que meus seios ficaram bem em cima de seu rosto. Supus que queria chupá-los, ou me morder como antes, no carro, mas não fez nada disso. Enfiou a cara entre eles e a esfregou na minha pele, sentia sua face, sua boca, fechada, e seu nariz muito grande, movendo-se sobre mim, pressionando minha carne, escondendo-se nela como se estivesse cego e abobalhado, como um recém-nascido que só dispõe do tato, o enganoso tato do rosto, para reconhecer o peito da mãe, e quando voltou a falar distingui por fim uma leve sombra de alteração em sua voz.

— Não, não podia ir para casa, Merceditas está estudando. Tem uma prova amanhã e não queria incomodá-la. Além disso...

— Dirigiu-me um olhar cúmplice. — Além disso, estou com uma garota... Sim, sim, você a conhece, mas ela está balançando a cabeça... Não quer que você saiba quem é... — Em seu rosto se desenhou uma expressão de cansaço. — Sua irmã? Mas, cara, você só sabe pensar na sua irmã? Sua irmã está dormindo, curando o porre a dois quartos de distância. Estou ouvindo o ronco dela. Não sabe de nada. — Marcelo deve ter dito alguma coisa engraçada, porque ele riu. — Mas cara, sério, não se faça de sensível. Que merda importa a Lulu que eu chifre minha namorada? Por que ficaria magoada? Embora ela ache que está apaixonada por mim, não passa de uma menina. Os caras não se deitam com garotinhas, só nos romances, e ela deve saber disso, suponho, não é boba. — Fiquei ainda um pouco mais vermelha, meu rosto ardia. — Além disso, quantos anos ela tem? Se nos vir, melhor para ela, já tem idade para se masturbar bastante. — Na hora, não tive reação. — Sim? Ora, ora...

Abriu a boca e agarrou um de meus mamilos, esticando de vez em quando a carne entre os dentes. Então, de repente, afastou-se, recuou um pouco e ficou me olhando com os olhos arregalados e a boca entreaberta, passando a língua por baixo dos dentes. Seu dedo mudou de posição. Deixou o elástico e pousou no centro do meu sexo. Seu movimento se tornou inequívoco. Já não me roçava nem me acariciava. Estava me masturbando por cima da calcinha.

— Mas... Que porra é uma flauta doce?

Achei que iria morrer de vergonha. Não acreditei que Marcelo fosse capaz de fazer uma coisa dessas, mas fez; contou para ele, contou tudo. Pablo me olhava com uma expressão incrédula. Eu me sentia mal. Tinha os olhos fixos na minha saia.

— Que país triste, cara, que vergonha! — Aquilo era como uma ladainha, Marcelo e ele repetiam a cada minuto, por qualquer coisa. — Uma flauta doce... Pobre Lulu, que besta!

Eu me sentia dividida entre duas sensações bem diferentes. Morta de vergonha por um lado, incapaz de olhar Pablo nos olhos, e, ao mesmo tempo, prestes a gozar, a gozar com as mãos quietas, porque ele fazia tudo muito bem, apesar do tecido, ou talvez exatamente graças ao tecido, seu dedo pressionava com a intensidade certa, não me machucava, não me irritava a pele, como o contato grosseiro, exasperante, mas não agradável, de todos os outros.

— Como você ficou sabendo? Ela que contou! E, a propósito, de quem era a flauta? De Guillermito! Que bom para Lulu! Lenta, mas precavida...

Sem parar de me tocar, pegou-me pelo queixo e levantou meu rosto.

— Olhe para mim — um sussurro quase inaudível.

Olhei para ele. Estava sorrindo, sorria para mim. Voltei a baixar os olhos.

— Não me admira que você tenha ficado duro, cara, estou ficando excitado pelo telefone... Tem graça, sim, é uma experiência nova, depois de tantos anos. E o que você fez? Se eu estivesse no seu lugar, a teria fodido, juro que a teria comido sem pensar duas vezes... Está bem, sempre fui um irmão pior do que você, ou melhor, vá saber. Enfim, cara, pobre Lulu. — Risinhos. — Não se preocupe, eu a levo ao colégio amanhã, depois ligo para você, até logo.

— Uma flauta doce... — Desligara o telefone, estava falando comigo. — Olhe para mim. — E seu dedo parou.

Não me atrevia a olhá-lo, nem a fazer nada, embora sentisse sua falta no meio das pernas. Ele esperou alguma reação durante uns poucos segundos. Depois, agarrou meus braços e me sacudiu.

— Estou cagando para tudo! Lulu, olhe para mim, porque juro que vou vesti-la agora mesmo e levá-la para sua casa.

A mesma ameaça, o mesmo resultado. Levantei de novo a cabeça e o olhei. Eu estava saindo de uma banheira cheia de água morna, suave, e não tinha toalha para me enxugar, os olhos de Pablo brilhavam, em seu rosto havia uma expressão quase animal, apertava-me com tanta força que estava me machucando.

— Por onde você a enfiou, pelo bocal ou pela extremidade de baixo?

— Pela de cima.

— E gostou?

— Sim, gostei, mas era muito estreita, não a sentia muito, de verdade, só o bocal, o resto não dava para notar... De qualquer maneira, Amelia me flagrou em seguida, quase não tive tempo de sentir, de verdade, Pablo, eu juro...

Comecei a ver tudo borrado. Tinha duas lágrimas enormes nos olhos. Então foi ele quem se assustou. Mudou de tom, acariciou-me os braços que antes apertara, e falou comigo, me disse quase a mesma coisa que me dissera Marcelo naquela noite, quando fui contar a ele, aterrorizada, porque seu quarto era o único lugar do mundo aonde podia ir.

— Me perdoe. Assustei você e não queria assustá-la, na verdade não há por que se assustar. Vamos, não aconteceu nada. É que é engraçado, uma flauta doce, a flauta de Guillermito. Ainda me lembro. Quando os gêmeos nasceram, você os odiava, deixara de ser a caçula e os odiava, agora está se vingando dele com a flauta, ri só por isso, é sério. As outras não têm tanta imaginação, conformam-se com um dedo. Você é uma menina crescida, uma menina saudável, exerce um direito e... e... Não me lembro, as feministas têm uma frase para casos como este, mas agora não me lembro, de qualquer maneira tanto faz, está bem, é lógico... Todo mundo faz isso, embora as mulheres não contem. — Enxugou minhas lágrimas com a ponta dos dedos. — Se você parar de chorar, se comportar bem e me contar tudo, eu compro em algum lugar um consolo de verdade, só para você.

— Nunca tive nada só para mim.

— Eu sei, mas vou lhe dar um de presente para que pense em mim quando usá-lo. Sei que não é uma ideia muito original, mas me agrada. — Deve ter feito a última observação para ele mesmo, porque não entendi. Além disso, quase sempre pensava nele quando me masturbava, embora, logicamente, não fosse admitir. — Combinado?

Assenti com a cabeça, sem saber muito bem o que estávamos combinando. Nunca na vida me senti tão confusa.

— Fique em pé.

Levantei-me e nos beijamos por muito tempo, nos esfregando um contra o outro. Depois enrolou completamente o cós da saia na minha cintura, deixando minha barriga descoberta para que os espelhos me devolvessem uma estranha imagem de mim mesma.

— Sente-se e me espere, volto logo.

Dirigiu-se à porta e então, apesar do meu atordoamento, me dei conta de que tinha uma coisa importante a dizer. Chamei-o e ele se virou para mim, apoiando o ombro na moldura da porta.

— Nunca me deitei com ninguém antes...

— Não vamos nos deitar em lugar nenhum, sua boba, pelo menos por enquanto. Vamos foder, apenas.

— Quero dizer que sou virgem.

— É mesmo? Não me diga...

Sorriu para mim, e eu sorri com ele. Depois me olhou por um momento e desapareceu. Sentei-me e esperei. Tentei analisar como estava me sentindo. Estava quente, fogosa no sentido clássico do termo. Fogosa. Voltei a sorrir. Levara centenas de bofetadas sem entender por quê, depois de pronunciar essa palavra, um dos termos mais habituais do meu vocabulário. Fogosa, soava tão antigo... Pronunciei-a bem baixinho, estudando o movimento dos meus lábios no espelho.

— Pablo me deixou fogosa. — Era divertido. Disse uma vez e depois outra, enquanto me dava conta de que estava bonita, muito bonita, apesar das espinhas na testa. Pablo me deixara fogosa.

Ele estava ali, com uma bandeja cheia de coisas, olhando como eu mexia os lábios, talvez até tivesse me ouvido, mas não disse nada, atravessou a sala e se sentou diante de mim, com as pernas cruzadas como um índio. Pensei que fosse me comer, afinal estava me devendo, mas não o fez. Tirou minha calcinha, puxou-me para ele, obrigando-me a apoiar a bunda na beirada do assento, e me abriu ainda mais, encaixando minhas pernas em cima dos braços da poltrona.

— Vamos, comece, estou esperando.

— O que você quer saber?

— Tudo, quero saber tudo, de quem foi a ideia, como Amelia flagrou você, o que você contou ao seu irmão, tudo, vamos.

Pegou uma esponja na bandeja, mergulhou-a em um recipiente cheio de água morna e começou a esfregá-la em uma barra de sabonete, até que ficou branca. Eu já tinha começado a falar, falava como um robô, enquanto olhava para ele e me perguntava o que iria acontecer agora, o que iria acontecer agora.

— Bem... não sei o que dizer. Quem me falou foi Chelo, mas a ideia foi de Susana, pelo visto.

— Quem é Susana? Uma alta, de cabelo castanho, muito comprido?

— Não, essa é Chelo.

— Ah, então... como é Susana? — Mergulhou a esponja de novo até que ficou coberta de espuma.

— É baixa, bem pequena, também tem os cabelos castanhos, mas puxados para o louro, você deve tê-la visto lá em casa.

— Sim, continue.

Não conseguia acreditar no que estava acontecendo. Esticara a mão e estava me ensaboando com a esponja. Estava me lavando como se eu fosse uma criança pequena. Aquilo me desarmou por completo.

— Mas... o que você está fazendo?

— Não interessa, continue.

— Mas a boceta é minha e o que você fizer com ela também é assunto meu. — Eu mesma achei que minha voz soou ridícula, e ele não me respondeu, e por isso continuei falando. — Susana faz muito isso, pelo visto, enfia coisas nela mesma, e então contou a Chelo que o melhor, o que mais lhe agradava, era a flauta, então resolvemos experimentar, embora, na verdade, eu achasse aquilo nojento, mas eu fiz, Chelo não, sempre se esquiva, e bem, pronto, agora você já sabe, não tenho mais nada a contar.

Colocou uma toalha no chão, bem embaixo de mim. Era impossível não me olhar no espelho, com os pelos tão brancos como se eu fosse uma velha.

— E como Amelia flagrou você?

— Bem, como dormimos no mesmo quarto, ela, eu e Patricia...

— Patricia, ela e eu... — corrigiu-me.

— Patricia, ela e eu — repeti.

— Muito bem, continue.

— Achei que estava sozinha em casa, sozinha uma vez na vida, bem, Marcelo estava lá, e Jose e Vicente também, mas vendo televisão, e estava passando um jogo, então pensei... — Tirou uma lâmina de barbear do bolso da camisa. — O que você vai fazer com isso?

Olhou para mim com sua melhor expressão de está tudo bem, embora tenha segurado minhas coxas com as duas mãos, por via das dúvidas.

— É para você — respondeu. — Vou raspar sua boceta.

— Nem pensar! — Joguei-me para a frente com toda minha força, tentei me levantar, mas não consegui, ele era muito mais forte do que eu.

— Sim. — Parecia tão tranquilo como sempre. — Vou raspá-la e você vai permitir. A única coisa que precisa fazer é ficar quieta. Não vai doer. Estou cansado de fazer isso. Continue falando.

— Mas... por quê? Não entendo.

— Porque você é muito morena, muito peluda para quem tem só 15 anos. Não tem boceta de menina. E eu gosto de ver meninas com boceta de menina, sobretudo quando vou levá-las para o mau caminho. Não fique nervosa e me permita. Afinal, isto não é mais desonroso do que se enfiar uma flauta escolar, doce, ou sei lá como se chama...

Procurei uma desculpa, qualquer desculpa.

— Mas lá em casa vão descobrir e quando Amelia vir vai me dedurar para mamãe, e mamãe...

— E por que Amelia vai saber? Não acredito que vocês façam coisas à noite.

— Não. — Estava tão histérica que nem sequer tive tempo de ficar ofendida com o que ele acabara de dizer. — Mas ela e Patricia me veem quando ponho e tiro a roupa e os pelos ficam à mostra. — Aquilo me tranquilizou, achei que tinha sido brilhante.

— Ah, bem, mas não se preocupe com isso, vou deixar seu púbis praticamente igual, só quero raspar os lábios.

— Que lábios?

— Estes lábios. — Deixou dois dedos escorregarem sobre eles. Eu estava achando que seria o contrário, e agora me parecia ainda pior, mas já tinha resolvido não pensar, pela enésima vez não pensar, ao ritmo em que íamos meu cérebro se fundiria naquela mesma noite.

— Abra você com sua mão, por favor... — abri — e continue falando. O que você fez quando Amelia a viu?

Senti o contato da lâmina, fria, e dos seus dedos, esticando minha pele, enquanto eu voltava a falar, a cuspir as palavras como uma metralhadora.

— Bem, então, não sei... Quando me dei conta, ela já estava ali na minha frente, gritando meu nome. Saiu correndo do quarto, com o guarda-chuva, batendo a porta... — A lâmina deslizava suavemente sobre aquilo que eu acabara de aprender que também se chamavam lábios. Não sentia dor, era mais como uma estranha carícia, mas não conseguia afastar da cabeça a ideia de que ele poderia perder a mão. Mal via seu rosto, só os cabelos, pretos, da cabeça inclinada sobre mim. — E eu saí correndo atrás dela. Não foi à sala de estar, menos mau, saiu pela porta da rua, com o guarda-chuva, devia ter vindo buscá-lo. Então lembrei que não tinha mais ninguém além de Marcelo, e fui contar a ele, ainda com a flauta na mão... — A lâmina se desviou para fora, estava roçando minha coxa. — Ele estava no quarto, tinha uma pilha de papéis em cima da mesa e não sei o que fazia com eles, riu, riu muito, e me disse que não ficasse nervosa, que ele taparia a boca de Amelia, que ela não ia me dedurar, e falou comigo como você agora há pouco...

Eu estava achando que ele não me ouvia, que me fazia falar qualquer coisa, como quando me operaram o apêndice, apenas para me manter ocupada, mas me perguntou o que tinha me dito exatamente.

— Ora, isso, que era normal, que todo mundo se masturba e que não tinha problema.

— Sei... — Sua voz ficou mais profunda. — E não tocou você?

Lembrei o que havia dito antes ao telefone — eu no seu lugar a teria comido sem pensar duas vezes — e estremeci.

— Não... — Devia ter dado por concluído meu lábio direito porque senti o calafrio da lâmina no esquerdo.

— Ele nunca tocou você?

— Não. Você está pensando o quê? — Suas insinuações me pareciam ficção científica.

— Não sei. Vocês se gostam tanto...

— Você toca sua irmã?

Respondeu-me com uma gargalhada tão violenta que tive medo de sua mão tremer.

— Não, é que não gosto da minha irmã.

— E gosta de mim? — Minhas amigas diziam que jamais se devia perguntar isso a um sujeito na cara, mas eu não consegui evitar. Ele se inclinou para trás e me olhou nos olhos.

— Sim, gosto de você. — Fez uma pausa. — Muito. Gosto muito de você. E tenho certeza de que Marcelo também gosta de você, e talvez até seu pai, embora ele jamais fosse reconhecer. — Sorriu. — Você é uma garota especial, Lulu, completa e faminta, mas, afinal, uma menina. Quase perfeita. E, se me deixar acabar, inteiramente perfeita.

Foi naquele momento, apesar da extravagância da situação, que meu amor por Pablo deixou de ser uma coisa vaga e apropriada, foi ali que comecei a ter esperanças, e a sofrer. Suas palavras — você é uma garota especial, quase perfeita — retumbariam em meus ouvidos durante anos, viveria anos, a partir daquele momento, aferrada àquelas palavras como a uma tábua de salvação. Ele voltou a se inclinar sobre mim, e insistiu, em um sussurro.

— De qualquer maneira, acho que um dia deveríamos trepar os três, seu irmão, você e eu... Seria maravilhoso. — A lâmina voltou a se desviar para fora, desta vez para o lado contrário. — Muito bem, Lulu, estou quase terminando. Foi tão ruim assim?

— Não, mas está espetando muito.

— Eu sei. Amanhã espetará mais ainda, mas você estará muito mais bonita. — Afastara-se um pouco para trás, avaliando sua obra, suponho, antes de se esconder de novo entre minhas pernas. — A beleza é um monstro, uma deidade sanguinária que precisa ser aplacada com constantes sacrifícios, como diz minha mãe...

— Sua mãe é uma imbecil — saiu da minha alma.

— Claro que é... — Sua voz não se alterou nem um pouco. — E agora fique quieta por um momento, por favor, não se mexa por nada. Estou terminando.

Podia imaginar a expressão de seu rosto mesmo sem vê-lo, porque todo o resto, sua voz, sua maneira de falar, seus gestos, sua segurança infinita, era-me muito familiar. Estava brincando. Brincava comigo, sempre tinha gostado de brincar comigo. Ele me ensinara muito dos jogos que conhecia, inclusive a blefar. Eu aprendera depressa, no mus éramos quase imbatíveis. Ele costumava blefar, e costumava ganhar.

Pegou uma toalha, mergulhou uma ponta em outro recipiente e a torceu em cima do meu púbis que, segundo ele, estava quase intacto. A água escorreu. Repetiu a operação duas ou três vezes antes de começar a me esfregar para tirar os pelos que ficaram grudados. Vi que eu mesma poderia fazê-lo muito melhor e mais depressa.

— Deixe que eu faça.

— De jeito nenhum... — falava bem devagar, quase sussurrando, estava absorto, parecia perdido, os olhos fixos no meu sexo.

Beijou duas vezes minha coxa esquerda, por dentro. Depois esticou a mão para a bandeja, pegou um pote de vidro cor de mel, o abriu e afundou dois dedos, o indicador e o médio da mão direita, dentro dele. Era um creme, um creme branco, viscoso e perfumado. Roçou com seus dedos meus lábios recém-raspados, depositando seu conteúdo na pele. Senti um novo calafrio, estava gelado. Então pensei que ainda havia muito inverno pela frente e que os pelos demorariam a crescer. Não seria muito agradável. Enquanto isso, Pablo juntava tranquilamente todos os objetos que usara na operação devolvendo-os à bandeja, que empurrou para um lado. Depois, ele também se afastou para a minha direita, desbloqueando o espelho da frente.

Meu sexo me pareceu um montinho de carne vermelha e volumosa. Em ambos os lados da fenda central se estendiam dois longos traços brancos. A visão me recordou Patricia bebê, quando mamãe passava pomada antes de trocar sua fralda.

Pablo me olhava e sorria.

— Gostou? Ficou linda...

— Não vai espalhar?

— Não. Faça você.

Estiquei a mão aberta, imaginando o que sentiria depois. Meus dedos tocaram o creme, que tinha ficado suave e morno, e começaram a distribuí-lo para cima e para baixo, movendo-se sobre a pele escorregadia, lisa e nua, quente como as pernas no verão depois da depilação com cera, até que aquelas duas longas manchas brancas desapareceram completamente. Não parei. A tentação era muito forte, e deixei que meus dedos deslizassem para dentro, uma vez, duas vezes, sobre a carne inchada e escorregadia. Pablo se aproximou de mim, enfiou um dedo com delicadeza, tirou-o e o levou à minha boca. Enquanto o chupava, ouvi Pablo dizer:

— Boa menina.

Estava ajoelhado no chão, diante de mim. Agarrou minha cintura, me puxou para ele e me fez cair da poltrona. O choque foi breve, ele me manejava com muita facilidade, embora eu fosse, seja, muito grande. Virou-me e fiquei com os joelhos cravados no chão, a face apoiada no assento e as mãos roçando o carpete. Não podia vê-lo, mas o ouvi.

— Se acaricie até perceber que está gozando e então me diga.

Jamais imaginara que seria assim, jamais, e, no entanto, não senti falta de nada. Limitei-me a seguir suas instruções e a desencadear uma avalanche de sensações conhecidas, perguntando-me quando devia parar, até que meu corpo começou a se partir em dois, e resolvi falar.

— Vou...

Então me penetrou, devagar, mas com firmeza, sem hesitar.

Desde que ele tinha anunciado, desde que me avisara — vamos foder, apenas —, eu tinha decidido aguentar, aguentar o que viesse,

As Idades de Lulu

sem abrir a boca, aguentar até o final. Mas ele estava me rasgando. Queimava. Eu tremia e suava, suava muito. Sentia frio. Minha resistência foi efêmera, antes que eu me desse conta já estava pedindo que tirasse, que me deixasse pelo menos um momento, porque não aguentava, não suportava mais, mas ele não me respondeu nem atendeu ao meu pedido. Quando chegou ao fundo, ficou imóvel, dentro de mim.

— Não pare agora, Lulu, porque vou começar a mexer e vai doer.

Sua voz acabou com minhas últimas esperanças. Não ia servir para nada protestar, mas tampouco podia ficar ali parada, sofrendo. Não fui feita para suportar dor, não em grandes doses. Não gosto. Então resolvi seguir suas instruções, outra vez, e tentei recuperar o ritmo perdido. Ele me imprimia um ritmo diferente, por trás. Agarrado aos meus quadris, entrava e saía de mim em intervalos regulares, me puxando e me afastando ao longo daquela espécie de barra incandescente que não se parecia em nada com o inócuo brinquedo com mola que enchera minha boca uma hora antes, e menos ainda com a famosa flauta doce.

A dor não passava, mas, sem deixar de ser dor, adquiria contornos diferentes. Continuava insuportável na entrada, ali me sentia explodir, não sei como não ouvi a pele se rasgando, esticada até ficar transparente. Dentro era diferente. A dor se diluía em tons mais sutis, que se manifestavam com mais intensidade quando me encaixava nele, mexendo com ele, contra ele, enquanto meus próprios movimentos começavam a demonstrar sua eficácia. A dor não passou, continuou ali todo o tempo, pulsando até o final e, por fim, ficou mais forte. Quando sentia os últimos espasmos, e minhas pernas pararam de tremer para desaparecer por completo, Pablo desabou em cima de mim com um grito abafado, agudo e rouco ao mesmo tempo, e meu corpo se encheu de calor. Ficamos assim por um bom tempo, sem nos mexer. Ele escondia o rosto no meu pescoço, cobria meus seios com as mãos e respirava fundo. Eu ainda não entendia bem o que havia acontecido, estava atordoada, como se estivesse bêbada, feliz e imersa em uma sensação nova, desconhecida para mim, que era também gratidão, embora ainda não soubesse. Não tinha me recuperado quando Pablo se afastou de mim e o ouvi caminhar pelo cômodo, mas, ao tentar me mexer, senti que tudo me doía. Deu trabalho me virar porque algo parecido com câimbras, câimbras terríveis, paralisara-me da cintura para baixo.

Ele me ajudou a levantar. Quando agarrei seu pescoço para beijá-lo, ele me levantou pela cintura, encaixou minhas pernas ao redor do seu corpo e começou a me carregar nos braços, sem falar.

Fomos pelo corredor, que era longo e escuro, um clássico corredor de casa antiga, com as portas em um dos lados. A última estava encostada. Entramos, deu um jeito de acender a luz com o dorso da mão e me colocou na beirada de uma cama grande. Tirou minha saia e minhas meias, sorrindo. Depois afastou a colcha e me empurrou para dentro. Livrou-se da camisa, a única coisa que vestia, e deslizou comigo para baixo dos lençóis. Aqueles tons clássicos, a cama e minha própria nudez me comoveram e me aliviaram ao mesmo tempo. As extravagâncias tinham acabado pelo menos por enquanto.

Agora me beijava e me abraçava, fazendo ruídos estranhos e engraçados. Penteava-me com a mão, puxando meu cabelo para trás, e parava por um instante, de vez em quando, para me olhar. Era delicioso. Sentia sua pele fria e rígida, seu peito nu — apesar do que se diz a respeito, sempre me repugnaram os homens peludos —, e intuía pela primeira vez que aquilo acabaria pesando sobre mim como uma maldição, que aquilo, tudo aquilo, não era mais do que o prólogo de uma eterna, ininterrupta cerimônia de posse. A profundidade desse pensamento surpreendeu a mim mesma enquanto rodávamos em cima da cama, que agora era um reduto quente e confortável. Isso me trouxe de volta a planos menos transcendentais, sugerindo que na rua devia fazer um frio terrível, ideia prazerosa por excelência, enquanto eu continuava ali, abrigada e segura.

A recordação do prazer tinha afastado as marcas da dor para algum canto remoto da minha memória. Mais presente, pulsava uma questão que vinha me obcecando havia algum tempo.

— Sangrei muito?

— Não sangrou nada. — Parecia estar se divertindo.

— Tem certeza? — Sua resposta me decepcionara, embora eu tivesse intuído que ele não entenderia.

— Sim.

— Meu Deus!

Não sangrara nada. Nada. Aquilo, sim, era um desastre. Havia acontecido uma coisa importantíssima, decisiva, algo que não voltaria a se repetir jamais, e meu corpo não se dignara a celebrá-lo com algumas gotas de sangue, um mínimo gesto dramático. Meu próprio corpo me ludibriara. Eu tinha imaginado algo mais truculento, mais de acordo com a vertente patética da questão, uma verdadeira hemorragia, um desmaio, alguma coisa, e tivera apenas um orgasmo, um orgasmo longo e diferente, inclusive de certa forma doloroso, mas um orgasmo a mais, afinal.

Ele, que devia saber que algum dia, não muito distante, eu aprenderia a avaliar de um jeito muito diferente o saldo daquela noite, ria, estava rindo de mim outra vez, e por isso escondi o rosto em seu ombro e desisti de contar o que estava pensando. Então esticou a mão para o chão e pegou um maço de cigarros.

— Um cigarrinho de filme francês? — Sua voz ainda era risonha.

— Por que está dizendo isso?

— Não sei... Nos filmes franceses sempre fumam depois de foder.

— E por que você sempre diz "foder" em vez de "fazer amor", como todo mundo?

— Ah, e quem disse que todo mundo diz "fazer amor"?

— Ora, não sei... mas dizem. — Tinha aceitado sua oferta, é claro. Era um prazer adicional, fumar, outra coisa que eu não devia fazer.

— Dizer "fazer amor" é um galicismo e uma cafonice. — Adotara um novo tom, quase pedagógico. — E, além disso, mesmo sendo uma expressão de origem estrangeira, em castelhano "*hacer el amor*" sempre significou "cortejar, dar em cima", não "foder". "Foder" soa forte, soa bem, e além disso tem um certo valor onomatopaico... Trepar também vale, embora esteja muito desvirtuado, ficou antigo.

— Como "fogosa".

— Exato, como "fogosa", mas gosto dessa palavra. — Sorriu para mim e tive certeza de que me ouvira antes. — Enfim, o sexo, ou seja, foder, simplesmente foder, é algo que não tem por que estar relacionado com o amor, de fato são duas coisas completamente diferentes.

Então teve início a aula teórica, a primeira.

Falou e falou sozinho, durante muito tempo. Eu mal me atrevia a interrompê-lo, mas me esforçava para reter cada uma de suas palavras, para retê-lo em minha cabeça, enquanto falava de amor, de sexo, de poesia, da vida e da morte, da ideologia, da Espanha, do Partido, de Marcelo, da idade, do prazer, da dor, da solidão. Depois apagou o último cigarro, ficou me olhando de um jeito estranho, intenso, sorriu como se quisesse apagar de seu rosto aquela intensidade, e me disse algo assim como "ora, não me leve a sério".

Afastou o lençol e começou a percorrer meu corpo com a mão. Eu olhava sua mão e olhava para ele, e o achava bonito, muito bonito, muito grande e sábio para mim. Queria acariciá-lo, queria beijá-lo e mordê-lo, queria arranhá-lo, não sei por quê, sentia que devia machucá-lo, atacá-lo, destruí-lo, mas tinha medo de tocá-lo. Penetrou-me outra vez, de uma forma bem diferente, sem urgência, com delicadeza, movimentando-se em cima de mim com muito cuidado, para não me machucar. Aquela foi uma transa suave, doce, quase conjugal, quase.

Ele me pedia constantemente que abrisse os olhos e o olhasse, mas eu não conseguia fazê-lo, sobretudo quando meu sexo começava a inchar, a se avolumar em um ritmo absurdo, e me impunha a estúpida obrigação de ficar sozinha, sozinha com ele, para poder observar com precisão sua grotesca metamorfose, de qualquer maneira tentava, tentava olhá-lo, e abria os olhos, e o encontrava ali, a cara em cima da minha, a boca entreaberta, e via meu corpo, meus mamilos pontiagudos, longos, e meu ventre que tremia, e o dele, via como sua pica se movia, como se escondia e reaparecia sem parar atrás dos meus poucos pelos remanescentes, mas o mero fato de ver, de olhar o que estava acontecendo, acelerava as exigências do meu sexo, que me obrigava outra vez a fechar os olhos, e então voltava a ouvir sua voz, olhe para mim, e eu insistia em minha solidão, e sentia suas investidas, de repente muito mais violentas, de novo ferinas, por não ter aberto os olhos, deixava cair em cima de mim todo o peso de seu corpo, ressuscitando a dor, mexendo-se depressa e bruscamente até que eu o obedecia, e abria os olhos, e tudo voltava a ficar úmido, fluido, e meu sexo respondia, abria e fechava, desfazia-se, eu me desfazia, me ia, sentia que ia, e deixava as pálpebras caírem sem me dar conta, para começar de novo. Até que uma vez me permitiu manter os olhos fechados e gozei, minhas pernas ficaram infinitas, minha cabeça ficou pesada, ouvi a mim mesma, distante, pronunciar palavras desconexas que só seria capaz de recordar pela metade, e todo meu corpo se reduziu a um nervo, um único nervo tenso, mas flexível, como uma corda de violão, que me atravessava da nuca ao ventre, um nervo que tremia e se retorcia, absorvendo tudo em si mesmo.

Foi uma transa doce, quase conjugal, quase, mas, no final, quando já estava exausta e meu corpo ameaçava voltar a ser corpo, extenso e sólido, a partir daquele único nervo eriçado, cansado, ele saiu de mim, avançou um pouco sobre os joelhos, apoiou a mão esquerda na parede e meteu na minha boca.

— Engula tudo.

Foi só o que tive de fazer, aguentar cinco ou seis trancos que não teria conseguido evitar nem mesmo se quisesse, porque me mantinha sujeita entre suas pernas, fechar os lábios em torno da carne pegajosa, perceber seu sabor, meu próprio sabor, diferente do de antes, e engolir, engolir aquela espécie de pomada viscosa e quente, doce e ácida ao mesmo tempo, com um remoto sabor de remédio que amarga a infância das crianças felizes, engolir e reprimir a vontade de regurgitar à medida que avançava pela minha garganta aquele fluido espesso e asqueroso, asqueroso, ao qual jamais me acostumei e nem me acostumarei, jamais, apesar dos anos e da firme autodisciplina que as boas intenções impõem.

Mas ele gostava, sem dúvida. Enquanto eu ouvia seus gemidos abafados e acompanhava seus movimentos com a cabeça para evitar a náusea que me sacudia quando ficava parada, tentava secretar a maior quantidade de saliva possível para impulsionar para dentro a última dose, como se fosse couve-de-bruxelas, que tem gosto de podre, e pensava, pensava que ele estava gostando, e me vinha à mente uma das eternas ladainhas de Carmela, a babá que minha mãe tinha mantido ao se casar, uma velha beata que cheirava mal e estava esclerosada, demente já, e ia repetindo como um fantasma pelo corredor, o Senhor nos dá e o Senhor nos tira, com o jornal *ABC* na mão, aberto na página dos obituários e dos "Graças ao Espírito Santo", o Senhor nos dá e o Senhor nos tira, Ele me dá e Ele me tira, está bem, o ciclo se fecha, tudo começa e termina no mesmo lugar, ele gosta e ainda bem que é assim.

A primeira aula teórica fora um grande êxito.

Depois bebi, bebi litros de água, sempre bebo água depois, e não serve para nada, mas é a única coisa que se pode fazer, beber água. Estava muito cansada, e também muito feliz. Virei de lado, estava com sono. Ele me cobriu, se esticou do mesmo lado que eu, me abraçou, respirando em minha cabeça, e me deu boa-noite, apesar de já estar amanhecendo. Dormi um sono prazeroso, como o que me vencia depois de passar o dia na montanha.

Depois me perguntei muitas vezes se além de tudo não me sentia culpada, mas a verdade é que disso não me lembro.

Fui acordada pela luz do sol e ele não estava ao meu lado.

Preferi não imaginar que tivesse desaparecido, deixando-me ali largada, no ateliê de sua mãe, onde não se ouviam ruídos, não parecia que alguém estivesse trabalhando, e me concentrei em calcular a hora. Devia ser muito tarde, não ia chegar nem para a terceira aula. Então ouvi o barulho da fechadura velha e enferrujada, estavam abrindo a porta. Podia ser ele, mas também podia ser qualquer pessoa. Tapei a cabeça com o lençol e tentei permanecer imóvel, escutei passos e barulhos, não pareciam saltos, mas nunca se sabe, estavam vindo me buscar, depois percebi o peso de alguma coisa, atiraram alguma coisa em cima de mim.

— As *roscas,* quando esfriam, não ficam muito boas... — Era a voz dele. Tirei o lençol da cabeça e o vi ali, apoiado na moldura da porta, sorridente. — O que você quer de café da manhã?

— Café com leite. — Também sorri para ele. Fiquei imaginando se seria capaz de voltar a apoiar os pés no chão, se não sairia voando no instante em que abandonasse a cama. Era assim que me sentia e, no entanto, me vesti muito depressa. Estava faminta.

Não abri a boca antes de ter engolido, ainda quentes, sete roscas, um dos meus alimentos favoritos, enquanto ele me olhava e repetia que não queria mais, que costumava comer apenas uma.

— Sabe? O fato de gostarmos mais de roscas do que de churros enlouquece minha mãe, porque ela diz que as roscas sujam mais, que são mais gordurosas, pouco refinadas, menos elaboradas, entende? — Eu ria sozinha, ao lembrar. — Ela diz que um churro pode ser comido com dois dedinhos, porque ela sempre fala assim no diminutivo, dedinhos, e pega bem, fica fino, mas comer rosca em público, mesmo que seja com dois dedinhos... — Não pude continuar, engasgava-me, chorava de rir, ele ria comigo.

— Você é muito esperta, Lulu...

— Muito obrigada. — Mas, enquanto lhe respondia, compreendi que chegaria a hora de voltar ao mundo real. — Que horas são? — Na realidade, quase preferia não saber.

— Vinte para uma.

— Vinte para uma! — Minhas pernas tremeram, eu já imaginava o escândalo. — Mas hoje eu tinha aula.

— Resolvi dispensá-la. Ontem à noite você se comportou muito bem. — Sorria, e me dei conta de que para ele aquilo não tinha importância, colégio, matar aula, um dia a mais ou a menos. Talvez tivesse razão, talvez, depois de tudo o que acontecera aquilo não era para tanto. Além disso, Chelo acabaria colaborando, sempre o fazia, contaria à minha mãe que eu acordara com mal-estar e que na sua casa haviam resolvido me deixar na cama. Com a professora não seria tão fácil, mas existiam riscos maiores do que esse.

— Você vai contar para Marcelo?

— Não, ele morreria de ciúme. — Sorriu para si mesmo, de uma maneira estranha. — Além do mais, o que fizemos não deixa de enfraquecer os alicerces do regime.

Saímos. O dia estava lindo, frio e claro, o sol não aquecia, mas fazia companhia. Pedi-lhe que me levasse à porta do colégio porque tinha de ver Chelo, preparar um álibi antes de voltar para casa. Ele dirigiu em silêncio o tempo todo, eu tampouco tinha vontade de falar, mas quando parou no outro lado da rua, diante da grade, virou-se para mim.

— Quero que você me prometa uma coisa. — Sua voz ficara grave de repente.

Concordei com a cabeça, ele fez uma pausa.

— Quero que me prometa que, aconteça o que acontecer, se lembrará sempre de duas coisas. Prometa.

Concordei de novo, estava muito intrigada, quase preocupada com o tom na voz dele.

— A primeira é que sexo e amor não têm nada a ver.

— Isso você já me disse ontem à noite.

— Bem, a segunda é que o que aconteceu ontem à noite foi um ato de amor. — Olhou-me nos olhos e os dele estavam tão negros, tão brilhantes como nunca os vira antes. — Combinado?

Parei para refletir por alguns segundos, mas foi inútil.

— Não estou entendendo.

— Não importa, prometa.

— Prometo.

Então voltou a ser o Pablo de antes, o de sempre. Sorriu para mim, me deu um beijo na testa, abriu a porta e se despediu.

— Adeus, Lulu. Seja boazinha, e não cresça.

Não entendia absolutamente nada e voltei a me sentir mal, como um cordeirinho branco com um laço de fita rosa no pescoço. Como não sabia o que dizer, acabei saindo sem dizer nada. Caminhei depressa, na direção da grade, sem olhar para trás. Vi Chelo, e ela me viu, ficou me olhando com estranheza enquanto o carro de Pablo se perdia no meio de milhares de carros, abandonando-me à espécie mais cruel da incerteza.

— Mas de onde você saiu? — Chelo estava espantada e então pensei que algo devia estar estampado no meu rosto, que eu tinha mudado de rosto.

Peguei-a pelo braço, começamos a andar de volta para casa e então contei, meio que contei, omitindo a maior parte dos detalhes, ela me olhava com olhos de alucinada, tentava me interromper, mas eu não permitia, ignorava seus incessantes pedidos e continuava falando, falei até chegar ao final, e à medida que falava desaparecia aquela sensação desagradável, voltava a ficar feliz, satisfeita comigo mesma.

Parou de repente, meu pé tropeçou em uma árvore e bati com o nariz em uma acácia. Típico de mim, não tenho reflexos. Depois ficou quieta me olhando, com uma expressão conhecida. Estava aborrecida, aborrecida comigo, aborrecida sem motivos, pensei.

— Mas, bem, como vocês fizeram?

— Ora, já contei, eu estava de quatro, quer dizer, não exatamente de quatro, porque não estava com as mãos no chão...

— Não quero saber isso. Isso não me importa, o que quero saber é como vocês fizeram.

— Mas já contei! Não estou entendendo.

— Está tomando pílulas?

— Não... — Fiquei estupefata de repente. Não estava tomando pílulas, claro, não me ocorrera, não pensara em nenhum momento em complicações desse tipo quando estava com ele.

— Ele usou camisinha? — Seus olhos brilhavam com fúria inquisitiva.

— Não, não sei, não prestei atenção, não conseguia ver...
— E não se importa?
— Não.
— Você parece louca! — Estava ficando furiosa sozinha, cada vez mais furiosa, porque eu não mexia um músculo do rosto, não estava preocupada nem ia conseguir me preocupar, e, além do mais, seu acesso de histeria já estava me enjoando. — Você, você não tem jeito. Só faz o que quer, vamos que vamos, sem pensar em mais nada. Não compreende que ele zombou de você? É um velho, Lulu. Um velho que zombou de você. Ponha-o para correr agora. Sabe o que minha mãe diz? Os rapazes só se divertem...
— Chega! — Agora era eu quem estava furiosa. — Não devia ter contado. Você não entende nada.
— Não entendo nada? — gritava no meio da rua, as pessoas parando para nos olhar. — Quem não entende nada é você, que se comportou como uma imbecil, você, Lulu, me perdoe por dizer isso, querida, mas você não tem um pingo de sensibilidade...

Liguei para ela, liguei antes de sair do trabalho, liguei porque é minha amiga, minha melhor amiga, e porque gosto dela. Continuava chorando, soluçando, engolindo o muco, e a consolei, disse o que ela queria ouvir, que, naturalmente, o presidente de seu tribunal era um canalha, que não deviam ter trocado a data do exame, e que com certeza desta vez ela passaria, embora não fosse verdade. Também eu me sentia sozinha naquela tarde, e não queria continuar assim, não queria correr o risco de acabar ligando para Pablo, porque uma hora ele desligaria a secretária eletrônica e a desculpa ainda estava fresca. Por fim, sugeri um plano clássico.

Se Patricia aceitasse dormir na minha casa — cobrando, naturalmente, maldita negociante — para cuidar de Inés, iríamos comer,

comer como duas gordas felizes, e depois beberíamos até sermos capazes de rir, de rir por nada, como duas loucas felizes, e, se nos restassem forças, tentaríamos dar mole para alguém em um bar da moda, meio de brincadeira, como duas putas felizes, e amanhã seria outro dia.

Disse-me que achava ótimo.

Naquela noite tudo correu mal com a gente.

Comer, sim, comemos, comemos um montão de coisas venenosas, centenas de milhares de calorias, e com pão, mas isso não conseguiu nos deixar de bom humor. Beber, também bebemos, mas ficamos tristes, uma bebedeira chorosa e desanimada. Chelo não sabia o que fazer da vida se o concurso público fosse suspenso, depois de tantos anos. Eu abandonara Pablo para dispor da minha, da minha própria vida, e agora também não sabia o que fazer com ela. Estava com vida de sobra.

Bebíamos em silêncio, cada uma na sua, os olhos de Chelo rasos d'água. Eu estava começando a notar que os meus iam pelo mesmo caminho quando me levantei, o copo pela metade, e anunciei que íamos embora, que já chegava. Não gosto de chorar em lugares públicos.

Quando saí, tinha decidido voltar, deixar Chelo em casa e voltar outra vez. Naquela época, meus dias consistiam em duas ocupações básicas, resolver voltar e resolver que não voltaria. Já era muito tarde, mas a rua estava cheia de gente, gente que ria em grupinhos ou percorria os bares de cima a baixo, olhando em todas as direções, procurando uma mesa livre, gente que bebia nas calçadas para observar e ser observada, gente comum que parecia se divertir. Ainda fazia muito calor, parecia que o verão não terminaria nunca.

Chelo continuava morando no mesmo bairro de quando éramos pequenas. Entramos numa rua muito familiar para as duas, larga, elegante e aparentemente deserta, mas sabíamos que estavam ali.

Estavam ali, semiescondidas nas sombras, empetecadas e cambaleantes em seus saltos pontiagudos, algumas enfiadas em minissaias de couro, outras em calças muito apertadas de tecido brilhante, ou feroz, um verdadeiro bando de leopardos sintéticos sobre a pele falsamente lisa, os decotes magnânimos, as tetas perfeitas, perfeitas, invejáveis, lábios vermelhíssimos, cílios postiços lambuzados de rímel colorido e penteados infantis. As jubas de leão deviam ter saído de moda e agora quase todas usavam rabinhos com elásticos e fitas coloridas, suas cabecinhas enfeitadas com grampos, borboletinhas e maçãzinhas.

Não pude evitar. Obedeci a um impulso incontrolável, diminuí a velocidade e encostei na calçada. Chelo protestou, mas não liguei. Então a vi, estava bem mais adiante, quase na esquina da Almagro, vestida com uma espécie de pijama laranja, um cinto preto e enorme enfeitado com correntes e moedas douradas, no meio de um grupinho, beijando todas as outras, seus cabelos ainda intactos, era uma clássica.

Fui chegando mais perto, chamando-a aos gritos pela janela, e ela se virou em seguida, embora tivesse demorado algum tempo para me reconhecer porque eu não costumava dirigir, antes era Pablo quem sempre dirigia.

— Lulu! — cumprimentou-me por fim, toda espalhafatosa. — Que alegria!

No carro estacionado ao lado do meu, um homem apenas um pouco mais velho do que eu, bem vestido e com aspecto de executivo em ascensão, talvez um feliz pai de família, negociava discretamente com dois travestis, um alto e corpulento, o outro pequenino e de aparência infantil. Olhei-os de relance enquanto Ely me tascava dois beijos bastante sonoros, um em cada bochecha, antes de cumprimentar Chelo com o mesmo entusiasmo. Não parecia bem, estava muito envelhecida, eu sempre temera por ela, Pablo não, mas eu pressentia que acabaria mal.

— O que está fazendo aqui? — A última vez que a vira, havia quase um ano, contara-me que estava indo embora, que moraria no sul. — Achei que estava em Sevilha...

— Argh! Nem me fale. — Jogou os cabelos para trás com uma das mãos, estava com as unhas pintadas de branco-perolado, nunca as vira assim, talvez achasse que a tornavam mais jovem. — Os sevilhanos são muito... sevilhanos para mim. Cansei deles muito depressa, sentia falta da capital, do ambiente, não sei. Além disso estou apaixonada de novo, não consegui evitar, enfim, você sabe...

Abaixara a voz para confessá-lo, estou apaixonada, como se essa circunstância fosse capaz de explicar por si mesma sua mudança de cidade, estou apaixonada, disse em um tom doce e tímido, quase com unção, mas você é mesmo uma puta completa, pensei, quando falava de amor esquecia que era na realidade um homem e só conseguia pensar nela no feminino.

Chelo a felicitou estrondosamente, acrescentando que tivesse cuidado, que os homens são muito maus. Ely respondeu que sabia disso melhor do que ninguém, mas que, de qualquer maneira, não conseguia viver sem eles. É verdade, Chelo estava de acordo. Eu ouvia esse diálogo, atenta à negociação que estava sendo feita à minha esquerda. Pensei que teria de movimentar o carro para deixá-los sair, mas os três se instalaram no banco de trás, o cliente no meio, e começaram a enfiar as mãos uns nos outros.

— Ouça! — Ely me obrigou a me virar para ela com seu potente sotaque da Extremadura — Vi seu garoto na tevê há alguns meses, em Sevilha! Aparece muito agora...

Assenti com a cabeça, sorrindo. Pablo já tinha 42 anos, mas para Ely seria sempre meu garoto, assim como para Milagros a desbotada era a garota de Pablo, pelo visto. Mas não achei estranho. Seu último livro recebera tantas críticas positivas e tivera tão poucos leitores como os outros, mas ele tinha ficado na moda de repente.

— Mas por que ele sempre fala daquele padre?

— De que padre? — Não a entendia. Além disso, naquela época procurava não ver Pablo nem sequer na televisão. Gostava muito dele, sempre gostara, e entre os participantes do colóquio, do debate, do programa ou do que fosse, costumava haver algum tão bobo, tão lerdo, tão fácil de humilhar, que a altivez do meu marido, tanta sabedoria e aquele sorriso de canto de boca, carregado de más intenções, me obrigavam a admitir que continuava gostando dele, que continuava o amando, e isso me provocava uma vontade insuportável de voltar, me fazia ter saudades do laço rosa e da pele branca, suave, de cordeirinho, que vestira durante tanto tempo.

— Ora, daquele padre, daquele que morreu há muitos anos, agora não lembro o nome, por Deus, sim, você tem que saber quem é, aquele que estava metido com a freirinha, dessa eu gosto, devia ser uma ótima pessoa, a freirinha, e muito esperta.

— Mas que freira?

— Qual seria? A dos doces, mulher, a santa, a de Ávila...

— Ah! São João...

— Isso, São João não sei de quê, fica falando a mesma coisa sempre, não sei como não cansa, claro que no outro dia se saiu bem, porque apareceu um ianque dizendo que, na realidade, quando se batiam com o açoite e essas coisas, era para gozar, que no final gozavam, que eram masoquistas, entende? — Assenti com a cabeça, sabia de que imbecil estava falando. — Eu o achei muito simpático, dizia coisas engraçadas, mas seu garoto ficou muito irritado com ele, grosseiro até, e eu encantada, você sabe que Pablo me encanta quando fica irritado, fica muito bonito, e além disso os cabelos grisalhos lhe dão agora algo especial, não sei o quê, mas está muito bem.

Meu colega ao lado estava muito ocupado. Escorregara as mãos por baixo da roupa de seus dois acompanhantes para pôr para fora seus respectivos sexos, que segurou por um momento para contemplá-los. Um deles — o pequenino com aparência infantil — tinha uma pica bem respeitável. O outro, alto e chamativo, que parecia uma vedete de teatro de revista, com boá de plumas e tudo, tinha um pênis pequeno, bobo, encolhido, que era evidentemente o mais débil e miserável de todos os seus membros. Nunca se sabe, deve ter pensado também seu cliente, que emitiu um gritinho de surpresa e alvoroço antes de começar a acariciá-los igualmente, sem discriminação, afinal todos são criaturas de Deus, a cada um com uma das mãos, enquanto eles faziam o mesmo com ele, beijando-o na boca o tempo todo. Ely me perguntou alguma coisa, mas não ouvi. Repetiu a pergunta, em voz mais alta.

— Por onde anda Pablo?

— A verdade é que não sei. Não estamos mais juntos.

Se tivesse lhe dito que a terra estava se abrindo sob seus pés, não teria ficado mais surpresa. Ficou calada, olhando-me nos olhos, sem saber o que dizer. Então compreendi que era mais forte do que ela, aproximou sua cabeça da minha muito discretamente.

— Não terá mudado de gostos, não é mesmo? — Sorri, ali estava ela, a Ely, querendo ser a próxima da fila, quase lamentei lhe causar um desgosto.

— Não, sinto muito, mas acho que não, ele está saindo com uma ruiva.

— Mais jovem do que você, claro.

Estive prestes a mandá-la à merda, mas me contive.

— Sim, mais jovem do que eu.

— Então Pablo trocou você por uma ruiva...

— Não — procurei falar devagar, acentuando as palavras. — Eu o deixei, e ele, depois, começou a sair com uma ruiva.

Minhas primeiras impressões estavam erradas. Agora ela me olhava muito mais surpresa do que antes, a cabeça inclinada, sorrindo com ironia.

— Você deixou Pablo? — Ela também acentuava as palavras. — Você acha que eu vou acreditar que você deixou Pablo? Por favor, Lulu!

— Vai tomar no cu!

Isso foi tudo o que fui capaz de responder: vai tomar no cu. Estava furiosa, e não queria que me visse chorar, por favor, Lulu!, vai se foder, vai tomar no cu e que o rasguem de uma vez, Ely me olhava como se eu estivesse louca, outras vezes me respondera muito obrigada! ou Deus te ouça! e eu começava a rir, mas agora se deu conta de que era sério, vai tomar no cu, arranquei de repente, quase batemos no carro de trás, por sorte tinha acabado de pegar a mercadoria e ainda andava devagar, à minha esquerda tinha começado o movimento, o executivo vestido de azul colocara o pequenino em cima, ia meter o pau a qualquer momento, o outro o esfregava com a mão, lamentei por isso, ia perder o melhor.

Chelo me olhava, assustada.

— O que está acontecendo com você? — Não respondi. — Mas... por que ficou assim? Afinal, Ely sempre foi apaixonada por Pablo, não? Foi o que ele disse, pelo menos. Por favor, Lulu, tenha cuidado. Você vai acabar matando a gente...

Procurei-a em todos os lugares, em todos os armários, em todas as gavetas, nos esconderijos de Pablo, e nos meus, mas não consegui encontrar minha blusa branca quando saí de casa.

Certa noite, quase um ano depois de a termos conhecido, Pablo apareceu em casa com Ely. Estivera dando autógrafos numa feira, uma obrigação que detestava, e a encontrara, ela havia aparecido com um de seus livros na mão e ficara lhe fazendo companhia durante toda a tarde, porque, como de costume, quase ninguém se aproximou do estande. Pablo, para compensá-la, a convidou para o jantar, que ela mesma preparou. Usava uma blusa de seda rosa-pálido, com alças muito finas e rendas no decote, muito bonita.

— É linda, essa blusa.

— Pode ficar com ela. É um presente. — Estava muito engraçada, com um de meus aventais, cozinhando ravióli. — É sério, Lulu, fique com ela, tenho outras iguais, de outras cores.

— Vai ficar pequena, sério, sou muito mais peituda do que você...

— Ui, não diga.

— ... mas podem dizer onde você comprou, gostei muito dela.

E assim combinamos ir às compras, uma tarde. Primeiro fomos lanchar tortinhas com creme, também gosto muito, confessou, e depois me levou a quatro lugares. Apenas um deles era uma loja de rua com letreiro luminoso, vendedoras e todo o resto. Os outros eram apartamentos, todos muito próximos à Porta do Sol, e o último ficava no sexto andar de um edifício sem elevador.

Quando chegamos lá não estava com a menor vontade de subir. Havia comprado quilos de roupa íntima e me divertira muito experimentando aventais minúsculos de tecido brilhante, com touquinha combinando, espartilhos daqueles que são amarrados por trás e calcinhas de cintura alta, mas completamente abertas embaixo. Ely me ajudava e me aconselhava, isso não fica bem em você, isso sim, compre alguma coisa de couro preto, funciona muito bem... Não dei ouvidos, ela devia estar cansada de mim, porque não escolhi nada que fosse preto nem vermelho... A verdade é que gostaria de ter uma cinta-liga daquelas, tão escandalosas, caíam bem em mim e eram muito clássicas, mas eu sabia que Pablo tinha horror àquelas cores, e me mantive firme no branco, quase tudo branco, às vezes bege, rosa, amarelo, incluindo uma espécie de coisa indescritível, híbrido de camisola e maiô, cheio de tiras e buracos por toda parte, muito incômodo, mas divertido pelo toque barroco, de um verde-água clarinho. Depois disso, não me apetecia nem um pouco subir de escada até o sexto andar, mas subi, resfolegando nos degraus de madeira que cheiravam a água sanitária rançosa, subi para não decepcionar Ely, porque ela me dissera que aquele lugar, que nem sequer tinha um cartaz em cima do balcão, nem uma placa de latão na porta, nada de nada, era o melhor e que por isso o deixara para o final.

A dona tinha aspecto de ter sido flamenga em outros tempos, o cabelo tingido de negro-azulado, esticado para trás, e recolhido em um coque apertado em cima da nuca. Tinha sobrancelhas desenhadas em cinza-claro e as pálpebras pintadas de azul-raivoso, o batom era muito parecido com o que Ely costumava usar, vermelho-escarlate-paixão ou um nome parecido, blush combinando, muito morena, com uns dois dentes de ouro, sua cara parecia o mapa físico de algum país muito acidentado.

Ela me perguntou se eu era andaluza. Quando respondi que não, olhou-me um pouco decepcionada. Depois quis saber onde eu trabalhava. Não soube o que responder, naquela época continuava lutando com Marcial e não achei que minhas batalhas fossem lhe interessar muito. Ely me livrou do problema dizendo que eu era uma mulher decente, bem, decente mais ou menos. Sim, aposentada, a flamenga ficou satisfeita com sua dedução, mas me olhou com certa desconfiança, como se, por algum motivo, não gostasse de mim.

Apesar disso, gorda como uma foca, vestida com uma bata estampada, guiou-nos através de um corredor sem fim ao que parecia o único cômodo externo da casa, uma sala imensa mobiliada com vitrines de cristal nas quais, além de roupa, podia-se ver todo tipo de artefatos. O resultado era muito estranho, uma espécie de sex shop instalada na sala de estar de uma casa qualquer, iluminada com luz natural, as cortinas corridas e a Porta do Sol ao fundo, mas não me detive muito nessa imagem porque a vi em seguida, pendurada em um cabide.

Era pequena, branca, quase transparente, a cambraia tão fina que parecia gaze. A gola, fechada em cima, terminava em duas lapelas minúsculas, rematadas com babados. Mais abaixo, duas borboletas sustentavam uma grinalda de flores muito pequenas, bordadas com fio acetinado e pequenas pérolas. Em ambos os lados do bordado, quatro fitas muito finas. E mais nada. As mangas eram curtas, de enfeite, terminavam em uma tira que se prendia com um botão pequeno, de nácar. A blusa também era muito curta, abotoava-se por trás, com botões de reflexos rosados, e o último, na altura da cintura, não se via, um lacinho escondia a casa sobre uma tira de tecido semelhante à que rematava as mangas, porém mais larga. Era uma roupinha de recém-nascida, feita à medida de uma menina grande, de 12 ou 13 anos.

Quando me virei para trás, com o cabide na mão, Ely me olhava com estranheza. A flamenga, não, essa já devia ter visto de tudo ao longo de tantos anos.

— Gostou?

— Sim, gostei muito, mas não posso levar, é muito pequena. Não tem uma maior?

— Não, foi uma encomenda que nunca vieram buscar.

— E quem encomendou? — De repente fui assaltada por uma suspeita estúpida.

— Ah, não sei como se chamava. Um senhor de uns 45 anos, com sotaque catalão, não sei.

— E ele veio com a menina? — Agora sentia curiosidade apenas. A flamenga começava a se irritar.

— Com que menina?

— Bem, pelo tamanho esta blusa é para uma menina, não?

— Ele trouxe as medidas anotadas em um papel, eu nunca faço perguntas, ouça, não me importa para quem era a blusa, só sei que fiquei com ela e que nunca vou usá-la na vida... — Ficou me olhando com cara assustada e se virou para Ely. — Escute aqui, ela não é da polícia, é? Você não faria a canalhice de enfiar a polícia aqui, faria?

Ely negou com a cabeça, eu intervim.

— Não, sinto muito, me perdoe, era apenas curiosidade.

— Bem... — pareceu se tranquilizar. — Podemos fazer uma para você, se quiser.

Assenti com a cabeça e ela saiu pela porta, já aparentemente segura das minhas boas intenções, dizendo que ia buscar uma fita métrica.

Ely se aproximou, pegou a blusa e a estudou durante um bom tempo.

— Você gostou mesmo disto?

— Sim, e Pablo vai adorar, tenho certeza, mais do que qualquer outra coisa que tenhamos visto hoje.

— Isto? — Estava perplexa. — Tem certeza? Nunca poderia imaginar, seu garoto deve ser ainda mais pervertido do que parece...

A flamenga, fita métrica em riste, ouvia nossa conversa do umbral da porta, sem se alterar. Encomendei três blusas iguais, todas brancas, e isso a surpreendeu. Depois de me pedir um sinal abusivo, disse que eu poderia buscá-las em quinze dias. Como Ely encomendara uma espécie de quimono curto, preto, com desenhos coloridos de dragões, horroroso, que ela achava muito elegante, ofereceu-se para pegar minhas blusas. Quando estendi a mão à dona da casa para me despedir, ela me pegou pelos ombros, me deu dois beijos e decidiu me tratar com mais intimidade.

— Se dentro de um tempo você quiser voltar a trabalhar, venha me ver. Você poderia ganhar uma grana preta, agora as morenas voltaram a ficar na moda, sobretudo no verão. Os gringos, sabe? Nórdicos, belgas, alemães, também franceses, parece mentira, embora estejam tão perto gostam muito de garotas como você, aos franceses você teria que dizer que é andaluza, mas, de qualquer forma... — Parou para sorrir, achou que tinha interpretado corretamente a expressão no meu rosto, mas se equivocava, eu não estava aborrecida, nem ofendida, não tinha nem sequer espaço para isso porque não conseguia acreditar no que estava ouvindo. — Não se iluda. Ele a deixará logo, com esses gostos que tem... Você é linda, muito linda, mesmo, e ele ainda não deve ser muito velho, mas com o passar dos anos gostará cada vez mais de jovens, louras e magras, e, por fim, das meninas pequenas, como aquele catalão que andava metido com a própria filha, um grande porco, uma menina tão lindinha, dava pena vê-la... A verdade é que não entendo por que ele escolheu você, embora não o conheça, há por aí tantas mulheres mais velhas que parecem tolinhas, e você, que deve ser muito jovem, aparenta mais idade do que tem, é curioso... — Agora me falava com simpatia, como uma velha tia preocupada com meu futuro. — Enfim, venha me ver se quiser voltar a trabalhar...

Eu havia pensado nisso muitas vezes, mas nunca dera importância. Comentei isso com Ely quando voltamos à rua, afinal Pablo me conhecera no berço, era diferente, brincara comigo muitas vezes quando era pequena e poderia continuar me achando uma menina se quisesse, não precisava de muito esforço, eu não achava que fazia nada de especial para incentivá-lo, na realidade.

Ely me olhava sem entender bem o que eu dizia. Entre protestos irados — mas quantos anos você acha que eu tenho, a esta altura, nem que fosse uma avó, não gosto dessas coisas —, arrastei-a para tomar uma sopa enquanto pensava que era incrível que pudesse ser tão tola depois de ter dedicado tantos anos à prostituição.

Pensara nisso muitas vezes sem dar muita importância, mas naquela noite, enquanto dirigia como uma besta, as palavras da flamenga e também as de Ely — muito mais jovem do que você, claro — se cravavam no meu cérebro como agulhas longas e dolorosas, porque minha blusa branca não tinha aparecido, era a última que restava, as outras foram se rasgando e a esta faltava pouco, durara cinco anos e tanto, quase seis, não estava mal. A princípio pensei que era um bom presságio, não tinha aparecido, Pablo a guardara para ficar com ela, eu não estava indo embora para sempre, na realidade não sabia por que estava indo, essa era a verdade, mas ela devia estar usando agora, minha roupinha de recém-nascida, certamente ficaria melhor nela do que em mim, era mais jovem.

Quando chegamos, Chelo me obrigou a subir, você não pode ir assim para casa, falou. Estava até mesmo um pouco assustada, sempre suspeitei que suspeitava que eu estava louca, um pouco desequilibrada, como ela diria. A fita de vídeo estava guardada na caixa, em cima da televisão, vi assim que entrei. Chelo me disse que ia tomar uma ducha e me perguntou se eu também queria. Falei que não, era só o que me faltava naquela noite, que Chelo me deixasse tonta. Eu tinha aceitado na última vez em que saíramos para jantar juntas e depois me deu uma trabalheira tirá-la de cima.

— É engraçado... — dissera —, você voltou a ter pelos na boceta depois de tanto tempo.

Servi-me uma bebida, a enésima, e peguei a caixa. Na capa apareciam três seres resplandecentes, morenos e saudáveis. À esquerda se via um homem muito bonito, de pé, com uma toalha branca enrolada na cintura e outra no ombro. Era Lester, mas eu ainda não o conhecia. Ao seu lado outro sujeito, mais alto e ainda maior, de cabelos castanhos e sorridente, impressionante, com uma calça jeans velha, desbotada, achei que era o homem mais bonito que vira em toda minha vida. Uma mulher loura, pequena, de expressão graciosa e totalmente nua, sentada em uma cadeira, completava o quadro pela direita. Mais ou menos em cima de sua cabeça aparecia um símbolo que eu nunca tinha visto, três pequenos círculos, os dois primeiros com uma setinha, e o terceiro com uma cruzinha também ascendente, entrelaçados.

— O que é isto, Chelito?

— O quê? — Atravessou o quarto nua, vindo na minha direção. — Ah! É um filme, Sergio trouxe ontem, mas não vimos porque, bem, tanto faz, não sei do que se trata... — Em sua voz havia um leve tom de desculpa.

Olhei para ela. Tinha um arranhão longo no seio esquerdo. Embora tivesse tido a precaução de ficar na contraluz, pude distinguir outras marcas espalhadas pelo seu corpo. Eram recentes. Então me olhou nos olhos e colocou a mão no meu ombro. Sabia o que eu estava pensando e também sabia que eu não faria qualquer comentário. Era inútil, depois de tantos anos, garantiria que fora acidental, mas que nunca mais, como outras vezes.

Pablo nunca batera em mim.

— Ouça, Chelo, se não se importa, vou terminar esta bebida e ir para casa. Estou muito cansada e é muito tarde...

— Sim, bem, faça o que quiser — interrompeu antes que eu pudesse terminar a frase.

Estava magoada comigo, ela era assim, eu já estava habituada à sua maneira de pensar, a esse suave, ambíguo e lacrimoso conceito de amizade. O garçom da vez lhe dera uma boa surra na noite anterior, e agora ela precisava de consolo e carinho, de alguma coisa suave e delicada, de um prazer puramente sensitivo, como ela dizia. Fazia parte do jogo, pelo visto, fingir fraqueza e ternura, adubar a pele arroxeada com lágrimas e suspiros para impressionar alguma jovenzinha incauta, uma o oposto exato do nobre animal que a espancara sem pestanejar umas poucas horas antes, porque era aquilo que costumava fazer, permitia algumas preliminares, provocava-os e os insultava, ia dando corda aos poucos, até que eles aceitavam a provocação, e sempre aceitavam, porque ela tomava o cuidado de procurá-los entre os mais inocentes, sempre escolhia o mesmo tipo, garçons, motoristas, rapazes recém-chegados a Madri, ainda ingênuos, como elas deviam ser ingênuas para engolir a história da violação e das cicatrizes dolorosas, a mim já nem sequer tentava convencer, nem mesmo dizendo que calculara mal e o sujeito fora menos manipulável do que previra, pois também havia desses, com ideias próprias. Depois tentava se vingar da minha estrita impassibilidade diante dos seus truques lembrando que não sou uma pessoa sensível, mas isso também não me afetava mais, não depois de tantos anos.

Ouvi a batida da porta, o barulho da água escapando do chuveiro. Eu ainda estava com o filme na mão e continuava intrigada com o símbolo desconhecido, a cadeia de pequenos círculos iguais e diferentes. Aproximei-me da porta do banheiro e gritei:

— Posso levar? O filme, quero dizer.

Não me respondeu. Insisti mais duas vezes.

— Faça o que tiver vontade! — Estava aborrecida comigo, de fato.

Enfiei a fita na bolsa e saí sem fazer barulho. Já estava começando a achar que, depois de tudo, talvez não estivesse me comportando como uma boa amiga, e ela era perfeitamente capaz de lançar de surpresa um último ataque desesperado.

Eram comoventes, absolutamente comoventes, acima de qualquer coisa, comoventes mais do que belos, comovente sua carne, deglutível, e sua pele bronzeada, o abdômen firme e liso, os cabelos muito curtos, a beleza conquistada milímetro a milímetro, suor e mais suor para prolongar a adolescência mais além dos vinte, talvez dos trinta, eram adolescentes crescidos, meninos grandes, uma pequena gangue de jovenzinhos entediados, estão tão sozinhos, pensei, entediam-se, pobrezinhos, e se entretêm da única maneira que sabem, com seus enormes sexos eretos, o único brinquedo a seu alcance, massageiam-se, beijam-se, nunca na boca, acariciam-se mas não se abraçam, olham-se, gostam-se, não podem evitar, surpreendi-os certa vez apalpando-se os músculos, alisando os braços, comparando-se com o companheiro ao seu lado, olhando-o de viés no decorrer de suas brincadeiras, eram deliciosos, comoventes, teria gostado de consolá-los, pegá-los em meus braços e apertar com força, inspiravam-me uma espécie de furor maternal, comoviam-me no fundo da alma, pareciam tão jovens, e eram tão belos, perfeitos, embora certamente fossem me rejeitar, recusariam meus abraços e meu afeto, nos deixe em paz, diriam, já somos crescidos, sabemos nos divertir sozinhos, como quisermos seriam egoístas e soberbos, como todos os jovenzinhos, tolinhos, e voltariam a suas brincadeiras, cavalgando um no outro, era comovente vê-los brincar, um bando de eternos adolescentes, trocando de papel, sorrindo, provocando-se, às vezes rechaçando-se, ai, me deixe, sério, me deixe, não quero, não está legal, um deles era um ator nato, olhava seus amiguinhos com olhos assustados, medrosos, ele não queria, e eles se lambiam diante dele, eram encantadores, tão instigantes, os dois acariciavam um ao outro, estavam muito graciosos, em pé, tão formais, um braço pendendo ao longo do corpo, o outro esticado para o corpo do outro, os dedos entrelaçados nos cabelos do outro, tocavam-se, estimulavam-se com suas mãozinhas, e advertiam o pequeno covarde que permanecia encolhido no sofá, tapando os olhos com a mão entreaberta, olhava entre os dedos, que vigarista, vamos fazer com você, é inútil resistir, e riam às gargalhadas, eram comoventes, uma garota loura, loura e pequena, batia palmas de alegria, ela também jovem e bela, mas não lhe davam atenção, essa era a atitude correta, é claro, dei total apoio, ignorá-la, o que apitava ela naquela brincadeira de meninos?, vou fazer xixi, mas que horror!, como podia ser tão vulgar, aquela menina, vou fazer xixi, repetia, e eles a olhavam com atenção, claro, é normal, pensei, são ainda tão jovens, sentem curiosidade pelo sexo oposto, ela era vulgar, de uma vulgaridade que não tinha remédio, o ator nato tirou a mão da cara, uma reação encantadora, comovente, ele também queria saber o que estava acontecendo, e ela repetia, vou fazer xixi, os outros dois também a olhavam, em pé, um deles tinha apoiado a cabeça no ombro do companheiro e acariciava suas costas com a mão livre, que garoto mais carinhoso, o outro bancava o durão, era o chefe do grupo, foi ele quem teve a ideia, venha aqui, na minha frente, ela obedeceu, que graça, tinha dotes de líder, tão jovem e já mostrava firmeza, era comovente, tão seguro de si, sorriu para seu companheiro, me deixe agora por um momento, depois continuamos a brincadeira, espere e verá, tive uma ideia genial, ela estava diante dele, era magra e frágil, que curioso, pensei, nos países anglo-saxões os meninos se desenvolvem antes das meninas, levantou-a sem esforço, não pesava nada, pegou-a pelas pernas, por trás dos joelhos, e afastou os braços, segurou-a no ar, que mau, como você é mau, agora entendi, a garota era muito lerda, eu adivinhei antes dela, agora entendi, quero que mije em mim, aqui, agora, o cordeirinho tentou escapar, mas o comparsa do chefe não deixou, veja só, tinha que ter deixado, tonto, ela disse que ia segurar mais um pouquinho, assim dá mais prazer, mas que afã de protagonismo tem esta menina!, no final não foi capaz de cumprir suas ameaças, apertou o ventre com uma das mãos e fez xixi, regou generosamente o infeliz que com tanto interesse olhara para ela antes, tinha merecido por trapacear, os outros riam, era só uma brincadeira, claro, uma brincadeira própria de seus poucos anos, como se divertiam, era maravilhoso vê-los rir, depois voltaram a ficar um ao lado do outro, ela se esfregava contra os dois com muito descaramento, eles se esfregavam entre si, então o cordeirinho voltou a tentar fugir, que ingênuo, o líder o agarrou pela cintura, não, não, lembra, vamos fazer com você, agora, agora mesmo, seu corpinho tremia, mas era tudo encenação, brincava de não querer, deixava que acariciassem seu peito, deixava que acariciassem seu sexo, fingia uma expressão resignada, era comovente em sua inocência, e o chefe do bando o levantou no ar, atirou-o no sofá, seu comparsa o felicitou, claro, admirava o líder, era uma reação normal, e esfregava as mãos, ele também ia se divertir, claro que sim, para isso apostara no vencedor, o rebelde era uma boa pessoa, no entanto, e por isso se ajoelhou no chão, ficou de quatro, muito bem, perdi, pago prenda, era nobre, ele também um garoto, o chefe segurava o queixo, estava pensando, seu amigo foi para o chão, fechou o punho, esticou a mão na direção do perdedor, e o deixou sentir os nós dos dedos contra o orifício, apertou-os contra suas nádegas, deixando leves marcas, e voltou para o centro, a vítima choramingava, e suplicava, não, não, isso não, por favor, o que vocês quiserem, é sério, mas isso não, o chefe olhou seu amigo, que continuava no chão, sorria, e eu me dava conta de que o do punho não estava levando aquilo a sério, não era sério, claro, era tudo uma brincadeira, e por isso o suplício acabou logo, vire-se, o quê?, não entendia, estava alterado pelo medo, pobrezinho, era comovente, vire-se, vá para o sofá e abra as pernas, agora obedecia de primeira, é melhor assim, ou brinca direito ou é melhor não brincar, você, disse à jovenzinha, que continuava por ali, querendo atenção, flertando com eles o tempo todo, você, repetiu e acenou com a cabeça, ela se sentou no chão, acocorada, e deu início a estranhos movimentos, seus dedos desapareciam dentro dela para reaparecer por um instante e voltar a se esconder dentro daquele jovenzinho comovente, que esperava no sofá, as pernas bem levantadas, os braços sustentando-as no ar, mas como estes garotos são habilidosos, quantas coisas sabem!, agora a pele do cordeirinho reluzia, era suficiente, já chega, o maior, aquele que exercia as funções de líder, deu alguns passos para a frente, flexionou as pernas, e tentou avançar através do corpo encolhido no sofá, repetidas vezes, mas não parecia possível, aquele jovenzinho agressivo contraía caprichosamente os músculos, ou talvez não fosse bastante largo, pobrezinhos, que contratempo, mas não, já, já conseguiu, menos mal, agora inclusive pode apoiar os joelhos no sofá, que bom, devia estar cansado, anjinho, com tanto esforço, o entra e sai de seu amiguinho, que gracioso, mas olhe!, o colchãozinho de carne macia levanta a cabeça para olhar, que sem-vergonha!, agora sorri com a boca entreaberta, faz cara de tolinho, está gostando, embora às vezes sua boca se crispe em uma expressão de dor, bem, nada é de graça nesta vida, filho, é preciso sofrer, e ele sofre, mas fecha os olhos e sua saliva escapa por um dos cantos da boca, que comovente, ele também gosta, sua resistência era encenação, agora é sincero, esticou a mão para seu sexo, pegou-o com os dedos, o terceiro dos jovenzinhos contempla a cena, leva um dos polegares à boca da suposta vítima e ele o chupa, que gracioso, vai se ocupar agora de tornar agradável a vida deste pobre cordeirinho que tanto padeceu sob suas ameaças?, não, coloca-se atrás do chefe, empurra-o para a frente, precipitando-se contra o corpo de sua vítima comum, e ele também flexiona os joelhos, que bom, vão fazer acrobacias agora, mas não, não pode ser, simplesmente não parece possível, e, no entanto, consegue de primeira, penetra com suavidade, uma boa lição de humildade para este chefão, pensei, é preciso estar a par de tudo, garoto, qualquer um pode lhe arrebatar o cetro a qualquer momento, embora na realidade seja ele, o líder, quem tenha ficado com a melhor parte, já nem sequer se mexe, o vagão de trás o faz pelos dois, e ele permanece emparedado entre seus dois amigos, são comoventes, absolutamente comoventes, tão jovens, tão perfeitos, divertem-se tanto sozinhos...

Quando o quarto começou a se iluminar com a luz fraca e leitosa que penetrava através das varandas, resolvi tentar dormir um pouco. Fazia frio.

Enfiei-me na cama com muita cerimônia, afofando os travesseiros e esticando bem os lençóis, deitei de barriga para cima, muito esticada, fechei os olhos com força e trouxe à imaginação todo tipo de alimentos deliciosos, sorvete de torrone, leite batido com clara de ovo, açúcar e canela, toucinho do céu, torta de suspiro de limão, quase sempre dava resultado, mas naquela noite foi inútil. Quando me cansei de dar voltas, pulei da cama resignada a prolongar a vigília, enrolei-me em uma manta e fui à cozinha procurar alguma coisa para comer, porque minha inútil tentativa de conciliar o sono me despertara uma fome feroz. Na despensa, encontrei uma caixa de doces de massa folhada que Carmela me trouxera de sua aldeia. Os folhados que me dá de presente de vez em quando são a única qualidade positiva que sou capaz de reconhecer nela. Adoro os doces de aldeia. Não deveria, pensei, mas era uma ocasião especial, levei a caixa comigo, a meu observatório da sala de estar.

Mordi um cantinho de uma massa coberta de pinhões, como sempre devagarinho para que durem mais, e os recuperei em seguida, a distância, ali estavam, dançando para mim, não pareciam mais capazes de me surpreender, impregnara-me deles antes, e agora conseguia olhá-los com certa frieza objetiva, embora aquela sinceridade, a sinceridade que distorcia seus rostos encharcados de suor, a sinceridade que escapava entre seus dentes, seus gemidos discretos e entrecortados, roucos, ainda conseguissem me comover. Aquela arrogância não me impressionava. Inspiravam-me uma estranha compaixão, manchada de inveja e de violência, um sentimento obscuro e denso. E, mais além do meu delírio inicial, persistia a certeza de sua juventude e de sua inexperiência. Tolinhos. Sentia-me muito superior a eles, mais velha, não conseguia afastar da cabeça a ideia de que não passavam de um grupo de crianças grandes que brincavam, crianças, se um deles roçasse meu rosto com o dorso da mão poderia me esmagar contra a parede sem fazer esforço, pensei, mas nem sequer isso poderia mudar as coisas. Aquela arrogância não me impressionava. Quatro chibatadas e uma semana sem televisão baixaria a bola de todos eles por um bom tempo. Como com Inés.

Ouvi em algum lugar o fraco alarme do despertador. Adormecera, estava observando-os pelo buraco da fechadura de uma grossa porta de madeira, trancara-os ali e agora um deles, escolhido antes ao acaso, exibia aos outros as cicatrizes, suas ancas sulcadas por estrias brancas na pele avermelhada, e todos choravam e o acariciavam, comportavam-se como animais, incapazes de se arrepender e corrigir seu comportamento, seria necessário tratá-los com mais severidade no futuro, meditava sobre tudo aquilo quando o despertador tocou, a televisão emitia um confuso amálgama de traços pretos e brancos, tenho que acordar Inés, banhá-la, vesti-la, obrigá-la a tomar o café da manhã e levá-la ao colégio, o ritual cotidiano se impôs por fim e consegui me levantar, foi então que o sangue começou a fluir aos borbotões, meu rosto se encheu de falsos hematomas, a pele das minhas bochechas se esticou, tensa e ardente.

Senti vergonha, e medo também, uma sensação desconhecida e desagradável, imprecisa, mas, à medida que conseguia acordar, tudo parecia recuperar seu lugar, e o sangue abandonou meu rosto e voltou a circular por todo o corpo.

Tenho que acordar Inés, pensei. É uma pena que ontem à noite tenha brigado com Ely, porque gostaria de ir a uma luta de boxe, e certamente ela sabe onde se compram entradas para essas coisas...

Tempos atrás, caçar travestis tinha sido uma das minhas brincadeiras favoritas.

Sabia que se tratava de um passatempo absurdo, uma loucura e, inclusive, uma coisa injusta, mas me abrigava atrás da minha solidariedade, uma vaga solidariedade de gênero em relação às putas clássicas, mulheres verdadeiras com tetas imperfeitas, murchas, e dentes cariados, que agora tinham mais dificuldades, com tanta competição desleal, as pobres.

Pablo me permitia, sempre me permitiu tudo, e encostava no meio-fio, dirigia bem devagar enquanto eu me encolhia em meu assento para não chamar muita atenção, para que vissem somente a ele, e então saíam de suas tocas, as víamos à luz dos postes, plantavam-se com as mãos na cintura poucos metros à frente do carro, Pablo ia quase parando, elas abriam a roupa, abriam os lábios, mexiam a língua e, quando estavam na distância certa, zás, acelerávamos, dávamos um susto mortal, razoavelmente mortal, porque nunca nos aproximávamos tanto para que pensassem que iam morrer atropeladas, não, só queríamos, eu queria, na verdade, eu que era a inventora da brincadeira e de suas regras, vê-las pular, sair correndo com todos os seus adereços, colares, chapéus de aba larga, xales que flutuavam ao vento, eram graciosas, escorregavam em cima dos saltos, caíam de bunda, pesadas e grandes, ainda não estavam familiarizadas com suas roupas e corriam levantando as saias, quando as usavam, com a bolsa na mão, corriam com os mindinhos esticados, era divertido, algumas, com cara de ódio, nos insultavam com o punho em riste, e ríamos, ríamos muito, sempre ri muito com ele, sempre, e com ele nunca me sentia culpada depois. Até que devem ter memorizado nossos rostos, talvez nossa placa, e certa noite, quando estávamos começando e nos movíamos bem devagar ao lado da calçada, uma delas veio pela esquerda e deu uma porrada em Pablo, a porrada que estávamos por muito tempo procurando.

Mal tive tempo de vê-lo, um punho fechado, um punho temível, rematado por uma enorme unha vermelha, através da janela, e Pablo cambaleava, pisava no freio e levava as mãos ao rosto.

Então tive um ataque, até hoje não entendo por quê, mas tive um ataque. Saí do carro e comecei a xingar a vaporosa figura que se afastava a toda pressa rua abaixo. Você, filho da puta, venha cá se tem coragem. As testemunhas da cena, colegas do agressor, se aglomeravam na calçada. Eu continuava gritando, vou matar você, porco, covarde, maricão, vou matar você... Parou e deu meia-volta bem devagar, como se executasse um passo de balé bem ensaiado, enquanto nas casas dos arredores as luzes se acendiam, chega!, todas as noites a mesma coisa! Os vizinhos não pareciam desfrutar as cenas passionais, mas Pablo, com a mão ainda no rosto, ria às gargalhadas.

Começou a vir na minha direção. Os espectadores estavam desconcertados, eu furiosa, bêbada, perdida e furiosa. Você, filho da puta, como se atreve a bater no meu namorado? — Não conseguia chamá-lo de meu marido, embora o fosse, estávamos casados havia quase três anos, mas não saía. — Estou avisando que se voltar a tocar em um fio de cabelo dele vou arrancar seus olhos, arranco seus olhos, vagabundo de merda...

Agora estava na minha frente. Seu rosto exibia a mesma expressão de estranheza que se desenhara antes no rosto de seus companheiros. Pablo gritava que eu voltasse para o carro, que parasse já com aquilo.

Estudei-o por um instante. Não era muito alto para um homem, mas sim para uma mulher, tinha mais ou menos o meu tamanho. Era muito jovem, ou pelo menos parecia, um dos travestis mais jovens que eu vira em minha vida, eu tinha 23 anos então, e ela aparentava quase a mesma idade. Tinha a cara redonda, cara de bolacha, não havia nada fino naquele rosto, apesar da espessa camada de blush com que pretendera criar a ilusão de maças do rosto salientes. Era bonita, não bonito, antes de mudar de lado devia ter sido um homem feio, chocante, com aquela cara de menina de primeira comunhão. Não me dava medo.

Agarramo-nos pelo cabelo. Agarramo-nos pelo cabelo, era divertido. Ela cheirava a Opium, eu não cheirava a nada, suponho, nunca uso perfume. Lutamos por um bom tempo, uma atracada à outra. Suas amigas a incentivavam a me matar, eu ouvia suas vozes, gritos de ódio, violentos, me chamavam de tudo, mas ela não queria me machucar, notei que não queria me bater com força, e desisti de lhe dar um chute nos ovos. Por fim, tudo terminou em algumas bofetadas.

Pablo nos separou. Estava sério. Me agarrou pelos cotovelos e me apertou contra ele, para que não me mexesse. Continuei esperneando por alguns segundos, por inércia, e então minha adversária disse uma coisa estranha, a última que eu poderia esperar dela, mas ainda não sabia que ela colecionava frases de John Wayne. Era fascinada pelos xerifes dos filmes de faroeste.

— Cuide dela, cara. Você tem sorte, não é uma mulher comum.

Essas espantosas palavras me tranquilizaram. Pablo lidava muito bem com esse tipo de situação, com esse tipo de personagem.

— Isso eu já sei. — Tentava parecer sereno. — Nos perdoe, foi tudo culpa nossa, mas é que minha mulher parece uma menina. Gosta de fazer brincadeiras cruéis.

— Óbvio, a culpa é de vocês, mais do que culpa, é uma sacanagem, ora essa, o que vocês fazem... — Nos olhava com curiosidade, não parecia aborrecida, o grupo já se dispersava, decepcionado. — Eu me chamo Ely, com ípsilon.

Estendeu a mão. Pablo a apertou, sorrindo, gostara da história do ípsilon, eu tinha certeza.

— Eu me chamo Pablo, e ela, Lulu.

— Ah, que graça! Eu também gostaria que meu namorado me chamasse assim.

Então eu também sorri, embora não fosse a primeira vez que ouvia algo parecido. Aquele era um erro muito comum. A maioria das pessoas que me conheceram com Pablo achava que Lulu era um nome recente, que fora ele quem me batizara assim, ninguém parecia disposto a acreditar que se tratava, na verdade, de um apelido familiar, derivado do meu próprio nome, que me fora imposto na infância sem que pedissem minha opinião. De qualquer forma, não era o momento para dar explicações, mas para pedir perdão. Foi isso que fiz, antes de apertar também sua mão. Depois, Pablo lhe contou que íamos jantar, naquela noite sairíamos para comemorar um dos raros, mas generosos, donativos de meu sogro, e a convidou a vir conosco. Tudo era muito divertido. Ela hesitou por um momento, na realidade estava trabalhando, disse, mas acabou aceitando, e os três nos divertimos muito, rimos muito.

Fomos a um restaurante muito caro e metido a fino, onde todo mundo nos olhava. Pablo o escolhera exatamente por isso e Ely estava maravilhada, ela adora escandalizar. Usava uma minissaia azul-elétrico de plástico, imitando couro, sandálias altíssimas amarradas com tiras, e uma blusa de seda com desenhos brancos, roxos e azuis. No pescoço, uma echarpe do mesmo tecido.

Sentou-se bem ereta, quase esticada, e começou a fumar com piteira enquanto ajeitava sem parar os cabelos. Tinha cabelos longos e escovados, volumosos como algodão-doce, com as pontas tão viradas para trás como se tivessem sofrido segundos antes uma descarga elétrica, repletos de mechas louras que precisavam de retoque, pois se viam muitas raízes escuras.

Eu não conseguia parar de olhá-la. Os mamilos apareciam sob o tecido transparente. Ela percebeu.

— Quer que eu mostre?
— O quê?
— Meus peitos.
— Ah, sim!

Esticou a blusa para a frente e enfiei o nariz no seu decote. Vi dois peitos perfeitos, pequenos e firmes, bem pontiagudos. Devia estar estreando-os. Tive vontade de tocá-los, mas não me atrevi.

— Impressionante — falei. — Muitas já quiseram...
— Claro. Você quer? — dirigia-se a Pablo.

Ele negou com a cabeça, ria e me olhava.

Ely começou a nos contar sua vida, mas não quis nos revelar sua idade, nem seu nome de batismo. Queria se chamar de Vanessa, ou algo assim, mas já estava muito usado e optara por um apelido, era mais fino. Parecia andaluza, mas era de uma aldeia de Badajoz, perto de Medellín. Terra de conquistadores, disse, piscando um olho.

Quando lhe entregaram o cardápio, parou de falar para estudá-lo atentamente. Depois, com uma voz especial, melosa e doce, muito mais feminina do que a que eu jamais teria, olhou para Pablo e perguntou:

— Posso pedir enguias?

Podia pedi-las e o fez. Empanturrou-se, três pratos e duas sobremesas, estava morta de fome, embora tentasse dissimular, afirmava que não costumava comer muito para manter a linha e que se reservava para ocasiões especiais como aquela, mas os homens mudaram muito, por isso gostava tanto dos filmes antigos, em preto e branco, agora era diferente, cada vez havia menos cavalheiros dispostos a pagar um jantar decente para uma garota, falava e comia sem parar, enquanto no rosto de Pablo começava a se desenhar uma mancha rosada que depois ficaria roxa, com bordas amarelas e reflexos esverdeados. Acertara-o em cheio.

— Que horror, sinto muito, mesmo! — Acariciava seu rosto com a mão. — Isso não consegui resolver, a coisa dos hormônios, quero dizer...

— Não tem importância. — Pablo se deixava acariciar, e sorria, era sempre assim com as criaturas que ia recolhendo pela rua.

Então Ely pulou na cadeira e lhe ocorreu que, para comemorar, poderíamos acabar todos na cama, de graça, claro. Pablo disse que não. Ela insistiu e Pablo voltou a recusar, com delicadeza.

— Bem, pelo menos deixe que eu chupe seu pau... Podemos fazer no carro, não é muito romântico, mas estou acostumada...

Eu ria às gargalhadas. Pablo, não, apenas sorria, negando com a cabeça. Ely também sorria.

— Este garoto é muito equilibrado — falava comigo.

— Sim, o que se pode fazer...? — Decidi me passar para o inimigo. — Anime-se, Pablo, vamos! É preciso experimentar de tudo nesta vida. — Virei-me para a solicitante. — Eu digo que é uma pena, ele tem um belo material...

— Ai, pelo amor de Deus!

Jogou todo o corpo para trás, afofando os cabelos com a mão, exagerava todos os seus gestos, agora estava se fazendo de louca e o fazia muito bem, era muito engraçada.

— Pelo amor de Deus, deixa! — Fingia desespero, embora tampouco conseguisse parar de rir. — E qual é o problema? Não vou fazer nada de estranho. Não tenho na boca mais do que uma língua e muitos dentes, como todo mundo. Deixa, deixa! Ah, que país é este? Vamos, retribuirei o jantar e você vai gostar, sou ótima...

Estávamos gritando, armando um escândalo considerável. Trouxeram a conta sem que a tivéssemos pedido. Pablo pagou e saímos do restaurante.

Ely pediu que a deixássemos onde a tínhamos pegado. É aqui perto, disse, ainda vou poder arrumar um programa, mas durante o caminho continuou insistindo sem parar. Tinha bebido bastante, nós também. Eu hesitava. Não sabia se podia continuar ou não, não queria ultrapassar o limite. Na realidade, não sabia onde estava o limite. Ele parecia se divertir com tudo o que eu fazia, mas devia existir um ponto, um limite, em algum lugar.

Por fim, pedi que estacionasse e passei para o assento de trás. Preferi não olhá-lo no rosto. Ely me abriu espaço. Estava surpresa. Avancei em cima dela e meti as duas mãos no decote. Levantei o olhar para encontrar os olhos de Pablo cravados no retrovisor. Estava me observando, parecia tranquilo, e supus, repeti a mim mesma, que isso significava que o limite ainda estava longe.

A carne estava tão dura que quase era possível perceber as bolas, as duas bolas que devia carregar dentro. Apertava e espremia suas tetas, puxando os mamilos e lamentando, em algum lugar recôndito, não ter unhas longas para cravá-las e marcá-la com seu próprio sangue. Aquele ser híbrido, cirúrgico, me inspirava uma estranha violência. Deu-me um beijo no rosto, mas me afastei. Nunca ninguém fora tão atencioso comigo como Pablo e eu não queria ser beijada por ela. Coloquei a mão na sua coxa. Ficou excitada. Não me pareceu lógico. Pablo continuava imóvel, olhando-nos pelo retrovisor à luz leitosa dos postes. Voltei a tocá-la. Estava excitada, mesmo. Então levantei sua blusa e enfiei uma de suas tetas na boca sem afastar a mão. Era monstruoso.

Estava pendurada em sua teta, beijava, chupava, mordia e passava a mão sobre seu sexo, esfregava-o através do plástico azul, tão esticado sobre suas coxas que eu chegava a roçar a ponta com o pulso e o percebia crescer. Ela segurou minha mão e tentou levá-la para baixo da saia, mas não permiti, não tinha vontade.

— Você é uma mulher de caráter, hein?

Dei uma mordida em seu mamilo que a fez gritar. Estava como louca.

Ela começou a esfregar minhas tetas, minhas próprias tetas, muito maiores do que as dela, por cima da camiseta, e disse a Pablo que seguisse, que iríamos tomar uma saideira em um bar que conhecia e lhe deu o endereço.

Pablo arrancou, e Ely continuou se comportando de maneira estranha. Eu também estava usando saia, uma saia longa, branca, de verão. Ela primeiro acariciou minhas coxas e depois meteu a mão por baixo, enfiou-a até o final, e senti suas unhas, dois dedos, depois três, dentro, fazendo força contra o fundo, movendo-se para a frente e para trás, devagar no começo, depois cada vez mais depressa, mais depressa, seus dedos me cortavam a respiração e eu a ouvia falar com Pablo — esta garota é uma cadela —, ele ria — vai lhe custar a saúde continuar com esta garota —, enquanto eu permanecia pendurada em sua teta, meu pescoço já doía por causa da postura, tanto tempo, mas continuava pendurada, mexendo contra sua mão enquanto ela me enfiava os dedos, as unhas, falando sem se alterar, como se estivesse no cabeleireiro — deveria experimentar com uma de nós, sério, nós nos satisfazemos com muito menos —, até que gozei.

Devíamos estar parados por um bom tempo. Quando abri os olhos, vi os de Pablo, que tinha se virado para mim, me olhando. Depois abriu a porta e saiu.

Caminhamos em fila indiana, Pablo na frente, Ely atrás e eu no meio. Estávamos em um bairro caro, moderno e elegante, que à noite ficava repleto de putas caras, modernas e elegantes. Era difícil imaginar que um travesti de rua andasse muito por ali, mas ela se encaminhou com decisão a um estabelecimento que parecia fechado e bateu com os nós dos dedos em uma porta de madeira, de estilo castelhano, com postigos. Uma janelinha foi aberta e apareceu a cara de um sujeito. Começaram a conversar. Não vi o que acontecia porque Pablo me abraçara e me beijava no meio da calçada.

Ely perguntou se ele ainda tinha algum dinheiro, o jantar nos custara uma fortuna, com tudo o que comera. Pablo fez que sim com a cabeça, sem tirar minha língua de sua boca, claro que tinha dinheiro, em momentos como aquele sempre tinha dinheiro.

A porta foi aberta e entramos. Aquilo não era um bar propriamente dito, havia uma espécie de pequeno vestíbulo, um balcão diminuto, como em alguns restaurantes chineses, e uma porta de vidro que dava para um corredor, um corredor longo, forrado com um carpete em tom verde relaxante e com portas dos dois lados, um corredor que terminava de repente e não levava a nenhum lugar.

— O que vamos beber? — Ely recuperara a compostura, embora estivesse com a blusa desabotoada, e se dirigia a nós em um tom diferente, como de anfitriã elegante.

— Gim.

— Ah, não! Gim, não, que horror, champanhe.

— Não gosto de champanhe. — Era verdade, ele não gostava, e eu também não, costumava beber gim com gelo, como ele. — Mas você pode pedir, se quiser.

— Sim, sim, sim, sim! — Mexia os olhos e os lábios ao mesmo tempo. — Então duas garrafas, uma de cada...

Pablo se encaixara atrás de mim. Abraçava-me assim muitas vezes, cercava minha cintura com o braço esquerdo, acariciava meu peito com a outra mão e esfregava o nariz na minha nuca, enquanto me repetia no ouvido uma das frases favoritas de minha mãe, a sentença fulminante, definitiva, com que dava por terminadas todas as broncas em outros tempos.

— Você vai acabar no fundo do poço...

O homem que falara com Ely colocou duas garrafas e três copos em uma bandeja de metal e seguiu à nossa frente. Abriu a terceira porta à direita, depositou as bebidas em uma mesa pequena e baixa com superfície de vidro e desapareceu.

Estávamos em um quarto sem janelas, muito pequeno. O respaldo de um banco muito largo, de aspecto suave, forrado com um veludo azul-elétrico que trocava pontapés com o verde da parede, corria ao longo de uma das paredes. Ao redor da mesa, quatro banquetas forradas com o mesmo tecido completavam o mobiliário com exceção de uma escrivaninha, uma escrivaninha bastante feia, de madeira, com porta de persiana, que estava encostada em um canto, uma escrivaninha completamente vazia — vasculhei com cuidado todas as gavetas — que não fazia sentido naquele lugar. Não havia nenhuma cadeira.

Sentamos no banco, os três, Pablo no meio. Ely ficou séria, parou de falar. Diante de nós, um espelho muito grande nos devolvia uma imagem quase ridícula. Ely olhava para baixo, Pablo fumava, acompanhando a evolução da fumaça com os olhos, e eu olhava os três no espelho, estava preocupada, não sabia como tudo aquilo ia acabar, até que comecei a rir, a rir às gargalhadas, a me desfazer em riso. Pablo me perguntou o que estava acontecendo e a duras penas consegui articular uma resposta.

— Parece que estamos na sala de espera de um dentista...

Meu comentário aliviou a tensão, e os dois riram comigo. Ely voltou a falar e abriu o champanhe com muitos oh! e estrépito. Encheu uma taça, bebeu e voltou a se calar. Pablo também estava em silêncio, olhava-me com uma expressão divertida, quase sorrindo, mas sem desgrudar os lábios, como se soubesse que eu suspeitava desde o começo que ele faria alguma coisa. Ele costumava tomar as rédeas em casos como esse, mas naquela vez não parecia disposto a mexer um dedo, e logo depois voltamos os três a ficar quietos e calados, como na sala de espera de um dentista, eu cada vez mais nervosa. Ely estava sem graça e suponho que zangada, como se estivesse pensando que a leváramos, que eu a levara até lá para nada, e Pablo imperturbável, como se a coisa não fosse com ele.

Quando o silêncio se tornou insuportável, aproximei-me de seu rosto e lhe disse no ouvido que fizesse alguma coisa, qualquer coisa. Ele respondeu com uma gargalhada sonora.

— Não, querida, quem tem que fazer alguma coisa é você, foi você quem inventou tudo isto, você sozinha. Eu me limitei a convidar sua amiga para jantar...

Ely me olhou. Estava perplexa. Eu não. Eu tinha compreendido. Olhei-o por um momento. Não parecia aborrecido comigo, talvez um pouco surpreso, nada muito grave, afinal.

Ajoelhei diante dele com as pernas bem juntas, sentei sobre os calcanhares e abri seu cinto. Olhei para ele. Sorriu. Estava me dando permissão. Segui em frente e olhei para Ely, que se inclinara na minha direção, mas ela não me olhava, tinha os olhos fixos nos movimentos das minhas mãos.

Enquanto isso, eu tentava analisar a repentina impassibilidade de Pablo. Antes, durante o jantar, rechaçara Ely várias vezes seguidas, rechaçara-a categoricamente, eu me sentira inclusive um pouco envergonhada pela sua inflexibilidade, suas cortantes negativas de machinho esticado na cadeira, negando com a cabeça sem palavras, sem nuances, sem nenhuma piada, não, simplesmente não, um não seco, um não mudo, não quero. Agora, no entanto, deixava correr.

A verdade é que era eu quem agia, Ely não saía de seu lugar, mas éramos três. Talvez não fosse a primeira vez. Talvez tivesse se deitado alguma vez com um homem. Provavelmente muitas vezes. Talvez com meu irmão. Marcelo e Pablo em uma cama de casal, pelados, beijando-se na boca... Era engraçado, suponho que deveria achar horrível, mas me pareceu engraçado, sorri para mim mesma e resolvi não pensar em outras besteiras. Ely não tinha se movido nem um milímetro quando voltei a olhá-la, já com a pica de Pablo na mão.

Sacudi os ombros para trás, me empertiguei o máximo que pude, levantei a cabeça e pousei a mão esquerda sobre minha saia branca, espalhada no chão. Tentava adotar uma atitude submissa e ao mesmo tempo digna, olhando Ely nos olhos com o sexo de Pablo na mão. Os fantasmas se dissiparam, estava certa de que nunca gostara de homens, gostava de mim, olhe para mim, você é meu, faça o que eu quero, e eu quero você, falava-lhe em silêncio, mas ela se recusava a me olhar. Pablo tinha desaparecido, às vezes acontecia, não de todo, uma única palavra sua teria bastado para transtornar qualquer das minhas palavras, qualquer das minhas ações, mas tinha desaparecido, e eu continuava olhando para Ely e lhe repetia em silêncio, olhe para mim, faça o que eu quero, e eu sabia que não era exatamente assim, aquilo não era de todo verdade, mas a verdade também desaparecia, e eu continuava pensando a mesma coisa e era agradável, me sentia alguém, segura, em momentos como esse, era curioso, adquiria consciência de minha autêntica relação com ele quando havia mais alguém na frente, então ele sempre me distinguia, e eu compreendia que estava apaixonado por mim, e o achava justo, lógico, algo que quase nunca acontecia quando estávamos sozinhos, embora ele se comportasse da mesma forma, porque eu receava sempre, continuava achando que era muito bonito, muito importante e sábio, muito para mim. Amava-o muito. Sempre o amei muito, suponho.

Enfiei sua pica na boca e comecei a despi-lo. Ele nunca gostou de trepar vestido. Tirei seus sapatos, um com cada mão, e as meias, enquanto movia os lábios aplicadamente, com os olhos fechados. Coloquei as mãos no seu quadril e ele se ergueu o suficiente para que eu pudesse puxar sua calça para baixo. Depois, de novo com as mãos livres, caí em cima dele, superada já qualquer pretensão de compor uma figura graciosa de tânagra adolescente, um objetivo por outro lado muito superior às minhas capacidades de graciosidade, que são nulas, e me concentrei em lhe dar uma chupada perfeita, tinha de ser perfeita porque queria que Ely me visse.

Quando achei que já tinha exibido habilidades suficientes para infundir o devido respeito, quando, depois de tê-la chupado, mordido, beijado e esfregado em meus lábios e em minhas faces, em toda minha cara, a engoli inteira e aguentei com ela dentro um bom tempo, pois me custara aprender meu trabalho, aprender a engoli-la inteira, a mantê-la inteira dentro, pressionando o céu da boca, endurecendo contra minha língua, quando por fim a devolvi à luz, já roxa, inchada e viscosa, dura, e ouvi Pablo, seus ruídos adoráveis, a respiração frágil, e olhei para Ely, e vi que por fim me devolvia o olhar, e me olhava nos olhos com a boca entreaberta, fiz um sinal com a cabeça e lhe sugeri que participasse da festa.

Poderia ter se deitado em cima de Pablo sem se levantar do assento, mas preferiu se ajoelhar ao meu lado. Sempre foi uma esteta.

Eu não a soltara, mantinha a pica de Pablo sujeitada com a mão direita e não permiti que minha nova acompanhante sequer a tocasse. Eu decidiria quando lhe caberia ou não entrar no jogo. Era minha, e por isso a percorri de novo com a língua, de cima a baixo, e torci a cabeça, para fazê-la correr sobre minha boca, movendo os lábios cada vez mais depressa, como se escovasse os dentes com ela, até que meu pescoço doeu, e minha orelha começou a queimar, comprimida contra o ombro, só então a aproximei da boca de Ely, que estava ao meu lado, dirigi-a com a mão até colocá-la em cima de

As Idades de Lulu

seus lábios, beijou-a, mas assim que a roçou a tirei, para aproximá-la outra vez e ver como a lambia com toda a língua de fora, então estirei minha própria língua, para lambê-la eu, e passei para ela outra vez, e ficamos assim um bom tempo, até que a prendeu com os lábios e eu não me atrevi a puxar, fui até ela e começamos as duas a chupá-la, cada uma por um lado, cada uma a seu bel-prazer, era impossível entrar num acordo com Ely, era uma louca até para isso, mudava de ritmo a cada segundo, de forma que resolvi chupá-la, chupá-la eu sozinha, um tempinho, e depois a ofereci a ela, eu a continuava segurando com a mão, e ela mamava, era lindo vê-la, os cabelos tingidos, a linha dos lábios, vermelho-escarlate, correndo por todo o rosto, o pomo de adão se mexendo no meio de sua garganta, chupe, meu filho, alimente-se, mas não abuse, e pressionava com a mão para cima até que a obrigava a abandonar, e voltava a engoli-la, já a tinha um tempo dentro e voltava a enfiá-la na boca, já não passava adiante, eu a metia na boca, queria vê-la, ver como contraía as faces, como mamava em um homem como o que ela fora um dia.

Afastei-me por um momento, ainda sem soltar minha presa, para olhá-la. Olhei para Pablo também, mas ele não podia me ver, estava com os olhos fixos em algum ponto do teto. A expressão de seu rosto me levou a pensar que Ely fazia propaganda dela com justiça, parecia muito bom, muito boa, como dissera antes. Decidi lhe deixar o campo livre, afinal de contas. Afrouxei a mão aos poucos, até soltá-la por completo, atirei-me no chão e olhei à minha esquerda. Ely estava se masturbando. Debaixo da saia azul, empunhava com a mão esquerda um pênis pequeno, esbranquiçado e mole. Eu me perguntava se suas tetas teriam algo a ver com o lamentável aspecto daquela espécie de apêndice doentio até que as as coxas de Pablo começaram a tremer.

Fiquei de pé imediatamente. Queria ver como gozava em sua boca. Coloquei-me ao seu lado, um joelho cravado no banco, o outro pé no chão, via-me no espelho, de perfil, via sua cabeça encaixada entre meus peitos e meu queixo. Peguei seu rosto com uma das mãos e me inclinei para ele. Beijei-o, mexia a língua dentro de sua boca enquanto saboreava por antecipação o momento de me virar para Ely, encolhido ali embaixo, no chão, e começar a dar ordens, a gritar, engula tudo, cadela, engula, mas aquele momento não chegaria nunca, esbofetearia se uma única gota ficasse fora, mas nunca o faria, porque Pablo me pegou de surpresa, me levantou de repente por baixo do joelho esquerdo, me fez girar até me colocar diante dele, me largou por um momento para rasgar minha calcinha, esticando o elástico com as mãos, e me obrigou a montar nele.

Agarrei seu pescoço e comecei a subir e descer em cima dele. Sempre que fazíamos assim me recordava de quando, muito tempo atrás, aos 5, 7, 9 anos, depois de eu insistir por horas e horas, ele me sentava no seu colo, me pegava pelos pulsos e me atraía até ele primeiro, me deixando cair depois, até que minha cabeça roçava o solo, serra, serra, serrador, serra a madeira de nosso Senhor, os do rei serram bem, os da rainha também... A última vez que o fizemos eu tinha quase 14 e ele 25, não havia ninguém no quarto de Marcelo, ele estava sentado na cama, e eu lhe pedi, e me respondeu que não, que eu era muito grande para brincar dessas coisas, e eu insisti, a última vez, por favor, a última vez, e aceitou, você já está muito pesada, ora, serra, serra, e naquela vez foi mais longo, e quando terminamos eu estava molhada e ele tinha alguma coisa dura, diferente, por baixo da calça jeans, aquela seria a última vez, mas acabou sendo a primeira.

Eu lhe repetia bem baixinho, serra, serra, serrador, serra a madeira de nosso Senhor, no ouvido, enquanto subia e descia em cima dele. Levantou minha saia por trás e cobriu minha cabeça com ela, até que a barra roçou minha testa. Depois me segurou com firmeza pela cintura e chupou meus mamilos por cima da camiseta de algodão, até deixar uma grande mancha úmida em cada seio.

Um instante depois, todas as coisas começaram a vacilar ao meu redor. Pablo se apoderara de mim, seu sexo se transformara em uma parte do meu corpo, a parte mais importante, a única que era capaz de apreciar, entrando em mim, cada vez um pouco mais dentro, me abrindo e me fechando em torno dele ao mesmo tempo, me perfurando, sentia sua pressão na nuca, como minhas vísceras se desfaziam à sua passagem, e todo o resto se apagava, meu corpo, o dele, e todo o resto, por isso demorei tanto a identificar a origem daquelas carícias úmidas que de vez em quando roçavam minhas coxas como por descuido, contatos breves e levíssimos que depois de segundos de hesitação e um instante de estupor me indicaram que Ely continuava ali embaixo, cravado de joelhos no chão, lambendo o que eu não aproveitava, manuseando aquela piroquinha dele, tão branca e tão mole, enquanto eu fodia como uma doida, indiferente àquele pitoresco animal de rua que, de costas para mim, se deleitava nas sobras do meu banquete particular, até o ponto de chegar a esquecer por completo sua existência.

Teria gostado de vê-lo, essa foi a última ideia coerente que fui capaz de conceber antes de me deixar levar, quando comecei a sentir os efeitos de meus choques com Pablo, cada vez mais bruscos, mais perto da cabeça, e não consegui controlar mais, me deixei levar para que ele, três ou quatro empurrões a mais, agônicos e brutais, os últimos, me quebrasse por fim a nuca, me triturasse em milhares de pequenos pedacinhos suaves, antes de deixar se prender ele também entre as paredes elásticas do meu sexo, repentinamente autônomo, que estrangularam o dele, mais além da minha própria vontade.

Depois, consciente da minha incapacidade de fazer outra coisa que não fosse ficar ali, quieta, tentando recuperar o controle de mim mesma, fiquei imóvel por um bom tempo, abraçada a Pablo, pendurada nele, sentindo falta da minha casa, de estar em casa, de uma cama próxima, mas era agradável de qualquer forma, o calor, o toque de sua pele ainda quente. Ele se recuperava muito antes do que eu, seu corpo era mais obediente do que o meu, e não estávamos em casa, de maneira que me beijou nos lábios, me levantou por um momento para desconectar meu sexo do seu, e me empurrou com suavidade para um lado, para me deixar tombada em cima do banco. Fiquei ali por um bom tempo, encolhida, os joelhos apertados contra o peito, os olhos fechados, enquanto ele se vestia, e de novo me lembrei de Ely, que voltara a esquecer.

Trocaram umas poucas palavras em voz baixa, uma voz que não era a de Pablo sussurrou uma expressão de despedida e ouvi o barulho de uma porta se fechando.

Levantei-me. Ele estava apoiado na parede, os braços cruzados, e sorria. Fiquei em pé para me vestir e me dei conta de que estava vestida. Minha calcinha, rasgada, estava no chão. Peguei-a, não sei por quê, era indecente ficar deixando calcinha rasgada por aí, e a enfiei na bolsa. Ao passar ao lado da mesa me dei conta de que a garrafa de gim continuava ali, intacta, nem sequer quebráramos o lacre. Peguei-a e também a enfiei na bolsa. Os tempos não estão para ficar se deixando garrafas cheias e pagas por aí. Pablo começou a rir com um riso transparente, sem falsidade. Não estava aborrecido, e isso fez com que eu me sentisse bem, e então eu também ri, e saímos juntos, rindo, à rua.

Quando entramos no carro, voltei a pensar em Ely e senti curiosidade.

— Você lhe deu dinheiro?
— Sim.
— E aceitou?

Respondeu à minha pergunta com uma gargalhada.

— Claro que aceitou! — Olhou-me como se me dissesse que eu era tola, e eu sabia que queria dizer exatamente isso, para ele não era um insulto, pelo contrário, enquanto continuasse rindo de minhas tolices, desse tipo de tolice, tudo estaria bem. — Por que não aceitaria? Vive disso, esqueceu? Ouça, onde há um posto de gasolina?

— Por aqui...? Perto do Jumbo há um, mas não sei se estará aberto a essa hora.

Circulávamos por ruas amplas e desertas, ladeadas por prédios altos de esqueleto de aço e concreto, rostos de vidro, todos parecidos, limpos, quase higiênicos, como recém-nascidos do mesmo pacote. De uma pequena ilha verde, precedida por uma fileira de arbustos bem recortados, partia um pequeno caminho de cimento que culminava na porta envidraçada do tipo de edifício onde minha mãe gostaria muito de viver.

Dizia isso sempre que passávamos diante de um edifício daqueles, de uma portaria daquelas, uma sóbria, mas enorme, construção de mármore de cor neutra, eu não gosto, sempre as achei muito parecidas com os vestíbulos dos novos ambulatórios da Previdência Social, a mesma atmosfera neutra e ascética, ascética, iguais, exceto pelo mármore e o balcão do porteiro, de madeira envernizada de escuro. Aparentemente, as portarias são muito importantes para as senhoras madrilenas de certa idade, e minha mãe abominava a portaria lá de casa, longa, estreita, austera como a de um convento e muito escura. Eugenio, que era adorável, 60 anos e subia os bujões de gás de dois em dois pela escada, não tinha um balcão, só uma guarita no outro lado da porta, e além disso sempre estava vestido com um macacão azul. Eu gosto muito dele, de Eugenio, quando era pequena me dava balas e quando me casei me deu de presente um porta-joias horroroso, fabricado à mão com conchas de moluscos tingidas com anilinas coloridas, e os dizeres "Recordação de El Grove" escritos com letra cursiva sobre a tampa. Sua mulher, que é galega, encomendara-o expressamente para a ocasião, e desde então é um de meus objetos favoritos. Pobre Eugenio, sempre tão simpático, tão atencioso com mamãe, levando suas sacolas de compras até o terceiro andar, e ela abominando seu macacão azul, mas no pecado está a penitência, pobre mamãe, não sairá mais de Chamberí na vida, passou sua época de ter portaria de mármore, porteiro de terno azul e gás encanado.

Circulávamos por ruas amplas e desertas, a única coisa que se movia quando passávamos eram as bandeiras das embaixadas, trapinhos pequenos e ridículos contra a potência uniforme das grandes fachadas de vidro. Não são Madri — essa era uma ideia que me assaltava com frequência toda vez que passava por ali —, não cabem nesta cidade-não-cidade, caótica e híbrida, desastre teórico e prático, desastre urbanístico, desastre viário, desastre circulatório, desastre educacional, desastre político, desastre sanitário, desastre eclesiástico — não há uma catedral —, desastre pornográfico — também não há um bairro chinês —, em suma, um verdadeiro desastre, o único lugar onde se pode viver à vontade, no meio do desastre, onde ninguém pergunta nada porque todo mundo é ninguém, e você pode sair para comprar pão de chinelo e roupão e ninguém olha para você, e lhe trazem anchovas no vinagre junto com a bebida em bares barulhentos com o chão atapetado de guardanapos amassados, e cheira sempre a grão-de-bico cozido nos quintais das casas, as vizinhas cantam pendurando roupa *Ay Campanera, aunque la gente no quiera...*, nos quintais das casas de Madri, não nestas, que são moradias de aldeia, de uma aldeia fantasma de porteiros enxeridos, e você está indo a que apartamento, e a você que porra importa, uma aldeia provinciana, chata e pretensiosa no meio de uma cidade, uma cidade enorme que todos dizem que não passa de uma grande aldeia.

Algumas ruas mais adiante estava Tetuán, Tetuán de las Victorias, belo nome, Bravo Murillo, o caos, camarão na chapa e lojas com cartazes amarelados pelo tempo, liquidação por mudança de ramo, nunca mudam de ramo, mas sempre há algum incauto que cai no anúncio das liquidações perpétuas, inexistentes, nós continuamos pelo outro lado, atravessamos a Castellana, passamos ao lado do Bernabéu, Pablo pôs a mão para fora da janela, o indicador e o mindinho erguidos, colocou chifres no estádio do inimigo, era uma espécie de ritual, nunca se esquecia, e continuamos, chalezinhos à esquerda e à direita, e então voltei a me lembrar de Ely, que certamente torcia pelo Real Madrid, como todos os recém-chegados. Poderia um homem espanhol reprimir a paixão pelo futebol ao resolver se transformar em mulher? Mas as bichas em geral não gostavam de futebol, ou sim? Perguntei a Pablo, vem cá, as bichas gostam de futebol? E eu sei lá, ele também não sabia, tínhamos alguns amigos que gostavam de futebol, mas eu suspeitava que era por pura pose, uma antiga pose de progressista, porque fôramos progressistas durante muito tempo, progressistas de livro, e fazíamos muitas coisas só por isso, porque era progressista...

A ideia continuava ali, em algum lugar da minha cabeça, golpeando minhas têmporas. Pensei em ir dando rodeios, mas por fim soltei à queima-roupa.

— Me diz uma coisa, Pablo, você já dormiu com um homem?

Risinhos, depois risos mais consistentes, e no final gargalhadas, gargalhadas longas e barulhentas. Eu não ria. Não achava aquele assunto nem um pouco engraçado.

— Isso é o que acontece com os aprendizes de feiticeiro; no final exageram a dose.

Nada mais. Mas eu não pensava em me dar por satisfeita com aquilo.

— Você não respondeu.

Seus olhos me fitaram com uma expressão risonha, está caçoando, pensei, e não gostei, porque ele era capaz de continuar brincando comigo durante semanas inteiras sem me responder. Mas estava equivocada. Naquela noite ele estava com vontade de falar.

— Se o que você quer saber é se alguma vez desejei um homem o suficiente para me enfiar na cama com ele, a resposta é não, nunca fiz isso. Nunca gostei de homens.

— Mas... — Aprendera a detectar as menores oscilações de sua voz, pelo menos quando dizia a verdade, e me dei conta de que havia algo escondido atrás de suas palavras.

— Você quer mesmo saber tudo? Não tem medo de descobrir alguma coisa desagradável?

Sim, tinha medo, um pouco, mas queria saber. Pablo ficara sério, mas isso não significava nada, sempre fora um magnífico mentiroso. Apesar disso, neguei com a cabeça. De repente, sentia que precisava saber.

— Onde foi?

— No presídio, há muitos anos.

O cárcere. Eu lembrava muito bem, um domingo, às sete da noite, torradas com chocolate e um concurso na televisão. O telefone, a histeria de minha mãe, choros, gritos, passos, prenderam Marcelo outra vez, Pablo estava com ele, prenderam Pablo também, e mais uma porção de gente. Detidos, processados e condenados, quatro anos, quatro anos para cada um. Não era a primeira vez, mas antes as acusações tinham sido insignificantes, posse de propaganda subversiva, mais ou menos, e meu pai intercedera, recorrera a todas as velhas amizades de seu pai, mártir da cruzada, e conseguira muitas promessas e uma cela individual. Oito meses. Para Pablo também não era a primeira vez. Ele também cumprira oito meses, antes de Marcelo. Agora, pelo menos, foram detidos juntos.

Naquela vez, primavera de 1969, eu tinha 11 anos e meu pai se negou a intervir apesar das súplicas de minha mãe, que em casos extremos sempre ficava do lado correto, como todas as mães. A casa desabou em cima de mim. Marcelo na prisão, quatro anos. Isso era a solidão mais absoluta, algo pior que a solidão, a orfandade, uma orfandade cruel e repentina em uma casa cheia de gente. Mas meu pai foi taxativo, assim o endireitariam, no cárcere, aquele canalha que lhe retribuía dessa maneira todos os seus esforços para lhe dar uma educação, uma carreira, uma... Aí sempre lhe falhava o discurso, ficava reticente, não lhe ocorria mais nada. E, além do mais, nem um vintém, nem um vintém, repetia, em Carabanchel não precisaria de dinheiro, ali seria alimentado e vestido, não precisava de mais nada.

Pablo tocou no meu ombro. Tínhamos chegado ao posto de gasolina e havia fila, eram 5h20 da manhã e contamos três carros na nossa frente. Eu estava surpresa. Ele jamais falava do cárcere, apesar de terem ficado presos trinta meses, dois anos e meio afinal, a sentença foi reduzida por não sei o quê e saíram à rua com liberdade condicional depois de trinta meses, roubaram deles trinta meses, trinta e oito meses de vida no total, dos dois. Marcelo voltou para casa, nunca entendi por que vivia em casa, pois alugava um apartamento que ele usava praticamente só para trepar, anos depois descobri que era por algum motivo político, o fato de continuar em casa. Pablo me sacudiu, ei, o que está acontecendo com você? Não estava acontecendo nada, eu disse, nada.

— Pois você teve muito a ver com tudo isso... — Estava de bom humor, sorria.

— Eu?

— Sim, você. Escrevia toda semana, primeiro só para Marcelo, depois uma carta para cada um, no final uma única, muito longa, para os dois... Não lembra?

Sim, lembrava. Lembrava a angústia também, o que as pessoas contavam, eu acreditava em tudo, surras, torturas, violações, meu irmão, que era como meu pai e minha mãe ao mesmo tempo, e meu namorado, porque gostava de pensar que era meu namorado, ali, no cárcere, à mercê daquele bando de filhos da puta, sangrando pelo nariz, pela boca, retorcendo-se sob as porradas de uma toalha molhada, lembrava, eu lhes escrevia e contava tudo o que acontecia comigo, para que rissem um pouco, para que se lembrassem de mim. De vez em quando me respondiam.

— Quando você fez 12 anos, mandou uma carta anunciando o envio de um vale postal. Sempre parecia muito preocupada com dinheiro...

— Claro, papai dizia a todo mundo que não mandava nem um tostão para Marcelo.

— Mas não era verdade.

— Sim, fiquei sabendo depois.

— Tínhamos dinheiro, mas você ia nos mandar tudo o que tinha ganhado de aniversário para que comêssemos bem, você adorava brincar de mamãe com a gente.

Acariciou meu rosto, mas eu não olhei para ele, dava um pouco de vergonha recordar aquilo, dissera à minha mãe que ia ajudar os pobres naquele ano, pedi dinheiro a todo mundo em vez de presentes, disse que as freiras do colégio tinham sugerido fazer uns enxovais de bebê e levá-los a uma favela, depois de Vallecas, mamãe ficou surpresa, enxovais no começo de março, isso se costumava fazer no Natal, mas afinal era uma obra de caridade e não se podia negar, menti com convicção e acreditaram, ganhei 1.575 pesetas, 1.575 pesetas em 1969, uma grana preta, e mandei tudo a Carabanchel para que comessem bem, era verdade.

— Eu juro que no começo ficamos paralisados, doeu na alma, sério, Marcelo quase caiu no choro, mas logo teve uma ataque de genialidade, uma dessas loucuras que seu irmão tem de vez em quando, e me levou a um canto, e disse, vamos gastar o dinheiro de Lulu com o português, o que você acha? Eu ria, mas ele estava falando sério, e pensei que, depois de tudo, poderíamos tentar, já estávamos ali havia onze meses, estava começando a ficar com calo na mão.

O carro da frente se moveu.

— E quem era o português?

— Um veado, não sei, estava ali porque tinha esfaqueado o namorado em uma briga, ciúmes, acho, não chegou a matá-lo e o cara ia visitá-lo quando podia, havia perdoado, o português repetia que tinha sido por amor.

— Mas vocês eram presos políticos...

— E daí? Os homossexuais estavam na nossa ala, e também víamos todos os outros, no pátio, no refeitório, a verdade é que eram muito mais interessantes do que os presos do Partido. Foi lá que conheci Gus, e outros caras que você conheceu depois.

— Gus? Já traficava?

— Não, roubava carros, o pobre, era um larápio sem importância, uma criança. Começou a se picar lá, em Carabanchel.

— E o que aconteceu? — Não estava mais preocupada, mas sentia curiosidade.

— Nada, o português era a namorada da prisão, e de um ou outro funcionário. Era muito versátil. Batia punheta, chupava, dava e comia, de acordo com o que você estivesse disposto a pagar. Ganhava uma grana preta, estava economizando para comprar um apartamento para o namorado, como desagravo, suponho. Não era o único, havia outros como ele, mas era jovem, bastante bonito, e tinha uma boca saudável. Tinha uma pica imensa, além disso, pelo que se contava por ali, e era o que mais sucesso fazia.

Pablo me olhava sorrindo, como se estivesse estado de férias, no cárcere, por uma pequena temporada. Eu estava desconcertada.

— E vocês gastaram meu dinheiro com o português... — Não era uma pergunta, repeti só para conseguir acreditar de uma vez por todas.

— Sim, quase todo, em sua homenagem, como dizia Marcelo. Discutimos muito sobre a negociação. Uma punheta era muito pouco, por isso optamos por um francês, como chamavam o boquete, um francês com um português, era muito internacional, mas eu estive prestes a estragar tudo, porque, quando fomos à enfermaria, para firmar acordo, digamos...

— Por que à enfermaria?

— Ele trabalhava lá, era um dos lugares mais confortáveis, sempre conseguia o melhor porque tinha muitos amantes em todos os lugares, bem, eu perguntei se faria algum desconto se chupasse os dois ao mesmo tempo, e então ele se irritou.

De repente ficou sério. Calou-se por um momento, olhou para mim.

— Você não sabe como era aquilo, não sabe.

Chegamos à bomba, enchemos o tanque e fomos para casa. Pablo continuou calado durante todo o caminho. Depois, quando eu já estava na cama, se deitou ao meu lado.

— Quer saber o que aconteceu depois?

Não me atrevi a admitir que sim, mas, de qualquer forma, ele me contou.

Meu dinheiro tinha dado para dez mamadas, nem uma a mais, nem uma a menos, a 150 pesetas a unidade, cinco para cada um. Ele tinha gostado, e Marcelo também tinha gostado, de forma que continuaram pagando sozinhos, de seu próprio bolso, racionando o prazer para não se viciar, tinham medo de se viciar, e iam à enfermaria uma, duas vezes por mês, cada um por vez, até que um dia o português sugeriu a meu irmão que dissesse que estava gripado ou algo assim, que lhe conseguiria um leito, que cuidaria bem dele e não cobraria. Pelo visto, ficara apaixonado por Marcelo, mas ele disse que não queria, ficou com medo e parou com aquilo. Pablo, não, Pablo foi até o fim, chegou a pensar inclusive em fodê-lo, me disse isso sem se alterar, cogitou por um tempo a possibilidade de comer seu cu, que tudo bem, não podia ser uma sensação muito diferente de comer o cu de uma mulher, e isso era agradável, até que um dia, quando estava quase decidido, teve um arroubo de lucidez, chamou assim, um arroubo de lucidez, vendo-o nu da cintura para cima, o peito peludo, flertando com alguns cinquentões no pátio, e então disse a si mesmo que ele estava na prisão por ser comunista, como se o comunismo fosse uma garantia de virtude, e aquilo o deteve e ele desistiu.

— De qualquer maneira, já sabíamos que não iríamos cumprir toda a sentença, que sairíamos logo. Se soubesse que me restavam mais dez anos, ou vinte, como era o caso de muitos, certamente teria feito, e suponho que teria gostado. O que você faz, diz ou pensa aqui fora não vale na prisão, é um mundo muito diferente.

Ficou calado por um momento. Depois continuou falando, dava a impressão de que queria se esvaziar, contar tudo, depois de anos sem mencionar aquela época, não gostava, poderia ter bancado o mártir, anos atrás, quando todo mundo se gabava de ter sido detido uma vez na Porta do Sol, embora fosse mentira. Ele nunca quis se gabar, nunca tinha se queixado, poderia tê-lo feito, mas não o fez, e jamais falara daquilo até então.

— Prometa que jamais dirá a Marcelo que você sabe. Quando contei a ele que estava de rolo com você, foi a primeira coisa que me pediu.

Fiz que sim com a cabeça. Estava comovida com tudo aquilo. Não os amava menos, talvez mais do que antes, e não me importava com no que tinham gastado meu dinheiro.

— Creio que foi lá que comecei a me apaixonar por você.
— Por mim? Eu era uma criança.

— Tinha 11 anos, e depois 12, e depois 13, quando saí já tinha completado 13, mas escrevia cartas maduras, tão preocupada, foram as mais sinceras que recebi lá dentro, e quase não eram censuradas, isso era um consolo, as de Mercedes e dos outros eram quase ilegíveis, as suas não, e, além disso, tinham seus cheiros.

— Que cheiros?

— Não me diga que você nunca soube! — Olhou para mim com espanto, sorrindo.

— Nunca soube o quê?

— Chamávamos de episódio surrealista, Marcelo e eu... — Recostou-se na cabeceira da cama e acendeu um cigarro. Passou para mim, aceitei e acendeu outro para ele, aquilo ia longe. — Um belo dia, o advogado de seu irmão, que também era o meu e de outros dez ou doze dali, disse que sua mãe iria visitá-lo na semana seguinte. Queria consultá-lo sobre um problema familiar. O advogado não sabia do que se tratava, era algum assunto particular, disse. Marcelo ficou preocupado. Sua mãe não tinha vindo vê-lo desde a primeira semana, seu pai não deixava. Lola costumava vir, e algumas vezes Isabel, você nunca apareceu.

— Não me permitiam.

— Não importa, nós perdoamos você. — Virou-se por um instante para me olhar, me deu um beijo ligeiro, no rosto, depois voltou a cravar os olhos no teto e continuou falando. — Sua mãe veio por fim, e a visita foi muito curta. Eu estava na cela, não tinha nenhuma visita para mim naquele dia, e Marcelo voltou logo, se mijando de rir, estava chorando de tanto rir. O problema familiar grave e privado era terem flagrado você certa manhã, sentada na cama, pelada, com a camisola grudada no nariz, repetindo sem parar, mudei de cheiro, colocando a camisola no nariz de sua mãe, tadinha, dizendo olhe, mamãe, cheire, mudei de cheiro. — Ria às gargalhadas e eu também ria, era uma historinha engraçada. — Você não se lembra disso?

Sim, lembrava, embora não pensasse mais naquilo, fazia tanto tempo. Um belo dia, cerca de três semanas antes da primeira menstruação, percebi que meu cheiro tinha mudado, era uma sensação muito estranha, meu cheiro tinha mudado por completo, me senti uma pessoa diferente e me concentrei totalmente em investigar o fenômeno. Não cheirei apenas a camisola, cheirei também meu suor, minha roupa, meus lençóis, os lençóis das minhas irmãs... As coisas de Patricia não cheiravam a nada, as de Amelia tinham um cheiro parecido com o meu, mas diferente, e desde então me esforço para armazenar na memória os cheiros das pessoas, o de Pablo sobretudo, ele já sabia, eu era capaz de reconhecer seu cheiro quase em qualquer circunstância.

— Sim, me lembro — confirmei —, mas não entendo por que mamãe foi ver Marcelo por causa disso, ela não me disse nada, se negou a cheirar minha camisola, me mandou para com essas besteiras e saiu do meu quarto, nada mais.

— Pois, pelo visto, estava muito preocupada. — Pablo alternava seu discurso com breves acessos de riso, gargalhadas contidas que não me permitiam entender bem o que dizia. — Queria que Marcelo lhe escrevesse e a aconselhasse a não voltar a fazer aquilo, jamais, porque era perigoso, ou algo parecido.

— Mas por quê? — Não conseguia entendê-lo.

— Você não tinha nem 12 anos ainda, e ela achava que aquilo estava relacionado a alguma espécie de conflito sexual, não foi capaz de precisar, não tinha imaginação suficiente para formular uma hipótese concreta, mas estava aterrorizada. Segundo seu irmão, tinha medo de que aquilo virasse um vício, que você virasse uma pervertida, e, além disso, de qualquer maneira, não era correto. — Gargalhava, já estava cansado, esperei alguns segundos para que se recuperasse, eu sorrindo também. — Carmela viu você farejando a cama de seus pais, a cama dela...

— Sim, a verdade é que foi menos interessante do que eu esperava... — Meu tom objetivo, quase científico, o fez rir. — E Marcelo se recusou, não?

— É claro que se recusou, se negava a fazer qualquer coisa que sua mãe pedisse, isso por princípio, e depois também achava tudo aquilo muito ridículo... — Sua expressão foi se suavizando aos poucos, o riso se desfez em um sorriso melancólico. — Ele no cárcere, feito pó, cumprindo uma sentença absurda, em um país absurdo, e sua mãe preocupada porque você ficava cheirando tudo o que encontrava... Seu cheiro mudou, disse ele, bem, e daí, o de todo mundo muda mais cedo ou mais tarde, e, além disso, os cheiros são dela, pertencem a ela, pode fazer o que quiser com eles, então se virou, muito digno, e voltou para a cela, morrendo de rir. — Ficou calado durante alguns segundos. Eu não me atrevi a dizer nada. — Eu ri com ele, a princípio, mas acabei pensando a mesma coisa que sua mãe, pressenti que você era uma menina pervertida, uma depravada em potencial. A imagem ficou gravada na minha cabeça, você, nua, cheirando a camisola e repetindo em voz baixa, meu cheiro mudou, aquela noite me masturbei pensando nisso, fui construindo uma fantasia vívida, enlouquecida, ao redor dessa imagem, me agarrava àquela imagem noite após noite, você se escondendo nos cantos, despistando todos os seus irmãos e irmãs para se despir e se cheirar, passando o nariz pela cama de seus pais para se tocar depois. Você era encantadora, claro que a imaginava mais crescida. Quando saí e voltei a vê-la, estranhei que ainda fosse tão pequena, mas já tinha decidido que valeria a pena esperar para intervir na sua perdição, e esperei...

Fez uma pausa e me olhou. Eu o olhava, boquiaberta. Não sabia o que dizer, porque tinha vontade de rir e de chorar ao mesmo tempo.

— Agora você já conhece — disse ele então — o verdadeiro princípio desta história.

Minhas dores musculares já haviam desaparecido.

Não sabia se ficava alegre ou triste, sentia um pouco das duas coisas, suponho, quando, por fim, consegui me sentar em uma cadeira sem a costumeira e aguda alfinetada, a única consequência concreta da noite na rua Moreto, nunca até então mantivera as pernas tão abertas, durante tanto tempo. Mas as dores musculares já haviam desaparecido, já haviam passado dezesseis dias, lembro perfeitamente porque estava contando até aquela tarde, aquela tarde seria a décima sétima.

Quando cheguei do colégio, vi Amelia desfalecida, desfeita em pranto, nos braços macios de minha mãe. Estava tão habituada a cenas patéticas como aquela que fui para a cozinha sem fazer perguntas e preparei um sanduíche de tomate e cebola com azeite e sal, o meu preferido. Depois voltei ao meu quarto com a intenção de começar a estudar Filosofia, tinha um exame no dia seguinte. Elas não se mexeram. Foi minha mãe quem falou, com o tom frio e asséptico que costumava adotar para comunicar as notícias inesperadas.

— Suponho que também interesse a você, Marisa, minha filha, afinal ele sempre dizia que você era sua garota preferida... — E os soluços de Amelia me impediram de ouvir o final da frase.

— Quem? — Ockham não era tão divertido como os sofistas, mas muito mais tolerável que Santo Agostinho, naturalmente começaria por Ockham.

— Pablo está indo embora, vai morar no exterior.

— Que Pablo?

— Que Pablo seria? — Minha mãe ficou me olhando, perplexa.
— Pablo Martínez Castro, o amigo de Marcelo, não sei o que está acontecendo ultimamente com você, Marisa, parece uma abobalhada, filha...

Não respondi, tampouco me mexi. Não queria que ninguém visse a minha reação, e por isso escondi o nariz no livro enquanto tentava reagir depressa. Paris, pensei, certamente vai para Paris, está muito fora de moda, mas os místicos também estão, assim como morar fora da Espanha, justo agora que o velho está mais pra lá do que pra cá, prestes a bater as botas... A Paris se pode ir de trem, o *Expreso Puerta del Sol*, eu sei, uma passagem de terceira classe, ou o que for, não deve ser muito cara, não pode ser muito cara, Paris fica perto...

— Vai para uma universidade americana, não sei como se chama, na Filadélfia, ou perto da Filadélfia, não sei onde disse seu irmão...

Em algum lugar se quebrava alguma coisa de vidro. Ouvi um tilintar e o impacto dos cacos no chão. Não tinha forças para pensar quanto custava uma passagem de avião para a Filadélfia.

Levantei o rosto do livro e resolvi manter a calma. Não tinha por que ninguém ficar sabendo de nada, e menos ainda elas duas. No entanto, deixei escapar uma espécie de reprovação genérica.

— Não é possível, nem sequer tem 30 anos...

— Ora! — Minhas palavras despertaram a curiosidade de minha irmã, que até então tinha permanecido no doloroso mutismo que melhor convinha a seu papel. — E o que isso tem a ver?

— Bem, todos vão para uma universidade americana, mas quando estão mais velhos...

— E o que você sabe?

— Basta ler os jornais.

Repeti de novo para mim, todos partem, ele também. Por que não partiria? As peças se encaixavam, os detalhes completavam uma história verossímil, possível, verdadeira. Era verdade. Pablo partia. Para a Filadélfia. Filadélfia, na outra ponta do mundo.

— Professor de literatura espanhola, não?

Minha mãe assentiu com a cabeça.

— O Século de Ouro, acho.

— Que original!

O choro de Amelia aumentou, minha mãe se virou para ela, eu estava em pé, no meio do cômodo, com a mente vazia. Ainda estava com o livro na mão, o sanduíche mordido me dava náuseas, mas ainda não me dava conta de nada, não tinha a menor ideia do que estava desabando em cima de mim.

— Marcelo está em casa, mamãe?

— Não, faz dois dias que não dá as caras, essa é outra coisa, seu irmão acha que esta casa é uma pensão, traz a roupa suja e vai embora de novo, vai me matar de desgosto...

— Bem, então vou estudar no quarto dele. Amanhã tenho uma prova de Filosofia.

Quando estava atravessando a porta, ouvi-as cochichar. Amelia insistia — fale com ela, mamãe, fale com ela —, ela a tranquilizava — não se preocupe.

— Ouça, Marisa... Você se importa que Amelia vista esta tarde seu vestido amarelo, aquele que sua avó lhe deu de presente?

— Sim, me importa, não o usei ainda.

— Mas, mulher, vocês nunca andam juntas, nem têm as mesmas amigas, que diferença faz?

Se fosse outro dia qualquer, eu teria brigado, protestado, gritado, ameaçado, talvez chorado, e não teria adiantado de nada. Naquele dia concordei de primeira. A única coisa que queria era ficar sozinha, me trancar no quarto de Marcelo e ficar sozinha, sozinha, mas não se passaram nem dez minutos quando a vi entrar pela porta sem ter se dado ao trabalho de bater primeiro.

— Marisa, minha filha, preciso conversar com você. — Reconheci imediatamente o tom de além-de-ser-sua-mãe-sou-sua-melhoramiga que ela adquirira em seus retiros espirituais para pais de família numerosa do tipo pós-conciliar.

— Agora não, mamãe, não estou com vontade de conversar. — Piscava depressa para conter as lágrimas dos olhos. — Tenho que estudar e, além disso, não me importa que Amelia use meu vestido, se é isso que preocupa você, juro que não...

— Não jure, Marisa.

— Desculpe, mamãe, quero dizer que não me importa, sério, desde que não o arrebente.

— Sim, Amelia está mais gorda do que você, e é muito mais feia, também... — falava quase sussurrando. — Olhe, filha, largue esse livro.

Olhei para ela. Suas últimas palavras me intrigaram muito. Ela percebeu os sinais do choro em meus olhos. Estava sentada na cama de Marcelo, acabara de completar 51 anos, mas aparentava quase quinze a mais. Usava um vestido com gola, de lã, estampado em azul-marinho e preto, e meias grossas, marrons, dessas que se vendem nas farmácias para as varizes. Tinha as pernas arrebentadas, o sangue formava uma intrincada rede de canais avermelhados e roxos sob sua pele branca, transparente. Nove filhos e onze gestações, onze, em dezessete anos. Não tinha mais corpo, apenas um saco encurvado, recheado de vísceras esgotadas, rendidas, acabadas. E ainda chorava pelos filhos que não tivera, aquele que nasceu morto entre Vicente e Amelia, e os dois abortos em apenas quatro anos, dois abortos, desde que eu nasci até que chegaram os gêmeos. Dava pena, mas também, em alguns momentos raros de lucidez, momentos como aquele, quando a olhava com atenção, sentia algo parecido com o nojo. Anos atrás, achei que chegara a odiá-la. Agora não, agora me dava conta de que nunca deixara de gostar dela, mas não a suportava.

— Claro que ficou chateada com a história do vestido! — Dirigiu-me um sorriso compassivo. — Você tem 15 anos, é natural que se incomode... Eu penso muito em você, embora não acredite, amo muito você, Marisa, venha aqui comigo.

— Não, se não se importa, prefiro continuar aqui. — Tinham se passado uns cinco meses desde seu último ataque maternal, pensei. — Preciso estudar e...

— Você tem muitos motivos para dar graças a Deus, filha. É bonita, esperta, estudiosa, tira boas notas, tem caráter e força, sabe enfrentar os problemas, as contrariedades... Não me preocupa, embora isso não queira dizer que não a ame.

Ficou calada por um momento. Então intervim, tentando acelerar sua confissão.

— Então... — Era evidente que não se preocupava comigo.

— Quero dizer que você não precisa de mim, que seguirá em frente sem a ajuda de ninguém, irá para a universidade, terminará o curso com boas notas, e terá êxito, se casará com um rapaz bonito e rico, terá uma porção de filhos saudáveis e não engordará. Será um grande apoio para mim, quando estiver velha... — Sorriu para mim, mas eu não devolvi o sorriso, aquilo me parecia o cúmulo da desfaçatez. — Amelia, por sua vez, é complexada, precisa muito de mim, ainda precisa da minha ajuda, assim como Vicente, que tem pouca personalidade, é tão fraco, e Jose, tão impulsivo, e os pequenos, naturalmente... Marcelo, não, Marcelo é como você, forte e inteligente, embora tenha se tornado um rebelde, ainda não entendo por quê, não sei o que viu de ruim nesta casa. — Aqui quase começou a chorar. — É um baderneiro, boêmio, um vagabundo... Essa coisa de política me preocupa muito. Isabel, que era tão certinha, está se metendo cada vez mais em encrencas... Enfim, Deus me deu nove filhos, e todos os dias agradeço por isso, mas não posso me ocupar de todos vocês ao mesmo tempo, e você é tão inteligente, tão responsável e também tão dura, não quero dizer que não seja sensível, mas parece tão segura de si, não se deixa afetar por nada, cria tão poucos problemas... Marisa, minha filha, está entendendo o que quero dizer?

Assenti com a cabeça. Queria contestá-la, gritar que meu aspecto físico e minhas boas notas não significavam que não precisasse de uma mãe, sacudi-la e gritar que eu não podia continuar assim a vida inteira, com um irmão como única família. Queria abraçá-la, me refugiar em seus braços e chorar, como vira Amelia chorar antes. Queria dizer que a amava, que precisava dela, que precisava que me amasse, que precisava saber que ela me amava, mas me limitei a assentir com a cabeça porque já era inútil, muito tarde para todo o resto.

Aproximou-se de mim, me deu um beijo e disse que tinha de ir à cozinha descascar vagens. Antes que atravessasse a porta, perguntei qual tinha sido o motivo da birra de Amelia e ela não quis me responder logo. Ficou me olhando durante um tempo, hesitando.

— Você me promete que jamais vai zombar dela?

— Sim, mamãe.

— Amelia está apaixonada por Pablo, há muitos anos. Ele nunca ligou para ela, mas a pobre não consegue tirá-lo da cabeça

Estupendo, pensei, nesta casa nem sequer se pode chorar sozinha.

Ela, a diretora do internato, passou por diversas transformações antes de se estabilizar como uma mulher de mais ou menos 35 anos, bonita, de tipo nórdico, de óculos, o estereótipo da bibliotecária ninfomaníaca que eu tinha visto alguma vez nas revistas de Marcelo, e eu saqueava repetidamente as prateleiras dele naquela época, devorava todos os seus livros encapados, ele sabia, suponho, mas nunca me disse nada.

Os cabelos esticados, presos em um pequeno coque alto, uma blusa branca e uma saia escura, aspecto severo, sentada muito rígida atrás de uma mesa enorme, entulhada de papéis, ela, a diretora, era sempre quem falava primeiro.

— Sinto muito, mas você tem que cuidar dela, não podemos tê-la aqui por mais tempo.

Pablo a olhava. Não estava chateado, achava a história divertida, e isso irritava ainda mais a diretora do internato. Ele estava com 40 anos, mas mantinha o aspecto de quando tinha 27. Seu personagem também mudara bastante. A princípio, era meu tutor, o testamenteiro de meus pais, ou algo assim. Depois, a história de que me comprara em algum lugar e que gastava todo seu dinheiro me fazendo estudar por algum motivo desconhecido. Por fim era meu pai, simplesmente, e fez esse papel durante a maior parte da minha adolescência.

— A senhora se importaria de me contar novamente, com mais detalhes? Não entendo direito qual é o problema que a preocupa tanto. Faz muitos anos que não vejo minha filha...

— Bem, Lulu... é uma menina muito indecente. — A diretora se inclinou para a frente e olhou meu pai por cima dos óculos. Estava muito animada, sempre se animava quando falava de mim. — Compreende o que quero dizer?

— Não. — Pablo sorria.

— Bem... é muito precoce, está obcecada por sexo, não usa nada embaixo da saia, entende? Diz que o tecido a incomoda, e se senta sempre com as pernas muito abertas, se acaricia durante as aulas, obriga as outras a acariciá-la, passa a mão nas companheiras, enfim, tenho vergonha de admitir isso, mas se envolveu com a professora de matemática, eu mesmo as surpreendi, e não sei se você vai acreditar, mas era ela, Lulu, quem tomava a iniciativa...

— Então a senhora ficou olhando? — Pablo a interrompeu. Em seus lábios se esboçou um sorriso perverso.

— Sim, eu... Precisava ter certeza antes de tomar uma decisão, e as vi, sua filha estava nua, deitada na cama, beliscava os próprios mamilos com os dedos, tem unhas longas, sabe? E pintadas de vermelho, o que é proibido, mas não há maneira de fazer sua filha obedecer às ordens, e Pilar, a professora, estava com a cabeça escondida entre suas coxas, a estava chupando, até que parou, levantou a cabeça e disse algo assim como não aguento mais, meu amor, sério, estou com a língua doendo, você já gozou três vezes. Então Lulu se levantou e lhe deu uma bofetada, e eu intervim.

Ao chegar aqui, a diretora se calava. Estava muito excitada e se esfregava com a mão. Aqui havia uma variante. Na versão clássica não acontecia nada. Na versão rápida, quando eu percebia que ia gozar antes de sair de cena, Pablo brincava com a última frase da diretora, que incluía o verbo intervir — isso quer dizer que a senhora se enfiou na cama com elas? — e a outra assentia com a cabeça, de repente muito envergonhada, e lhe contava o episódio enquanto levantava a saia lentamente para que meu pai visse os horrorosos hematomas que eu fizera em sua pele. Mas isso quase nunca acontecia.

A diretora telefonava e, pouco depois, eu aparecia na porta. Pablo se virava para me olhar. Minha figura também passou por vaivéns consideráveis, sobretudo no que se referia à idade. A princípio eu era muito mais velha, 15 anos, minha idade verdadeira. Isso não combinava muito bem com alguns aspectos da história, e por isso tirei um ano, 14. Tinha medo de continuar diminuindo, até que um dia pensei, mas que estupidez, se é tudo mentira, e resolvi parar nos 12, mas conservando um corpo muito definido para uma menina dessa idade. Usava um uniforme bem diferente do meu, do meu uniforme verdadeiro, uma saia quadriculada curtíssima, azul-marinho, com suspensórios em forma de H na frente.

Pablo me olhava com muito interesse.

— Como você cresceu, Lulu!

Eu me aproximava dele, beijava seu rosto, e me sentava no braço da poltrona. Ele escorregava discretamente sua mão por trás, sob minha saia, para confirmar que, de fato, não havia nada embaixo. Depois, a diretora lhe perguntava o que pensava fazer.

— Andei pensando em levá-la para casa comigo, por uma temporada. — Pablo estava maravilhoso. — Ficamos afastados por muito tempo... O que você acha?

Eu lhe respondia, quero ir com você, para sua casa, nos despedíamos da diretora e entrávamos em um carro enorme, escuro, dirigido por um chofer às vezes negro, às vezes louro, sempre muito bonito.

— Essa sua bocetinha não deixa você viver em paz, hein?

Então eu compreendia que ele me desejava, embora fosse meu pai, e eu o desejava, mais do que qualquer outra coisa deste mundo, e além disso não queria estudar, não queria voltar a nenhum internato, era uma relaxada total, eu, e sempre tinha vontade, explicava com minha vozinha inocente, retorcendo uma ponta da minha saia com os dedos, jogando o corpo para a frente e levantando o tecido pouco a pouco para que ele pudesse ver meu ventre nu.

— A culpa não é minha, papai, eram elas, sempre, que não me deixavam nem por um instante, a diretora também, essa era das piores, me batia com uma vara quando me negava a comê-la, é uma puta, mas me dava tanto prazer, quando estava de bom humor, e eu não pude evitar, é que sinto uma coisa aqui. — Pegava sua mão e a trazia para perto até roçar meu sexo, escolhia um de seus dedos e me esfregava com ele. — Já sou grande, preciso disso, papai...

— Estou vendo...

Pablo me olhava com os olhos brilhantes, inclinava-se sobre mim e me beijava, brincava com o chofer — o que você acha da minha filha? —, tinha desabotoado minha blusa e acariciava meus peitos, encaixados na faixa de pano que unia os suspensórios — é maravilhosa, senhor, será magnífico tê-la conosco, nos fará muito felizes —, então atravessávamos uma grade imensa, preta, com bolinhas douradas, chegávamos a uma casa enorme, ele me pegava nos braços e a mostrava para mim. Estava vazia, cheia de aposentos vazios, quase não havia móveis, tudo era muito espaçoso, e eu vivia ali, não tinha irmãos nem irmãs, só Pablo, e os criados, muitos criados, e sempre havia mariscos no jantar, e podia comer uma bandeja inteira sem que ninguém me dissesse nada, eu sozinha.

Todos sabiam que eu me deitava com meu pai e achavam normal. Ele me levava à cidade de vez em quando, e me comprava roupas, muitas roupas ao meu gosto, e chocolate, me mimava, e eu era uma grande malcriada, e ele se divertia, gostava de me mimar, eu era feliz, andava pela casa seminua, o amava muito, e fodia com ele o tempo todo. Neste ponto, quase sempre muito perto do orgasmo, abriam-se infinitas variantes.

Estávamos sentados a uma mesa de gala, três ou quatro senhores mais velhos, ele e eu, eu com um vestido branco esvoaçante, algumas vezes eu levantava a saia e me acocorava na cadeira, com as pernas bem abertas, para que ele pudesse passar cada porção no meu sexo antes de levá-la à boca, outras vezes ele me sentava no seu colo, levantava minha saia, me exibia a seus amigos, todos concordavam, sua filha é uma preciosidade, ele me beijava no rosto, não poderia viver sem ela, eu me acariciava lentamente com meu dedinho, diante de todos aqueles senhores, Pablo me levantava até me sentar em cima da mesa, empurrava as taças, pratos e travessas, me inclinava para trás, e me penetrava ali mesmo, na frente de todo mundo, eu gozava, vocês podem continuar se quiserem, não sou ciumento, e eles vinham, e todos me penetravam, um atrás do outro, mas nenhum me dava tanto prazer como ele.

As Idades de Lulu

Outras vezes estava aborrecido. Eu tinha feito alguma coisa ruim, não importava o quê, e ele me castigava, me colocava no colo, levantava minha saia e me batia na bunda, suas pancadas eram humilhantes, batia com força, eu chorava e me contorcia, prometia que nunca mais faria aquilo, mas então ele ficava implacável, me amarrava em algum lugar e ia embora, me deixava sozinha por horas, dias inclusive, às vezes vinha uma criada, ou um criado, me traziam comida, mas eu não podia comer porque estava com as mãos amarradas, às vezes eles também me batiam, outras vezes me obrigavam a fazer coisas com eles, ou eles faziam comigo, e depois Pablo voltava, sempre voltava, enfiava a pica na minha boca, eu a engolia sem chiar, até que se acalmava, me desamarrava e me fodia no chão de pedra, as reconciliações eram deliciosas.

Acordávamos juntos, em uma cama imensa, ele me acariciava durante um tempo, depois me descobria, continue sozinha, quero assistir, descíamos para tomar o café da manhã por uma escada enorme, tenho uma surpresa, estou muito satisfeito com você, comprei um brinquedo, já vou mostrar, mas acabe de comer primeiro, e me pegava pela mão, e me levava à biblioteca, onde nos esperava um jovenzinho vestido com um macacão azul, é seu, pode fazer o que quiser com ele, eu me aproximava do aprendiz de jardineiro, baixava seu zíper, tinha uma bela vara, eu estava nua, ele me abraçava sem jeito, parecia um urso, chupava meus peitos e me mordia, não sabia fazer aquilo, me machucava, deitávamos no chão, ele vinha para cima de mim como um animal, estava faminto, a princípio tinha graça, mas logo se tornou tedioso, sai, Pablo estava sentado em sua poltrona, nos olhava, não estou gostando, papai, não estou gostando, pegava seu sexo com a mão e me sentava em cima, recebia um prazer instantâneo dele, sabia se mexer tão devagar, você é deliciosa, Lulu, dizia em um sussurro, deliciosa, eu te amo tanto...

Meu professor de grego me examinava com uma expressão irônica, apoiado em uma das largas colunas do vestíbulo.

— Aonde está indo vestida desse jeito?

Sorri enquanto procurava uma desculpa para justificar minha aparência, mas não encontrei. Percebi que minhas mãos tremiam e as enfiei nos bolsos. Meus lábios também tremiam e por isso resolvi falar.

— Vamos, Félix, me convide para beber alguma coisa.

— Você está muito enganada se pensa que vou comprometer a sólida reputação que construí nesta casa deixando que me vejam com uma garota vestida assim.

— Mas de que reputação está falando? Vamos, me convide para tomar um café. — Peguei-o pelo braço e começamos a andar em direção ao bar do subsolo.

Félix era um excelente professor de grego, um homem muito inteligente e um velho amigo meu. Alguns anos antes, depois de um jantar de fim de ano letivo e de uma bebedeira, acabei me deitando com ele e gostei. Mas tinha um defeito. Era muito fofoqueiro e, portanto, a última pessoa com quem gostaria de topar ali, naquela tarde, as coisas não estavam indo bem.

Ficara tão nervosa, sozinha, esperando em casa, que acabei resolvendo sair meia hora antes do previsto. Como meus cálculos já incluíam chegar à faculdade com meia hora de antecedência para poder escolher um assento no meio da primeira fila, quando encontrei Félix ainda dispunha de quase uma hora livre, muito tempo para continuar dando voltas diante das portas da sala, fechadas a sete chaves. Não pensei que as portas poderiam estar fechadas, não pensei em verificar, embora passasse diante delas toda maldita manhã. Por fim disse a mim mesma que o melhor seria descer ao bar, sentar a uma mesa um pouco afastada e anestesiar meus nervos com álcool, com qualquer remédio forte, contundente. Minha vontade de buscar presságios favoráveis era tanta que cheguei a pensar que, apesar de tudo, meu encontro com Félix tinha sido uma grande sorte.

— Está usando alguma coisa embaixo desse sobretudo? — Ele me examinava com autêntico interesse.

— É claro que estou usando alguma coisa! Roupa. Estou completamente vestida. — Tentei parecer ofendida. — Na verdade, não entendo por que você dá tanta importância à minha aparência, mesmo que eu estivesse disfarçada de...

— Você está disfarçada. Para a desgraça não sei de quem, mas está disfarçada, sim. — Não seria capaz de enganá-lo e por isso me limitei a mudar de assunto.

Quando me aproximei do balcão para pedir as bebidas, os ocupantes de uma das mesas da frente, um grupo de alunos do primeiro ano, deixaram escapar risinhos, chamando a atenção dos outros com os cotovelos, e me perguntei se não teria exagerado na produção.

O sobretudo não me preocupava muito, era bem escandaloso, os de lã branca sempre são chamativos, mas eu o pedira emprestado exatamente por isso, porque precisava chamar a atenção. Mais estranhas eram as meias esportivas, de um tom bege indefinido e escolar, que estavam enroladas nos tornozelos. Não tinha sido fácil conseguir aquilo. Os elásticos tinham resistido com bravura, mas, por fim, depois de fervê-las três vezes e deixá-las enfiadas na base de garrafas de champanhe durante alguns dias, consegui que deslizassem perna abaixo com autêntica naturalidade, embora tivesse acabado de comprá-las e as vestisse pela primeira vez. Embora as meias talvez não fossem tão ridículas em si mesmas, e o pior fosse o conjunto que formavam com os sapatos. Recordei a rodinha de vendedoras que se formou na sapataria quando, depois de pedir que me trouxessem o 37 marrom com o salto mais alto que tivessem, tirei uma meia da bolsa, enrolei no tornozelo e experimentei uma porção de sapatos, estudando o efeito nos espelhinhos encostados nas colunas, antes de me decidir por um modelo de salão, muito simples, que aumentava em uns nove centímetros minha altura real. E isso porque no dia da sapataria eu estava usando meias de náilon, normais. Naquela tarde não vestira nada, as pernas nuas, em pleno inverno, e o sobretudo, no entanto, abotoado até o último botão.

Talvez tivesse exagerado na produção, mas já estava feito, e por isso me sentei ao lado de Félix e esperei. Um inspetor me informara que as portas costumavam ser abertas dez minutos antes da hora indicada nos programas. Cinco minutos antes dos dez minutos, escapuli dizendo que tinha de ir ao banheiro, me obriguei a subir as escadas devagar, cheguei ao vestíbulo e entrei no salão para me sentar no meio da primeira fila. Durante um bom tempo fui a única pessoa em todo o auditório.

Soubera por pura casualidade. A Faculdade de Filologia Hispânica organizava eventos de vez em quando e eu nunca tinha prestado muita atenção nos folhetos e cartazes que apareciam no mural. Mas andava procurando aulas particulares, estava decidida a visitar a Sicília naquele verão de qualquer jeito, e comentaram comigo que tinham aparecido alguns anúncios novos sobre dois novos bacharéis metidos a besta que só se preocupavam com o uso do dativo.

Então vi seu nome, em letras pequenininhas, no meio de muitos outros nomes.

Medo, pânico da realidade, de uma decepção definitiva, porque depois não conseguiria mais recuperá-lo, não poderia lhe devolver a casa grande e vazia onde nos amávamos, medo de perdê-lo para sempre.

Havia passado muito tempo.

Mas para mim tinha sido muito fácil guardá-lo, porque eu levava uma vida trabalhosa e monótona, estava sozinha, ainda mais depois que Marcelo saiu de casa, meus dias eram todos iguais, igualmente cinzentos, a eterna luta para conquistar um espaço para viver em uma casa abarrotada, a eterna solidão no meio de tanta gente, a eterna discussão — não quero estudar Direito, papai, pense o que quiser —, o eterno interrogatório sobre a força da minha fé religiosa, sobre a natureza das minhas ideias políticas — tinha me afiliado ao Partido, por razões mais sentimentais que de outra índole, embora eles, os dois, já tivessem ido embora —, o eterno convite para levar meus sucessivos namorados para jantar uma noite — minha mãe se empenhava em acreditar que meus namorados eram todos os caras com que me deitara durante aqueles anos —, o eterno exercício solitário de um amor triste e estéril, todos os dias a mesma coisa.

Talvez tivesse conseguido ser feliz se ele não tivesse interferido em minha vida, mas o fizera, me marcara vinte e três dias antes de partir para a Filadélfia, e todo o tempo transcorrido desde então não tinha contado para mim, não era mais do que um intervalo, uma fatalidade insignificante, um substituto do tempo verdadeiro, da vida que começaria quando ele voltasse. E ele voltou. Vi seu nome no mural, em letras pequenininhas, e desde então meu corpo era um puro vazio.

Contorcia-me de desejo por dentro, e a ambição de meus objetivos diminuía a uma velocidade espantosa dia após dia, enquanto preparava minha entrada em cena. Fui ver Chelo para lhe pedir a bolsa de plástico que guardara para mim em seu armário durante os últimos três anos, desde aquela tarde em que minha mãe comentara comigo que o vestido amarelo que Patricia estava usando era aquele que Amelia estreara, o que vovó me dera, como cresceu esta menina, está quase tão alta como você. Não esperei que me pedisse, tirei-o de circulação meses antes, e depois passei todo o verão com cara de alucinada, repetindo que parecia bruxaria, o mistério do uniforme desaparecido.

Cometi um erro ao perguntar a Chelo se estaria disposta a me fazer um grande favor, claro que sim, você sabe, raspe minha boceta, o quê?, é que tenho um pouco de medo de fazer sozinha, o quê?, quero que você me raspe, se nós duas a raspássemos seria mais fácil... Ela se negou, é claro que se negou, eu já esperava, porque tinha contado a história de Pablo, ela sabia que era para ele, e meu pedido a deixou muito ofendida, jamais, jamais lhe perdoaria sua negligência contraceptiva, que ela sempre considerara duas vezes pior. Naquela época Chelo ainda não havia descoberto as delícias da carne macerada e só gostava de garotos muito, muito progressistas, considerava o coito interrupto uma mistura de gesto cortês e declaração de oportunidades iguais e, por fim, tive de fazer eu mesma, furtivamente, no banheiro da minha casa às três da manhã, a única hora em que podia ter certeza de que ninguém viria bater na porta. Tirei o espelho da parede sem fazer barulho e demorei quase duas horas porque ia bem devagar, como posso ser tão lerda, mas no final consegui um resultado bastante aceitável, sentia minha pele nua e lisa outra vez, enquanto permanecia ali, sentada no meio da primeira fila, suplicando a todos os meus deuses olímpicos adorados que intercedessem para que ele me aceitasse, para que não me rejeitasse, e só me atrevia a pedir isso, que não me rejeitasse, que me tivesse pelo menos uma vez antes de ir embora de novo.

Aos poucos a sala foi se enchendo de gente. Um senhor baixinho, calvo e com costeletas foi o primeiro a se sentar no tablado. Pablo chegou conversando com um barbudo de aspecto histórico, que o abraçou ao pé da escadinha, e ocupou, por último, uma das pontas.

As Idades de Lulu

Haviam passado cinco anos, dois meses e três dias desde a última vez que o vira. Seu rosto, o nariz muito grande, a mandíbula muito quadrada, mal tinha mudado. Os fios grisalhos também não se avolumaram muito, os cabelos ainda pareciam pretos. Estava bem mais magro, no entanto, e isso me surpreendeu. Marcelo sempre dizia que na Filadélfia se comia muito bem, mas ele tinha emagrecido e isso o tornava ainda mais alto e mais deselegante, essa era uma das coisas que mais me agradavam nele, que parecesse sempre a ponto de se desconjuntar, muitos ossos para pouca carne. Os anos lhe faziam bem.

Enquanto o sujeito de costeletas apresentava os participantes com uma lentidão exasperante, ele acendeu um cigarro e deu uma olhada na sala. Olhava em todas as direções com exceção da minha, e eu sentia que o vazio me devorava. Sentia muito calor, e muito medo. Não me atrevia a olhá-lo de frente, mas percebi que tinha ficado quieto e então, por fim, meus olhos se atreveram a procurá-lo. Os dele me olhavam fixamente, com as pálpebras entreabertas e uma expressão estranha. Depois sorriu para mim e só então mexeu os lábios em silêncio, duas sílabas, como se pronunciasse meu nome. Havia me reconhecido.

Agi segundo o plano e desabotoei o sobretudo bem devagar para deixar à mostra meu horroroso uniforme marrom do colégio. Tentava parecer segura, mas por dentro me sentia como um velho e desajeitado malabarista, que mantém a duras penas as aparências enquanto espera que as oito bolas de madeira que estão dançando no ar desabem, todas de uma vez, em sua cabeça. Pablo tapou o rosto com a mão, ficou assim durante alguns segundos e voltou a me olhar. Ainda estava sorrindo.

Falou muito pouco naquela tarde, e falou muito mal, perdeu a fala algumas vezes, balbuciava, dava a impressão de que precisava se esforçar para construir frases com mais de três palavras, não tirava os olhos de cima de mim, as pessoas em volta me olhavam com curiosidade.

Quando o velho das costeletas disse que a próxima pergunta seria a última, me levantei. Para minha surpresa, as pernas ainda me sustentavam e percorreram o corredor sem nenhum tropeço até me levar para fora da sala. Cruzei o vestíbulo sem olhar para trás, atravessei as portas de vidro da entrada e só tive tempo de dar oito ou nove passos antes que ele me detivesse. Seu braço pousou no meu, me pegou pelo cotovelo, me obrigou a me virar e, depois de me estudar por alguns segundos, me tocou com a varinha mágica.

— Que bom Lulu! Você não cresceu nada...

Aceitou todas as minhas graças com elegância. Interpretou todos os sinais sem fazer comentários. Falou pouco, só o necessário. Caiu de cabeça e por vontade própria em cada uma das minhas armadilhas. Contou para mim tudo o que eu queria saber. Pagou o jantar e depois me levou para sua casa. Vivia sozinho em uma cobertura muito grande e apinhada de livros, no centro.

— O que aconteceu com o ateliê da rua Moreto?

— Minha mãe o vendeu há alguns anos. — Parecia lamentar. — Comprou um chalé muito cafona em um condomínio de casas geminadas, em Majadahonda.

Sentamos em um sofá e durante um bom tempo ficamos calados, quietos, com a atitude de quem acaba de chegar a uma casa para fazer uma visita formal, ele me olhando, sorrindo, e eu sem saber muito bem o que fazer, outra vez, depois de tantos anos. Seus olhos me percorriam em silêncio, de ponta a ponta, e pensei que estava me olhando como se olha uma desconhecida. Mas se aproximou de mim e levantou meus braços até deixá-los acima da minha cabeça. Fiquei nessa posição enquanto ele levantava meu suéter, até me despojar dele. Desabotoou minha blusa, tirou-a e olhou para mim, sorrindo, porque naquela noite eu não estava usando sutiã e ele se lembrava de tudo, ainda. Depois, se inclinou para a frente, segurou meus tornozelos, e os levantou de repente para puxar minhas pernas para cima das suas. Fiquei deitada, atravessada no sofá, enquanto ele desabotoava os fechos da minha saia. Antes de tirá-la, pegou minha mão, aproximou-a de seu rosto e a olhou com atenção, detendo-se nas pontas dos dedos, arredondadas. Eu não tinha percebido esse detalhe. Mesmo sabendo que não deveria fazê-lo, quebrei o silêncio.

— Você gosta de unhas compridas e pintadas de vermelho?

Ainda com meus dedos entre os seus, me lançou um sorriso irônico.

— Isso tem muita importância?

Não podia responder que sim, que tinha importância, muita, e por isso fiz um gesto vago de indiferença com os ombros.

— Não, não gosto — admitiu por fim. Menos mal, pensei ao ouvi-lo.

Acabou de me despir, sempre lentamente. Tirou meus sapatos, as meias, e voltou a me calçar. Olhou para mim por um momento, sem fazer nada. Depois estendeu a mão aberta e a deslizou com suavidade sobre meu corpo, do pé ao pescoço, várias vezes. Parecia tão tranquilo, seus gestos eram tão delicados, tão leves, que por um momento pensei que na realidade não me desejava, que suas ações eram apenas o reflexo de um desejo antigo, já irrecuperável. Talvez eu tivesse crescido demais, além de tudo.

Como se pudesse ler meus pensamentos e quisesse desmenti-los, nesse instante me pegou por baixo do braço e me levantou até me sentar sobre os seus joelhos. Então me envolveu com seus braços e me beijou. O mero contato de sua língua repercutiu em todo meu corpo, minhas costas estremeceram, e meu cérebro sucumbiu a uma emoção ainda mais violenta. Ele é a razão da minha vida, foi isso que pensei. Parecia uma estupidez, mas naquele momento foi um pensamento sério, solene, e algo mais, porque naquela noite, enquanto

Pablo me beijava e me sustentava em seus braços, era também a verdade, a verdade pura e simples, ele era a única razão da minha vida. Por isso agarrei uma de suas mãos, levei-a ao rosto e o cobri com ela. Mantive-a parada por um momento até notar o calor, a pressão, e depositei um beijo longo e úmido na palma antes de dobrar os dedos, um por um, para esconder o polegar sob os outros quatro. Depois peguei seu punho com as duas mãos e apertei minhas bochechas, meus lábios, contra seus nós. Tentava dizer que o amava.

— Tenho uma coisa para você...

Afastou-me com muito cuidado, levantou-se e atravessou a sala. Quando voltou, trazia nas mãos uma caixa comprida e estreita que tirara de uma das gavetas de sua escrivaninha.

— Comprei isso para você há três anos, mais ou menos, em um momento de fraqueza... — Sorriu. — Não conte para ninguém, acho que agora até sinto vergonha, mas naquela época ficava louco de vez em quando, sobretudo quando estava sozinho, pegava o carro e partia para Nova York, ia à rua 14 com a Oitava Avenida, um lugar muito divertido, como posso explicar para você...? — Ficou calado, pensativo, por um momento. Depois seu rosto se iluminou. — Bem, vamos ver. A rua 14 é como uma espécie de Bravo Murillo selvagem, cheia de gente, e eu encarava duas horas e tanto de ida e outro tanto de volta para comer empadão de peixe e cantar *Asturias, patria querida* no bar de um sujeito de Langreo, bebia até cair e então me sentia melhor. Em um desses estúpidos transes nostálgicos, comprei isto para você. — Sentou-se ao meu lado e me ofereceu a caixa. — Embora seja uma grosseria dizer isto, me custou muito dinheiro, um dinheiro que eu não tinha, mas comprei para você de qualquer maneira, pois lhe devia isso. Não sei se acreditará em mim, mas a verdade é que me senti responsável por você durante todos estes anos. No entanto, embora tenha pensado muitas vezes em enviá-lo, nunca me atrevi. Temia encontrá-la mulher-feita, e as mulheres nem sempre sabem apreciar os brinquedos...

A caixa, envolta primeiro em papel rosa, brilhante, com um laço colorido, e depois ainda em celofane transparente, continha uma dúzia de objetos de plástico branco, bege e vermelho, um vibrador elétrico com a superfície estriada, cercado por uma porção de consolos e acessórios acopláveis. Havia também duas pilhas pequenas, dentro de uma embalagem, e um tubinho de plástico branco que parecia uma amostra grátis de creme, ou de pomada, dessas que dão de brinde nas farmácias. Quando o vi, sorri, ri, voltei a sorrir. Não me deu nenhum trabalho me mostrar satisfeita. Estava muito contente, e não apenas porque ele havia se lembrado de mim.

— Muito obrigada, gostei muito. Mas deveria ter enviado, teria me caído bem. Acho que é do meu tamanho... — Ele me olhava e ria.
— Se quiser, posso experimentar... agora.

Não esperei que me respondesse. Rasguei o celofane e estudei o conteúdo da caixa com muita atenção. Achei logo o compartimento das pilhas e carreguei o vibrador. Girei uma rodinha que havia na parte de baixo e ele começou a tremer, então aumentei a potência até que dançou na palma da minha mão. Era divertido, como em uma manhã de Natal, quando, depois de encaixar duas pilhas em suas costas, uma boneca normal e comum, inerte, começava a falar ou a mexer a cabeça. Percebi que eu estava sorrindo. Olhei para Pablo, ele também sorria. Esvaziei a caixa, estendi o celofane no chão e dispus em cima todos os acessórios, com a única exceção do tubo de lubrificante, que devolvi com uma gracinha que eu sabia que podia fazer.

— Não vou precisar disto — falei, para que fosse fazendo uma ideia do que o esperava.

— Nunca se sabe — respondeu ele, e o guardou no bolso.

Ignorei aquele comentário e parti para um ataque massivo, incondicional.

— Qual você acha que é o melhor de todos? — Sua maneira de me responder foi se levantar do sofá para se sentar diante de mim, em uma poltrona encostada na parede oposta, a uns três metros e meio de distância.

Agora você vai ver, pensava eu, agora vai ver se eu cresci ou não cresci, me sentia bem, segura, pressentia que aquele era meu único trunfo, pensara muito nisso durante os últimos dias e não fora capaz de elaborar um plano definido, uma tática concreta, mas ele estava tornando tudo muito fácil, gostava de mim, ainda se lembrava de mim, e gostava das garotas indecentes, pois bem, eu mostraria que podia ser indecente, muito indecente, recordei as palavras da diretora do internato e tomei coragem, a única coisa que me preocupava era que minha atuação fosse excessivamente teatral, inverossímil de tão histérica. O resto tanto fazia. O pudor me atrapalha pouco quando estou me divertindo, e naquela noite estava me divertindo de verdade.

Eu me sentei no chão, apoiei as costas no sofá, abri as pernas e deslizei um dedo pelo meu sexo, uma única vez, antes de começar a falar.

— Acho que vou começar com este. — Tirei da caixa uma espécie de consolo de plástico cor de pele que era uma representação bastante fidedigna do original, com nervos e tudo. — Quer saber de uma coisa? Não gosto mais de ser tão alta, antes tinha muito orgulho de medir mais de um metro e setenta, mas agora acho que teria vantagem se tivesse parado uns vinte centímetros mais abaixo, como Susana, você se lembra de Susana?

— A da flauta? — Sua expressão, sábia e risonha ao mesmo tempo, era a mesma que eu me esforçara para guardar durante todos aqueles anos.

— Exatamente, a da flauta, você tem boa memória... — Não tirava os olhos dele, tentava aparentar o ar frio e calculista que distingue as mulheres lascivas e experientes, mas meu sexo, ainda vazio, crescia e se umedecia sem parar, e em mim essa sensação nunca foi muito compatível com a impassibilidade. — Bom, este aqui é enorme...! Suponho que você não ficará com vergonha se eu enfiar aqui mesmo, não é?

Negou com a cabeça. Eu me esfreguei algumas vezes com o novo brinquedo antes de enterrá-lo dentro de mim com uma cerimoniosa parcimônia. Apesar de ser o objetivo principal do espetáculo, me distraí e não pude observar sua reação. Era a primeira vez que usava um objeto semelhante e as minhas, minhas próprias reações, me absorveram por completo.

— Está gostando? — Sua pergunta tirou minha concentração.

— Sim, estou... — Fiquei calada por um momento e olhei para ele, antes de continuar. — Mas não é tão parecido com um homem como eu pensava, porque não está quente, em primeiro lugar, e, além disso, como tenho que movê-lo eu mesma, não existe o fator surpresa, entende?, não há mudança de ritmo, nem paradas, nem acelerações bruscas, é disso que mais gosto, das acelerações...

— Desde a última vez que nos vimos você se fartou de foder, não é mesmo?

— Bem, digamos que soube me virar... — Agora agitava a mão mais depressa, bombeava com força aquele simulacro de homem contra minhas paredes e gostava mais, cada vez mais, estava começando a gostar muito, por isso parei de repente e resolvi mudar de consolo, não queria precipitar as coisas. — Este que tem saliências é para machucar?

— Não sei, acho que não.

— Bem, veremos, mas eu estava lhe contando alguma coisa... Ah, sim, de Susana, como não mede mais de um metro e meio, todos os sujeitos lhe parecem enormes, é genial, sempre que pergunto me responde a mesma coisa, que eram deste tamanho — separei exageradamente as palmas das mãos — e bem grossos, mas se queixando, não entendo, está sempre se queixando, eu iria adorar, mas, como sou tão grande, nunca me preenchem completamente, por isso acho que é uma desvantagem ser tão alta, tenho tudo muito comprido...

— Bem... — Ele gargalhava e me olhava, estava gostando de tudo aquilo, juro que estava, por isso resolvi conectar aquela história com outra de procedência bem diferente, nunca tinha acreditado que seria capaz de contá-la, mas então não me pareceu importante.

— Olha, não é que as saliências não machucam? Agora vou colocar isto por cima, para ver o que acontece. — Peguei uma espécie de capuz vermelho, recoberto de pequenas pontinhas, e o encaixei na extremidade. — Que curioso, falando de Susana, há uns meses sonhei com você, e os consolos tinham muito a ver com o sonho. — Parei por um momento, queria estudar seu rosto, mas não fui capaz de detectar nada de inquietante nele. — O fato é que Susana ficou muito certinha de uns tempos para cá, quando pequena era a mais sacana do grupo, você sabe, mas há uns dois anos arrumou um namorado sério, muito sério, um cara supercoroa, de 29 anos...

— Eu tenho 32. — A princípio me olhou com o mesmo sorriso que minha mãe costumava me lançar quando me pegava fuçando na despensa e depois o substituiu por uma série de gargalhadas francas e sonoras.

— Está bem, mas você não é coroa.

— Por quê?

— Porque não, igual ao Marcelo, ele também não é coroa, embora já esteja casado e tenha um filho e tudo... Na verdade, ele se casou com a sua namorada.

— Bem, Mercedes foi namorada dele antes de ser minha.

— E, além disso, você não parava de meter chifres nela...

— Sim. — Sorriu. — Você também tem boa memória. Mas, de qualquer forma, ela continuava se deitando com seu irmão...

— Está vendo por que vocês não são coroas?

— Fique sabendo que o amor livre está saindo de moda muito depressa.

— Sim, mas não é isso. É que... bem, não sei, é que o namorado de Susana não se parece nem um pouco com vocês. Tem muito dinheiro, na verdade, uma agência de serviços editoriais e nem um pingo de senso de humor. Enfim, outra noite fomos jantar, eles dois, Chelo, que levou um sujeito muito engraçado, e eu, que não tinha ninguém com quem ir. — Olhou-me levantando as sobrancelhas, como se não pudesse acreditar. — É sério, olhe, se já tivesse isto, provavelmente teria levado comigo. — Tirei o consolo e o livrei de todos os apetrechos, porque já estava me dando trabalho falar e agir ao mesmo tempo, e supus que ele despido faria menos efeito. — O fato é que nos embebedamos, Susana também, e acabamos contando a história da flauta. O amigo de Chelo riu muito, ficou encantado com aquilo, mas o namorado de Susana ficou irritado, disse que não achava a menor graça e que, naturalmente, não se excitava com esse tipo de besteiras. Oh, que maduro!, disse eu, e acrescentei que achava estranho porque você, que era professor universitário, e poeta, e tudo o mais, tinha ficado muito fogoso quando ficou sabendo, não é mesmo?

— Sim.

— Você também me trouxe uma flauta de Nova York?

— Não.

— Que pena!

Ao chegar a esse ponto, não pude conter o riso, mas em poucos segundos consegui me recompor e continuei.

— Bem, o fato é que naquela noite sonhei que nós dois estávamos em um carro muito grande e muito caro, dirigido por um chofer negro muito bonito, que chamava você de senhor e tinha um pau enorme, não sei por quê, mas eu sabia que tinha um pau enorme. — A expressão de seu sorriso, diferente agora, me fez temer que ele imaginasse a que categoria pertencia realmente meu sonho, e por isso comecei a dizer disparates para dar a meu relato um paradoxal verniz de verossimilhança, a inverossimilhança própria das histórias que são sonhadas. — Eu estava usando um vestido longo, cinza-pérola, à moda do século XVI, um decote enorme e saia armada com arames, uma anágua de tule em cima da bunda e uma porção de joias aqui e ali, mas você vestia uma calça e um suéter vermelho, normal e corriqueiro, e parávamos na rua Fuencarral, que ficava em Berlim, embora todos os cartazes estivessem em castelhano, como agora, tudo era igual na realidade, e entrávamos em uma sapataria com as vitrines cheias de sapatos, claro... Ouça, você não se ofenderá se eu continuar com o dedo, só um pouquinho? Preciso descansar.

— Você decide.

— Obrigada, muito gentil da sua parte, enfim, onde eu estava...? Ah, sim, dentro da sapataria havia um vendedor vestido de pajem, de pajem antigo, mas suas roupas não eram muito parecidas com as minhas, usava um traje de aspecto francês, como Luís XIV, muita renda e peruca empoada, você sabe, e então me sentei muito educadinha em um banco, você ficou em pé ao meu lado e o vendedor se aproximou e disse, adivinha, porque o mais engraçado de tudo é que você nem imagina qual era a nossa relação, a nossa, isso você não imagina...

— Pai e filha? — sugeriu.

— Sim... — balbuciei. — Como adivinhou?

— Ah, disse a primeira coisa que me passou pela cabeça.

— E não acha estranho? — O estupor, um estupor ao qual se misturava um pouco de vergonha, vergonha autêntica apesar da minha proverbial falta de pudor, ameaçava me paralisar de repente.

— Não. Gostei muito. — Suas palavras dissiparam minhas dúvidas. — E o que estava acontecendo? Suponho que não fui comprar seu uniforme escolar.

— Não, nada disso. — Ri, aquela sensação desagradável desaparecera por completo, e eu me sentia cada vez melhor, mais convincente, voltei a me acariciar para que ele me visse, movendo-me lentamente em cima do tapete, aquecendo-o a distância, isso me excitava, muito, mas ao mesmo tempo me afogava no desejo de tê-lo, de tocá-lo. — Você disse ao vendedor que passaria umas duas semanas na Filadélfia para dar um curso sobre São João da Cruz àqueles pobres selvagens, os índios, quero dizer, e que tinha medo de me deixar sozinha assim, sem mais nem menos, porque eu andava muito assanhada e era capaz de fazer qualquer coisa, e que por isso tinha pensado em me inserir uma prótese que me consolasse e me fizesse companhia durante sua ausência. O vendedor lhe deu razão, estas meninas de hoje em dia, sabemos do que são capazes, disse, sua atitude me parece muito prudente. Então o sujeito foi aos fundos da loja e voltou com dois cabideiros, não eram bem isso, mas não sei como chamá-los, um par de hastes de metal que terminavam em duas circunferências, e os colocou diante de mim, um em cada lado, então eu, que sabia o que tinha de fazer, levantei a saia e enfiei cada um dos meus saltos nos buracos superiores dos cabideiros, e fiquei como no consultório de um ginecologista. Usava uma calçola branca, comprida até os joelhos, mas aberta por baixo, com uma fenda bordada com florezinhas, e o vendedor enfiou um dedo em mim, olhou para você e disse, assim não posso experimentar nada, está completamente seca, se o senhor permitir, posso tentar dar um jeito, e você assentiu, então ele se ajoelhou diante de mim e começou a chupar minha boceta, e o fazia muito bem, e me dava muito prazer, mas quando eu estava começando a gozar você disse que já era suficiente, e ele parou...

— Que atitude mais desagradável, a minha! — Sorria, tamborilando com os dedos na braguilha.

— É claro — respondi —, você foi muito grosseiro. Bem, então aquele sujeito começou a me enfiar consolos dourados, grandes, cada vez mais grossos, e como eu já estava bem no ponto, gozei no meio do teste. Você gostou, mas o vendedor não ficou satisfeito, embora não tenha se atrevido a dizer nada, e por fim me meteu um horrível, que me machucava muito. Você estava adorando e disse esse, esse, então ele empurrou mais um pouco e o negócio ficou dentro de mim, todo, e não conseguia tirá-lo, chorei e protestei, não quero este, fui bem clara, mas você foi até o caixa, pagou, me ajudou a me levantar e me levou para fora, dizendo que ia perder o avião, porque ia para a Filadélfia de avião, de Paris, uau!, quero dizer, de Berlim, e eu não conseguia andar, não conseguia, tinha que manter as pernas abertas, sentia lá dentro, aquele bloco. Quando entramos no carro, o chofer se interessou por mim e você levantou minha saia para que ele visse, ele meteu a ponta do dedo e exclamou, tamanho 56, magnífico, esse é o melhor, e eu falei, choramingando, mas como vamos nos despedir se estou com isto dentro, e você me disse, não se preocupe, Lulu, seu corpo é muito mais completo do que você imagina. Então me obrigou a me ajoelhar no assento traseiro, levantou minha saia por trás, abaixou o zíper, e justo então, quando estava prestes a começar o melhor, de repente fui e acordei... — Fiz uma pausa dramática, improvisando uma expressão de assombro, as sobrancelhas arqueadas, a boca aberta. — E não sei mais o que aconteceu depois... — Então começou a rir, e eu ri com ele, e o olhava, olhei-o durante muito tempo antes de voltar a falar. — Gostou do sonho?

— Muito. Ficaria muito feliz se tivesse uma filha como você.

— Ouça, Pablo... — Suas palavras, e seus olhos, me convenceram de que eu tivera êxito. Agora ele já sabia, sabia até que ponto eu podia chegar a ser indecente, e certamente também sabia mais algumas coisas, mas ainda não era o bastante, tinha que ir até o fim. — Estou começando a sentir falta de alguma coisa. Não é que não tenha gostado do seu presente, mas, enfim...

Desceu o zíper, puxou seu sexo com a mão direita e começou a acariciá-lo.

— Estou esperando.

Percorri de joelhos a distância que me separava dele, inclinei-me sobre sua pica e a enfiei na boca. Aquilo começava a se parecer com um reencontro de verdade.

— Lulu...

— Hummm... — Eu não tinha vontade de falar.

— Quero sodomizar você.

Nem sequer abri os olhos, não quis me inteirar do que dizia, mas suas palavras ficaram pairando em minha cabeça durante alguns segundos.

— Quero sodomizar você — repetiu. — Posso?

Liberei meus lábios de sua magnética ocupação e levantei os olhos para ele, enquanto deslizava seu sexo em minha mão.

— Bem, não se deve tomar as coisas tão ao pé da letra... — Só pretendia impressioná-lo, pensei, isso era verdade, queria impressioná-lo, mas não tanto. — Acreditar nos sonhos não é racional e, além disso, já falei que estou habituada a não ser toda preenchida, não é necessário que se incomode tanto...

— Não é incômodo nenhum. — Olhou para mim, rindo, tinha me pegado direitinho. Sentia que nunca chegaria a ser uma mulher fatal, uma mulher como Deus manda. Minha estratégia se virara contra mim, e agora não me ocorriam outras indecências, nada engenhoso a dizer. — Além do mais, pelo que pude ver e, sobretudo, ouvir, suponho que nem sequer seria a primeira vez.

— Então, bem, acho que sim... — Aí fiquei calada, olhei-o por um momento, seus olhos brilhavam, e brilhavam seus dentes, que mordiam um canto do lábio inferior, então me disse que seria melhor voltarmos a como estávamos antes, e por isso voltei a abocanhar seu sexo, pensando que assim, provavelmente, ele perderia a vontade, mas apenas alguns minutos depois a pressão da sua mão me obrigou a parar.

— E então? — insistiu em tom cortês.

— Não sei, Pablo, é que... — Tentava despertar sua compaixão com um olhar de cordeiro degolado, não tinha que me esforçar muito, estava confusa, porque não podia negar, não a ele, mas não queria, isso era muito claro, não queria. — Por que está me pedindo essas coisas?

— Preferia que eu não pedisse?

— Não, não é isso, não quero dizer que foi ruim você ter pedido, mas é que eu, sei lá, eu...

— Tanto faz, não importa, era apenas uma ideia.

Seus braços deslizaram sob os meus, para que eu me levantasse. Quando fiquei em pé, diante dele, afundou a língua no meu umbigo durante um instante, e depois se levantou, me abraçou e me beijou na boca longamente. Suas mãos foram subindo devagar pela minha cintura, ao longo das minhas costas, até se apoiarem em meus ombros. Então, quando eu menos esperava, me virou, me deu uma rasteira com o pé direito, me derrubou no tapete e se atirou em cima de mim. Prendeu minhas coxas com os joelhos para imobilizar minhas pernas e deixou cair todo seu peso sobre a mão esquerda, com a qual me empurrava contra o chão, entre minhas omoplatas. Senti uma substância mole e fria, algo que a princípio não consegui identificar. Depois me lembrei daquele tubo que decidi devolver no que me parecera uma impecável demonstração de arrogância e fiquei algum tempo insultando a mim mesma, como você é esperta, Lulu, minha filha, não passa de uma imbecil, e uma perdida, minha nossa...! Enquanto isso, um de seus dedos, espantosamente perceptível por si mesmo, entrava e saía do meu corpo. Depois foram dois, movimentando-se ao mesmo tempo, distribuindo o lubrificante ao redor da entrada, soltando por fim minha língua.

— Você é um filho da puta.

Ele estalou a língua várias vezes contra os dentes.

— Vamos, Lulu, você sabe que não gosto que diga palavrões.

Joguei as pernas para a frente e consegui dar uns dois golpes nas suas costas. Tentava fazer a mesma coisa com os braços quando percebi a ponta do seu sexo me tateando.

— Fique quieta, Lulu, não vai adiantar nada, sério... A única coisa que você vai conseguir, se continuar se fazendo de imbecil, é levar umas bofetadas. — Não estava irritado comigo, falava em um tom delicado, tranquilizador inclusive, apesar das ameaças. — Comporte-se bem, vai ser rapidinho, e também não é para tanto... — Abriu-me com a mão direita, sentia a pressão de seu polegar, esticando a pele, afastando a carne. — Além disso, você é a culpada de tudo, na realidade é sempre você quem começa, fica me olhando com esses olhos famintos, toma decisões, acerta, erra... Esta noite estava indo muito bem, quer saber? Mas acabou cometendo um erro gravíssimo. Nunca deveria ter me contado que não tinha feito isso antes. Isso está além das minhas forças, não consigo suportar. E já sei que eu não devia dizer isso, e muito menos pensar, que não fica bem, não é progressista, mas a verdade é que gosto muito de desvirginar você. A verdade é que não há nada neste mundo de que goste mais...

Sua mão direita, que imaginei fechada em torno da pica, pressionou contra aquilo que eu, apesar da labuta de seus dedos, continuava sentindo como um orifício frágil, pequenininho.

— Você é um filho da puta, um filho da puta...

Então não consegui mais falar. A dor me deixou muda, cega, imóvel, me paralisou por completo. Jamais em minha vida havia experimentado um tormento semelhante. Comecei a gritar, gritei como um animal no matadouro, deixando escapar berros agudos e profundos, até que o pranto afogou minha garganta e me privou até do consolo do grito, condenando-me a proferir intermitentes soluços fracos e entrecortados que me humilharam ainda mais, porque acentuavam minha debilidade, minha categórica impotência diante daquela fera que se contorcia em cima de mim, que resfolegava e suspirava em minha nuca, sucumbindo a um prazer essencialmente inócuo, me usando, da mesma maneira que eu usara antes aquele brinquedo de plástico branco, estava me usando, arrancava de mim à força um prazer ao qual não me dava nenhum acesso.

Embora não acreditasse que fosse possível, a dor se intensificou de repente. Suas investidas se tornaram cada vez mais violentas, desabava sobre mim, penetrando-me com todas as suas forças, e depois se distanciava, e eu sentia que metade das minhas vísceras ia com ele. Minha cabeça começou a girar, achei que ia desmaiar, incapaz de suportar aquilo por mais um minuto, quando ele começou a gemer. Imaginei que estivesse gozando, mas eu não conseguia sentir nada. A dor me insensibilizara até o ponto de ser incapaz de perceber qualquer coisa além da dor.

Depois ficou imóvel, em cima de mim, ainda dentro de mim. Mordeu a ponta da minha orelha e pronunciou meu nome. Eu não respondi. Notei que saía, mas permanecia lá dentro ao mesmo tempo, como se o buraco que abrira se negasse a se fechar. Virou meu corpo, com suavidade. Eu não o ajudei nem um pouco, eu era um peso morto, não me mexia, continuava quieta, com os olhos fechados, não queria olhá-lo, não tinha certeza do que aconteceria se o olhasse, mas o via enxugar as lágrimas dos meus olhos, acariciar meu rosto com a ponta dos dedos. Inclinou-se sobre mim e beijou meus lábios. Não lhe devolvi o beijo, mas me beijou outra vez.

— Te amo. — Isso não havia dito antes, homem nenhum havia dito aquilo para mim.

Seus lábios percorreram meu queixo, envolveram meus mamilos, e sua língua continuou descendo, escorregou pelo meu corpo, atravessou o umbigo e percorreu meu ventre. Quando não conseguiu continuar, suas mãos dobraram e afastaram minhas pernas, e então senti o calor, o calor de uma vergonha inédita, um enrubescer íntimo e profundo, raivoso e público, porque nunca conseguiria guardá-lo só para mim. Continuava calada, imóvel, com os olhos fechados e os braços grudados no corpo, mas ele já estava descobrindo que, apesar de tudo, da sua crueldade, da minha indignação, da dor que as confirmava a cada segundo, meu sexo estava úmido.

Seus dedos pousaram nos lábios e os pressionaram um contra o outro. Relaxaram por um instante para se juntar de novo, iniciando um movimento de pinça que foi se deslocando cada vez mais para cima, produzindo um som surdo, borbulhante. Quando chegou ao final, sua mão abriu meus lábios para desnudar completamente meu sexo, deixando a descoberto a pele rósea, tensa, que ardia como uma ferida semiaberta.

Amaciou-a com a língua, percorrendo-a devagar, de cima a baixo, e depois se concentrou no insignificante vértice de carne ao qual se reduzia todo meu corpo, escorregando, pressionando, acariciando, percebia ao extremo sua língua, rígida, esfregando-se contra ele, e minha carne que intumescia, intumescia em um ritmo escandaloso, e palpitava, então o prendeu com seus lábios e o chupou, voltou a fazê-lo e o sorveu para dentro, manteve-o dentro de sua boca e continuou lambendo, e isso me obrigou a me mexer, a me dobrar, a impulsionar meu corpo na direção dele, oferecendo-me por fim para não desperdiçar nenhuma sensação. Introduziu dois dedos em meu sexo e começou a movê-los seguindo o mesmo ritmo que eu imprimia ao meu corpo contra sua língua. Pouco depois, deslizou outro dedo um pouco mais abaixo, pelo canal que ele mesmo abrira antes. Eu não conseguia mais pensar, não conseguia decidir, mas sentia, e a recordação da violência acrescentou uma nota irresistível à presença do prazer para desenhar um final delicioso e atroz.

Sua língua continuou ali, firme, até que cessou o último de meus espasmos. Seus dedos ainda me penetravam quando apoiou a cabeça em meu umbigo, e só então me atrevi a pensar, a calcular as consequências do que acontecera na segunda noite mais longa da minha vida. A possibilidade de considerar aquela batalha como um magnífico empate me reconfortou por um instante. Empatamos, quis pensar, trocamos prazeres individuais, devolveu-me o que antes me arrebatara. Era um ponto de vista, claro que discutível, mas não deixava de ser um ponto de vista. Acho que naquele momento não percebi que já era capaz de elaborar minhas próprias aulas teóricas, mas a verdade é que não precisei me esforçar muito para convencer minha única aluna, que era eu mesma.

— Te amo.

Então lembrei que já havia me dito aquilo antes, "te amo", com o mesmo tom solene, grave, com que me explicara certa vez que o amor e o sexo não têm nada a ver, e me perguntei até onde chegariam, o que significariam na realidade aquelas duas famosas palavras, enquanto ele desabava ao meu lado, me beijava, e se virava de bruços. Não queria perdê-lo tão de repente, e por isso me deitei com certa dificuldade sobre o seu corpo, as minhas pernas em cima das dele, cobri seus braços com os meus e apoiei a cabeça no ângulo de suas costas. Ele me recebeu com um grunhido prazeroso.

— Sabe, Pablo, você está se transformando em um indivíduo perigoso. — Sorri para mim mesma. — Ultimamente, cada vez que encontro você, fico uma semana sem conseguir me sentar.

Todo seu corpo se agitou sob o meu. Era agradável. Ele ainda ria quando me chamou.

— Lulu...

Respondi com algo parecido com um som. Estava muito absorta em minhas sensações. Nunca tinha feito aquilo antes, deitar em cima de um homem daquela maneira, mas era delicioso, sua pele estava fria e o relevo de seu corpo embaixo do meu, tão distinto do habitual, era surpreendente.

— Lulu... — Compreendi que agora falava sério. Não me surpreendeu, até esperava aquilo. Apesar da minha inibição prévia, estava preparada para digerir uma nova despedida, era inevitável, mas, apesar de tudo, aproximei minha boca de seu ouvido. Não estava certa de que minha voz não me trairia.

— Sim?

— Quer casar comigo?

Quando era pequena, tinha me ensinado a jogar mus e me transformara em sua parceira das tardes de verão. Juntos, vencêramos muitas partidas, porque era o melhor mentiroso que eu já tinha conhecido. Estava certa, quase certa, de que ele estava blefando, mas, de qualquer maneira, disse que sim.

Encontrei onde estacionar de primeira, uma sorte inacreditável em uma noite de sexta-feira. Quando estava fechando a porta do carro, um deles tropeçou em mim.

— Perdão. — O tom de sua voz, doce e afetada, me pareceu tão inequívoco que os fiquei estudando enquanto desciam a ladeira.

Eram dois. O que se desculpara tinha cabelos castanhos, muito curtos, raspados acima das orelhas. Uma franja longa e escorrida, tingida de louro, tapava-lhe metade da cara, incluindo um dos olhos. O outro, cujo rosto não consegui ver, era moreno. Tinha prendido os cabelos, cacheados, em um pequeno rabicho, na altura da nuca.

Caminhavam no mesmo ritmo, pelo meio da calçada de pedra. O menor afastava a franja a cada passo. Usava uma jaqueta estampada, com reflexos brilhantes, e calça escura muito ajustada ao corpo. Seu amigo, que me pareceu muito mais interessante, pelo menos de costas, estava tão bronzeado como se tivesse acabado de chegar da praia. Uma echarpe laranja, amarrada como um cinto, dava um toque chamativo a sua sóbria produção, uma regata, calça muito larga, também preta, e uma jaqueta de couro da mesma cor.

Segui-os a distância. Tinha tempo de sobra.

Duas esquinas adiante, um sujeito sentado sobre um carro, embaixo de um poste de luz, cumprimentou-os com um aceno. Este estava vestido de branco, todo de branco, desde os tênis até a faixa nos cabelos. Era muito bonito, e tão jovem que ainda conservava o ar frágil dos adolescentes.

Parei diante de uma vitrine e os olhei pelo vidro. O mais baixo chegou primeiro e depositou um ligeiro beijo nos lábios do jovenzinho. Então ele se levantou e se dirigiu ao que estava vestido de preto e parado com os braços cruzados no meio da calçada. Agarrou seu pescoço e o beijou na boca. Pude ver suas línguas se misturando enquanto se abraçavam com uma paixão que me pareceu sincera. Depois, continuaram descendo a ladeira, os três juntos, o da franja sozinho, de um lado, os outros dois entrelaçados pela cintura, o moreno acariciando com a mão o traseiro do que estava vestido de branco para lhe dar de vez em quando uma palmada. Eu os seguia sem um objetivo determinado, encantada de tê-los encontrado. Depois de ouvi-la reclamar por algumas semanas, não tive outra opção a não ser devolver a Chelo o filme que levara de sua casa, e agora, de repente, tropeçava com uma versão em carne e osso só para mim. Isso que era ter sorte.

Viraram em um beco. Fiquei espiando da esquina e os vi entrar em um bar que eu frequentara bastante nos tempos da faculdade. Achei engraçado, não imaginava aquele ninho de rebeldes transformado em um salão gay, e, de fato, ao passar diante da porta, não os vi. Em vez disso, encontrei no balcão algumas quarentonas com pinta de funcionárias progressistas, que em outros tempos chamávamos de solteironas modernas, e um casal de jovenzinhos, garota e garoto, que namoravam sem escândalo. Isso me animou a entrar e telefonar. Dei uma olhada em volta e os vi de pé, em um canto, mas ali havia de tudo, gente de todas as espécies, e por isso resolvi ficar. Abri espaço no balcão e pedi uma bebida.

— Alô? — ouvi a voz do meu irmão no outro lado da linha.

— Marcelo? Ouça, sou eu, olha, sinto muito, mas não vou poder ir jantar. — Tentei falar enrolado. — Passei a tarde inteira bebendo com uma amiga recém-separada e estou muito mal, sabe? Prefiro ir para casa dormir, diga a Mercedes que sinto muitíssimo, que na semana que vem...

— Pato, você está bem? — Parecia preocupado. Eu já sabia que me perguntaria isso.

— Claro que sim, bêbada, mas bem. — Desde que eu deixara Pablo, Marcelo parecia obcecado pelo meu bem-estar.

— Tem certeza? — Não acreditava em mim.

— Sim, Marcelo, estou bem, fiquei bebendo, nada mais.

— Quer que vá buscá-la?

— Ouça, cara, já tenho 30 anos, posso voltar sozinha para casa, eu acho...

— É verdade, sempre me esqueço, desculpa... — Nunca deixara de me tratar como se eu fosse uma criança, nisso era igual a Pablo, mas não me incomodava, sempre amei meu irmão. — Me ligue amanhã, está bem?

— Está bem.

Enquanto começava a beber, perguntava a mim mesma por que entrara ali, por que desistira de jantar na casa de Marcelo, o que poderia esperar de tudo aquilo. Logo me respondi que não esperava nada, só entrara ali para olhá-los, e foi o que fiz.

Eles continuavam de pé, no outro lado do bar. Do meu ponto de observação, semiescondida pelo telefone, em uma ponta do balcão, podia observá-los à vontade sem que me vissem. O jovenzinho e o de preto eram namorados, tinha quase certeza. Formavam um belo casal. Mais ou menos da mesma estatura, ambos acima de um metro e oitenta, compartilhavam certo aspecto saudável e relaxado. O moreno tinha um corpo magnífico, grego, ombros enormes, torso maciço, pernas e braços longos e fortes, nem uma única gota de gordura, os músculos no limite exato do desejável. Malhava-os com cuidado, pensei, como meus garotos californianos. Seu rosto era comprido e anguloso, os olhos escuros, muito grandes, não era feio, na verdade, mas no conjunto o seu rosto era muito duro, não combinava muito com o rabicho e com a sua condição de sodomita.

De qualquer forma, tinha cara de macho mediterrâneo, desses que atiçam a mulher com golpes de cinto, e isso não iam encontrar em nenhuma academia.

Seu namorado era adorável, e bem mais ambíguo. Muito delgado, seu corpo possuía certo toque lânguido, evocador dos encantos dos efebos clássicos, embora fosse muito grande, muito volumoso, em suma, muito masculino para associá-lo ao modelo tradicional. Isso era o que mais me agradava nele, não suporto os efebos infantilizados, afeminados, não me dizem nada. Tinha uma bunda perfeita, rígida e redonda, suas linhas se desenhavam com exatidão sob o pano leve da calça muito larga, réplica exata da que seu companheiro exibia. Seu rosto ovalado também era perfeito. As faces rosadas, os cílios longos e curvados sobre os olhos castanhos, amendoados, de expressão doce, os lábios, por outro lado, finos e cruéis, o nariz pequeno, o pescoço sutil, interminável, deve deixá-los loucos, pensei.

Conversavam, olhando-se de frente, a princípio sorriam com cumplicidade, mas depois a conversa mudou de rumo. O da franja pintada, que não me agradava nem um pouco, muito parecido com os maricas de sempre apesar da ausência de sinais convencionais, enfiou-se no meio. Então o jovenzinho adotou uma atitude bastante complacente. Acariciava os braços do amigo, deslizava as mãos por seus músculos, beijava-o no pescoço, parecia dizer que o amava, amava-o sem dúvida nenhuma, mas o moreno se fazia de difícil. Seus gestos eram vagos, até mesmo rudes, sobretudo depois que começou o que parecia uma discussão. O adolescente estava disposto a tudo para se reconciliar com ele, pedia perdão com o rosto, com a mão, com todos os seus gestos, mas era inútil, chegou um momento em que foi rechaçado, os braços do atleta o afastaram, o da franja pareceu alvoroçado, estava feliz, mas também levou o seu, o moreno gritou com ele e o sacudiu sem paciência. Comportava-se como se estivesse farto dos dois. O mais jovem lhe deu as costas, apoiou-se em uma prateleira na parede e escondeu a cabeça nos braços, como se estivesse desesperado. Isso acabou comovendo seu companheiro, que se aproximou e o abraçou por trás, acariciando seus cabelos louros, naturais. O jovenzinho deixou-o suplicar por um tempo, mas quando por fim se virou os dois se beijaram com tanta paixão como quando se encontraram, e pouco depois estavam como se nada tivesse acontecido. Eu estava me divertindo muito e pedi outra bebida sem tirar os olhos de cima deles. Então ouvi uma estranha advertência.

— Os homossexuais são apenas pessoas humanas como qualquer um.

Virei o rosto bastante surpresa, nem tanto pela peculiar sintaxe da frase, mas pela misteriosa identidade do meu interlocutor. De trás do balcão, um jovenzinho de aspecto semelhante ao da franja me dirigia um olhar furioso.

— É claro — respondi, colocando-me diante dele.

— Então não sei por que você olha tanto para Jimmy. — Este era muito feio, o pobre.

— Não sei quem é Jimmy.

— Sério? — Então começou a me olhar de outra maneira, como se minha resposta o tivesse desconcertado.

— Sério — afirmei.

— É aquele de preto, mas não entendo, se não o conhece... por que o olha tanto?

— Porque gosto.

— Gosta de quê? — Deu uma gargalhada. — Veja bem, tia, ele é gay, sabia?, totalmente, o lourinho é namorado dele.

— Já havia percebido. — Olhei-o com uma expressão séria e fiz uma pausa. — Sou uma tia, mas não sou imbecil, está claro? — Não lhe dei tempo de assentir. — Além do mais, gosto dele porque ele é gay, só por isso, entende?

— Não. — Seu desconcerto me fez sorrir.

— Bem... O fato é que não há outra maneira de explicar. Gosto dos homossexuais, me excitam muito.

— Sexualmente... você diz?

— Sim. — Ficou imóvel, com o copo na mão, paralisado, fulminado por minhas palavras. — Não acho que seja nada do outro mundo, os homens, quero dizer, os homens heterossexuais gostam das lésbicas, pelo menos das lésbicas bonitas, e todo mundo acha normal.

— É a primeira vez que ouço uma coisa dessas na vida...

— Deve ter vivido pouco. — Embora não soubesse ao certo, não conseguia acreditar que meu desejo fosse único. Não existem desejos únicos.

— A primeira vez... — repetiu, atordoado, balançando a cabeça enquanto me servia uma bebida.

Deixou-me sozinha e ficou pensando, encostado na parede, mas depois de alguns minutos voltou ao assunto.

— Desculpe, mas... Não sei se entendi direito. Quer dizer que gostaria de se deitar com eles... embora não fizessem nada com você, e ficasse só olhando, por exemplo? — Seu rosto não tinha recuperado a expressão normal, olhava-me como se eu fosse um animal estranho, ainda espantado.

— Por exemplo — respondi —, gostaria muito.

— Quer que eu fale com eles?

Fingi olhar com desconfiança. Parecia solícito, mas sem interesses financeiros, pelo menos naquele momento.

— Por favor — respondi, e só então me dei conta da história em que acabara de me meter sozinha, sem a ajuda de ninguém.

Desapareceu por uma porta aberta atrás do balcão. Voltei a vê-lo segundos depois, conversando com Jimmy e seu namorado, ou o que fosse. Estava lhes contando o episódio como se fosse uma piada, e ria às gargalhadas. O lourinho também achava engraçado. Jimmy, não. Só me olhava. Devolvi o olhar enquanto me perguntava o que faria se me pedissem dinheiro. Era vergonhoso pagar para se deitar com um homem, muito mais vergonhoso do que cobrar, claro, mas, por outro lado, eles não eram homens, quer dizer, não nesse sentido.

Ficaram deliberando por um tempo, sem dar atenção ao intermediário. Então Jimmy chamou o sujeito da franja, e este se uniu à discussão, olhando-me o tempo todo com os olhos arregalados. Demoraram muito para chegar a um acordo. Depois o lourinho trocou algumas palavras com o garçom e os dois vieram até mim, juntos. O namorado de Jimmy se aproximou e me deu dois beijos nas bochechas.

— Olá, meu nome é Pablo.
— Ah! Caralho...
— Por que diz isso? — Minha observação, claro que pouco cortês, o ofendera.
— Não, por nada, é uma mania, sério... não tem importância. — Não mexeu um músculo da cara. — Veja, meu marido também se chama Pablo, e como acabei de me separar...
— Ah! — Sorriu. — Que coincidência!
— Sim... — Não sabia o que dizer.
— Você pode ficar em pé? — perguntou. — Meu amigo quer ver você.

Isso, sim, eu não esperava, mas me levantei e dei uma volta completa, girando sobre os calcanhares. Depois voltei a me sentar e olhei na direção de Jimmy. Seu namorado também o olhava. Ele levantou a mão com o polegar erguido. O sujeito da franja continuava a seu lado.

— Bem. — O louro olhou para mim. — Haveria grana?
— Poderia haver... — Acho que nunca na vida tinha pronunciado uma frase com menos convicção.

— Trinta paus para cada um.

— O que é isso, homem? E o que mais? — Tinha consciência da minha falta de experiência, e até podia entender que aproveitassem a ocasião para me roubar, mas não tanto. — Vinte, e já é muito.

— Vinte e cinco...

— Vinte — olhei bem no seu rosto, mas não consegui ler nada ali. — Vinte mil, é minha última oferta. Ora, só vou ficar olhando...

— De acordo — aceitou imediatamente. Parecia tão feliz que felicitei a mim mesma. Bravo, Lulu, feita de trouxa mais uma vez.

— Vinte para cada um — repetiu, e eu tive certeza de que teria aceitado quinze, até mesmo doze.

— Quarenta... — repeti duas ou três vezes com ar pensativo, como se fosse capaz de avaliar a cifra. Achava caríssimo, uma verdadeira barbaridade, mas, enfim, podia me permitir esse capricho, é claro que não com muita frequência, mas, bem, uma vez na vida... Na realidade, nem sequer tinha ideia de quanto custava uma puta, e estes deviam ser mais caros, ou talvez não, mas por ser uma cliente mulher seriam mais caros, ou não seriam, como ter certeza? Pablo certamente saberia o que fazer, mas nem sequer me disse quanto pagara a Ely naquela noite. Ely era travesti, mas estes nem sequer pareciam profissionais, eu estava confusa.

— Não. Sessenta. — A surpreendente afirmação do lourinho acabou na mesma hora com minhas elucubrações.

— Como sessenta? — Fiz cara de indignação. — Combinamos vinte para cada um. Vinte mais vinte, quarenta.

— É que somos três.

— E quem é o terceiro?

— Mario, aquele que está com Jimmy...

— O da franja? — Assentiu com a cabeça. — Nem pensar, esse não entra, não me agrada nem um pouco...

— É que... — Olhava-me com expressão de súplica, como se estivesse sem saída ou a ponto de se perder. — É que se ele não vier Jimmy não vai querer.

— E por que não?

— Bem, é que... — Estava ficando vermelho. — Mario é namorado dele.

— Mas Jimmy não está de rolo com você?

— Sim... — afirmou —, mas também está de rolo com Mario.

— Vocês são um trio? — Era uma possibilidade, mas ele negou com a cabeça muito depressa. — Bem... — De repente compreendi, a discussão anterior fez sentido. — Vocês, provavelmente, são dois casais com um membro em comum... — Olhei-o com atenção, para constatar que de perto era ainda mais belo. — O que não entendo... O que não entendo é como você pode ser tão babaca. Você não precisa compartilhar um cara com ninguém, nunca, jamais, você deve ter uns cem esperando...

— Isso não lhe diz respeito.

— Isso é verdade — admiti. — Bem, não quero o da franja, se ele tiver que vir, que venha, mas vou pagar quarenta, nem um tostão a mais, então, se quiserem, dividam entre vocês, eu não quero saber.

Olhou para mim por um momento, em silêncio. Depois deu a volta e foi informar ao comitê, com a cabeça baixa. Os outros discutiram com ele, não deviam achar um bom acordo, o lourinho encolhia os ombros, acabaram concordando e ele voltou para conversar comigo.

— Bem, de acordo, mas eles fazem por quarenta e cinco, quinze para cada um. — Olhou para mim como se pedisse desculpas. — Não pude fazer nada, sério... Você me paga depois, eu fico só com dez, pronto.

— Você é um imbecil, rapaz! — Estava de fato indignada, a história daquele garoto me parecia um desperdício.

Ficou parado, sem dizer nada. Mas eu ainda precisava averiguar algumas coisas.

— Onde vai ser?

— Na sua casa... — Olhou-me, surpreso. — Ou não?

Tive de pensar durante um tempo. Inés estava passando o fim de semana com Pablo, então isso não era problema, mas não estava muito certa de que queria tê-los em casa. Claro que ir a um hotel decente me sairia muito mais caro, eu teria que pagar, e as quarenta mil pesetas que a brincadeira estava me custando já eram suficientes. Também não podia deixar que eles escolhessem, não podia me meter em qualquer tipo de antro. Por isso, finalmente, achei que o melhor seria ir para minha casa.

— Está bem. Vocês não têm carro, não é mesmo?

— Não, mas Jimmy tem uma moto. Ele pode ir com ela. Eu vou com você, se não se importa, mas não volte a me insultar, por favor.

Anotei meu endereço em um guardanapo e ele o levou a seu amigo. Deu-lhe um longo beijo de despedida na boca. Fiquei enojada, Jimmy me enojou, de repente. Estava prestes a desistir de tudo e sair correndo quando o lourinho voltou e me pegou pelo braço. Saímos e caminhamos até meu carro sem dizer nada. Mas o silêncio era muito pesado para nós dois e por isso comecei a falar de um assunto qualquer, da beleza da Madri antiga ou algo assim, e ele se animou. Fomos conversando pelo caminho, e ele me contou sua vida, como todos fazem.

— Sou um cara muito estranho, acredite — confessou. — Não gosto da minha velha, por exemplo.

— Eu também não gosto da minha mãe — respondi. — Ora, temos alguma coisa em comum.

Disse que tinha 24 anos, mas não acreditei, talvez nem sequer tivesse completado 20. Estava muito apaixonado por Jimmy, era seu primeiro homem, contou-me a história, e seu relato confirmou minha impressão de que seu namorado não passava de um cafetão repugnante.

— Às vezes fico achando que daria qualquer coisa para gostar de garotas, de verdade, qualquer coisa.

Não passava de uma criança, uma criança desajeitada e encantadora. Por isso parei em um banco com as luzes acesas e saquei trinta mil pesetas de um caixa eletrônico. Queria ficar com dez para as compras do dia seguinte, e em casa só tinha vinte e cinco mil.

Recordo retalhos, fragmentos, detalhes inesperadamente intensos.

Ele era o favorito, tinha certeza, apesar das incessantes humilhações.

No começo não o deixaram participar. Sentado ao meu lado, teve que ver tudo. Jimmy aqueceu Mario durante muito tempo. Seus lábios lhe sussurravam frases ternas, palavras de amor e de desejo, seus braços o envolviam com suavidade, depois a pressa se tornou mais intensa, até que o virou, obrigando-o a praticamente caminhar no ar, e ficaram diante da gente. Então uma de suas mãos pressionou o sexo do companheiro, que afastou as pernas, a outra escorregou ao longo de sua anca, e ambas começaram a se mover, a alisar o corpo por cima da roupa, as pontas dos dedos se roçavam entre as coxas e voltavam ao ponto de partida, as palmas esfregavam a calça escura como se quisessem polir sua superfície, cada vez mais depressa, e o sexo crescia, adquiria consistência, desenhava-se com nitidez por baixo do tecido, agora bem esticado, a ponto de rasgar, de sucumbir à pressão da carne firme, suas coxas tremiam, a língua aparecia entre os lábios, seu rosto se transformava, foi se deformando até adquirir uma expressão bestial, a cara de um retardado mental que grunhe e geme, incapaz de falar, de manter os olhos abertos, de sustentar a cabeça.

Parecem animais, pensei, animais, pequenas e belas feras mergulhadas até o pescoço na lama de um prazer imediato, absoluto, suficiente em si mesmo.

Bastaram alguns segundos para se desfazer de qualquer obstáculo, então agarrou com firmeza o sexo de seu amante com uma das mãos, afundou o indicador da outra ao longo de sua anca, foi descendo o dedo sem pressa e o penetrou ao mesmo tempo em que começava a masturbá-lo, olhando nos meus olhos.

Mario se dobrou para a frente em um gesto descontrolado, eu fechei os olhos por um instante e então olhei para Pablito, ele os observava com os olhos avermelhados, mordendo o lábio inferior, já quase roxo, era o favorito, sem dúvida, mas não se dava conta, era muito jovem para compreender, queria ter lhe falado, ter lhe dito que os homens mais velhos às vezes têm formas estranhas de amar, sei como está se sentindo, também passei por isso, mas a compaixão não foi capaz de afastar nem sequer por um instante o desejo, e por isso me limitei a lhe dar a mão, ele a apertou sem me olhar, Jimmy percebeu tudo, chamou por ele, olhou para mim com uma expressão desafiadora, devolvi o olhar, estava de acordo, não voltaria a me intrometer em sua complexa vida sentimental, ele daria as ordens, eu apenas olharia, e então deu início à previsível cerimônia de humilhação de Pablito, mero fantoche, objeto dos objetos, recordo retalhos, fragmentos, detalhes inesperadamente intensos, os outros se olhavam nos olhos, se acariciavam com dedos lânguidos, enquanto ele, por sua vez, os satisfazia, seus lábios finos e cruéis deformados em uma careta grotesca, até que um pé o acertava, atirando-o longe, com força, caía aos meus pés, esperava ser chamado de novo, e de novo obedecia, voltava a lhes dar prazer em troca de pancadas e insultos, Jimmy o ameaçava enquanto abria com as mãos a anca de Mario, trepado de quatro no sofá, ele aproximava a cabeça, estirava a língua e a afundava sem qualquer hesitação na carne detestada, lambendo seu rival, que gemia como um bebê insatisfeito, as mãos de Jimmy não o largavam, mas isso não o impedia de mudar de posição, contorcia-se para chegar com a boca ao sexo rígido, roxo e duro, suspirava para se fazer notar e depois o chupava, devagar, por muito tempo, fazendo muito barulho, para que Pablito, que não podia vê-lo, o ouvisse, e soubesse, soubesse que o terceiro deles se desfazia de prazer, estava se desfazendo, e depois, por último, a humilhação suprema, quando eu já não conseguia me conter, tinha resolvido não me tocar até que tivessem ido embora, me parecia indigno ficar me contorcendo ali, diante de seus olhos, tão só, e tão diferente deles, seria cômico, triste, mas eu já não aguentava mais, roçava meus mamilos com a ponta dos dedos, ainda vestida, e percebia que todo meu corpo estava rígido, e tenso, então Jimmy me perguntou se eu não queria me despir, sua voz parecia um convite e aceitei sem parar para pensar no que estava fazendo, tirei a roupa e ouvi — olha só, é mulher, mas é gostosa demais —, Pablito me olhava, estava inquieto, Mario ria às gargalhadas — não gosta? —, Pablito não respondeu, eu me sentia infinitamente suja, porque ele era um cafetão repugnante, um sem-vergonha da pior espécie, mas naquele momento teria limpado as solas de seus sapatos com a língua se tivesse me pedido, teria feito, na mesma hora, e me aproximei dele, deitei na mesa, uma mesa baixa, de barriga para cima, seguindo suas instruções, ele continuava falando — você nunca fodeu uma mulher, não é mesmo? —, Pablito protestou, disse que sim, que era claro que tinha feito, mas mentia, até eu percebi — já está na hora, você já é grandinho para experimentar —, Mario se contorcia de rir — não se preocupe, eu ajudo —, me apoiei nos cotovelos para olhá-los, Pablito estava chorando, rogava e suplicava, não queria aquilo, Jimmy o sujeitava, sorrindo de maneira sinistra, eu me perguntava como ele me foderia com aquele sexo frouxo e murcho pendurado no meio das pernas — fique de joelhos em cima da mesa —, ele se aproximou de mim e se ajoelhou, os ombros encurvados, os braços pendendo ao longo do corpo, a cabeça inclinada, chorava e me olhava, e eu não sentia mais nenhuma compaixão por ele, não mais, agora era apenas um animal, um cachorro espancado, maltratado, infinitamente desejável — e agora vou rasgar seu cu, minha vida —, aproximou-se dele por trás, acariciava seu peito, beliscava seus mamilos com as unhas — agora vou meter no seu cu e você vai morrer de prazer —, suas mãos agarraram o sexo de Pablito ao mesmo tempo, e começaram a acariciá-lo e a massageá-lo com movimentos experientes, mas, no entanto, custava a crescer, Jimmy tinha uma voz compatível com seu corpo, uma magnífica voz de homem — ficará duro, você sabe, não vai conseguir evitar, quando eu meter em você ficará duro, tenho certeza, e então você vai enfiar na boceta dessa garota, esse buraquinho aí, vamos, talvez você até goste —, Mario voltou a rir, Pablito fechou os olhos, não chorava mais embora estivesse sofrendo, mas isso não impediu que seu sexo começasse a crescer, Jimmy se inclinou sobre ele e falou no seu ouvido, não pude ouvir suas palavras, mas observei seus efeitos, uma ereção fulminante, depois o empurrou para a frente, obrigou-o a ficar de quatro em cima de mim e o penetrou, arrancando-lhe um grito impróprio de um ser humano, sua mão não abandonou o sexo do companheiro, masturbou-o ao mesmo tempo que o perfurava até que decidiu que já era o bastante — você, levante a bunda —, ergui minhas costas com os punhos fechados o máximo que pude, minhas pernas tremiam, meu sexo tremia, ele mesmo guiou seu namorado, e foi sua mão que sustentou a pica de Pablito enquanto entrava em mim, e então, quase ao mesmo tempo, percebi que alguma coisa pressionava minha cabeça, ergui os olhos e compreendi que eram as coxas de Mario, tinha se aproximado da mesa pelo outro lado e agora segurava seu sexo na mão, acariciava-o diante do nariz de Pablito, que o olhou por um segundo e depois, com uma espécie de suspiro resignado, enfiou-o na boca, e ficamos assim por um bom tempo, ele cheio, espremido, aproveitando até o último resquício, satisfazendo a nós três, transmitindo-me à força, contra sua vontade, os impulsos que recebia de seu amante, e a consciência de que ele não desfrutava de mim não reduzia em nada a intensidade do prazer que eu recebia dele, pelo contrário, estava satisfeita, com todas as minhas expectativas atendidas, eram como animais, deliciosos, brutais, sinceros, violentos, escravos de uma pele ansiosa, caprichosos como crianças pequenas, incapazes de aguentar qualquer vontade, e agora eu também não aguentava, me desfazia de prazer sob Pablito, enquanto via como pagava sua última prenda, a pica de Mario entrando e saindo de sua boca, e depois o estremecimento definitivo, eu comecei a corrente, não conseguia mais, e me entreguei a um orgasmo furioso, um coro de gemidos se uniu aos meus, e tudo começou a estremecer ao meu redor, tudo se mexia, uma gota de sêmen deslizou pela minha face ao mesmo tempo que Pablito conseguia completar satisfatoriamente sua tardia e forçada iniciação, esvaziando-se por fim dentro do meu corpo.

Amanhã pensarei em tudo isto.
Estava mordiscando um folhado liso, porque já não me restava nenhum com pinhões, quando ouvi a campainha da porta.
Amanhã pensarei em tudo isto, na terrível ressaca que desabava em cima de mim, a sensação de frio e de vergonha que me invadiu no final, quando me deixaram sozinha, nua, em cima da mesa, e só conseguia pensar que tinha que pagá-los, me sentia tão mal, tão desamparada, eles conversavam entre eles, não significavam nada para mim, não os conhecia nem eles me conheciam, mas tinha que pagá-los e paguei. Depois me despedi com palavras desajeitadas, deixei Pablito contando o dinheiro, e me enfiei no banheiro pensando que ainda tivera sorte, poderiam ter me roubado, sei lá, só eu mesma para levá-los até minha casa, abri o chuveiro e esperei, quando ouvi

a porta bater saí para confirmar que estava sozinha e me meti embaixo do jato de água quente, fumegante, para desfazer as gotas de água morna que poderiam ter ficado em minha pele, amanhã pensarei em tudo isto, repetia a mim mesma, amanhã, enquanto ia abrir a porta. No lado de fora estava Pablito, chorando, a cara escondida por um braço, o cotovelo apoiado na moldura.

Depois de alguns minutos de silêncio, quebrados apenas pelos soluços que estavam prestes a lhe arrebentar o tórax, procurei alguma coisa para dizer. Como não pensei em nada melhor do que uma estupidez, soltei-a de qualquer maneira.

— Esqueceu alguma coisa?

Tirou o braço da cara, olhou para mim e negou com a cabeça. Quando parecia que já tinha se acalmado, começou a chorar de novo, e seu pranto aumentou, se amplificou, se elevou até adquirir um volume retumbante. Então o obriguei a entrar. Se continuasse chorando daquela maneira, acordaria todos os vizinhos.

Passei um braço pelos seus ombros, estava comovida, nunca tinha visto ninguém chorar daquela maneira, nunca tinha presenciado tamanho desamparo, você é infeliz, muito infeliz, pensei, e por isso passei um braço pelos seus ombros, mas ele se agarrou ao meu pescoço e se abandonou em cima de mim. Continuava chorando, mas, como pesava muito mais do que eu, desconsolado e tudo, senti que iríamos cair. Como não achei correto pedir que me largasse, manobrei os pés o mais rápido que pude, e pelo menos caímos em cima do sofá.

Acariciei seus cabelos, ainda presos em um rabicho bem pequeno, durante quase vinte minutos, até que ficou em condições de falar.

— Posso dormir aqui hoje? — Seu pedido quase me surpreendeu mais do que seu ataque de choro. — É que não tenho para onde ir...

— Claro que pode dormir aqui, mas não estou entendendo. — Olhei para ele por um bom tempo, procurei feridas, marcas, hematomas, algo que tivesse me escapado antes, mas não descobri nada de novo, nada capaz de explicar sua situação, parecia qualquer coisa, menos um miserável. — Você não tem onde morar?

— Tenho, moro com Jimmy, mas discutimos... me disse que não aguenta mais meus ataques de ciúme, que sou uma histérica... vai dormir com Mario... hoje... depois do que me obrigou a fazer... agora nem sequer me deixa dormir com ele... — Seu discurso não passava disso, uma confusa sucessão de palavras desconexas, abafadas, desfiguradas pelo pranto. — Eu não posso ir para lá, morreria... se eu entrasse naquela casa morreria, não suportaria e, além do mais, ele pegou todo meu dinheiro, o seu, claro, ouça... — Levantou os olhos para mim e se esforçou para falar com mais clareza. — Muito obrigado de qualquer forma pelos cinco mil a mais, ele pegou também, e outros três mil que eram meus, estou sem um tostão, por favor, me deixe ficar aqui.

— Maldito namorado esse seu, filho... — Imaginei que minhas palavras não iam lhe fazer nenhum bem, mas me senti na obrigação de dizê-las. — Pode ficar, claro.

Balançou a cabeça para me agradecer, e continuou chorando, até que ficou sem lágrimas. Quando achei que estava calmo o bastante para voltar a emitir sons articulados, perguntei onde preferia dormir.

— Pode se deitar comigo, na cama grande, ou dormir no quarto da minha filha, que não está em casa, como quiser...

— Você tem um filho? — Parecia muito surpreso com a informação.

— Sim, tenho uma filha de 4 anos e meio, Inés. — A expressão de seu rosto se acentuou. — Acha estranho?

— Sim, nunca poderia imaginar que fosse mãe, não parece...

— Muito obrigada, gosto que me digam isso.

— Por quê? — Agora sorria. — Não entendo, sempre se tem a mesma idade, com filhos ou sem eles.

— Acho que você não entenderia, seu caso é outro. — Com isso dei por encerrada a questão. — Bem, onde prefere dormir?

— Ora, não sei... Acho que é melhor dormir com você, me enfiar na cama de uma menina de 4 anos, não sei, é estranho — concluiu a frase com uma gargalhada.

— Muito bem, então vamos para a cama... Estou muito cansada e suponho que você também deve estar cansado, hoje foi um dia especial. — Tentei imprimir em meu riso um toque de cumplicidade. — As primeiras vezes sempre são extenuantes.

Voltou a rir. Gostava de seu riso, me reconfortava, porque, de alguma forma, me sentia muito próxima dele. De fato, pensei, nós dois somos ovelhinhas do mesmo rebanho, brancas e lustrosas, fofas, com um lacinho ao redor do pescoço, o meu cor-de-rosa e muito confortável, o dele suponho que rosa também, mas bem mais doloroso.

Quando voltei depois de escovar os dentes, encontrei-o encolhido no meu lado da cama.

— Você se importaria de ficar à direita? — Tirei o roupão de banho e os chinelos. — Esse é o meu lado.

— Não vai vestir nada para dormir?

— Não, sempre durmo nua. — Não era verdade, até os 20 anos dormia vestida, com camisolas que chegavam a um palmo abaixo dos joelhos, mas Pablo não gostava de camisolas, não queria nada além do imprescindível, e para dormir nada é necessário, essa foi uma das primeiras coisas que aprendi. — Por que? Tem nojo de mim?

— Não, não é isso... — Deu a impressão de que estava até um pouco assustado. — É que nunca dormi com uma mulher.

— Não se preocupe. — Tentava tranquilizá-lo, mas não pude evitar uma risada. — Não vou atacá-lo pelas costas, prometo.

Enfiei-me na cama, e ele ficou me olhando. Depois beijou meus lábios com suavidade e se aconchegou o mais longe de mim que pôde, apesar de tudo.

Quando acordei, era ele quem me atacava pelas costas. Sentia seus braços ao redor da minha cintura, me apertando, e seu sexo, duro, batendo em minhas nádegas. Todo seu corpo se movia ritmicamente contra mim, mas ele estava dormindo.

Peguei sua mão e a coloquei em cima do meu seio. Deixou-a cair mal a soltei, embora o contato não o tenha desanimado. Ora, pensei, está achando que sou um travesti. Tentei de novo, com os mesmos resultados, e deixei escapar um risinho, satisfeita com o desfecho da experiência. Até então fora tão inexorável como uma lei física, a primeira coisa que um sujeito faz ao acordar grudado nas costas de uma mulher é esticar a mão para segurar seus peitos, não falhara nunca até então, mas este se recusava, era engraçado. Quando estava prestes a enfiar uma de suas mãos entre minhas coxas para ver se amolecia ou ainda continuava duro, a campainha da porta tocou.

De repente me dei conta de que já a ouvira antes, devia ter acordado por isso, era a segunda vez que tocavam. Olhei o relógio, 11h45, vesti o roupão às pressas e imaginei que devia ser Marcelo. Sabia que minha desculpa ao telefone não o convencera, mas o fato é que os toques da campainha, uma ensurdecedora avalanche de sons agudos, curtos e repetidos, pareciam dignos de Inés.

Era Inés. Pablo a carregava no colo, envolta em uma capa de chuva molhada, ele estava encharcado, a água escorria por seu rosto.

— Olá. — O tom de sua voz faria qualquer um acreditar que não nos víamos há apenas algumas horas. — Acordamos você? — Fiz que sim com a cabeça. — Sinto muito, mas é que o frio desabou de repente, começou a chover, viemos pegar um casaco e um pijama de inverno para Inés...

Esperava um beijo, mas não aconteceu.

— Olá, meu amor. — Minha filha se atirou em cima de mim para me beijar, e Pablo tirou a capa antes de passá-la para os meus braços. Depois entrou na minha casa como se fosse a dele.

— Esta é Cristina. — Olhou para mim por um instante, com expressão séria. — Cristina, esta é minha mulher.

Então me dei conta de que eram três. Ela, a ruiva, não tão desbotada como Chelo me contara, estava semiescondida atrás da porta. Deu uns passos para a frente e ameaçou continuar, mas estendi a mão antes que chegasse a aproximar seus lábios do meu rosto. Ela a apertou, confusa. Pablo interveio em seu auxílio.

— Marisa não tolera os beijos convencionais...

— Não me chame de Marisa, por favor. — De uns tempos para cá ele cultivava, com uma odiosa assiduidade, essa pequena técnica de vingança pessoal, decerto muito eficiente. Alguma coisa se quebrava dentro de mim cada vez que ouvia aquele nome.

— Por que não? É um apelido carinhoso. — Virou-se para sua namorada. — Bem, ela não permite que qualquer um a beije, é muito especial para isso, sempre escolhe, sabe? Não foi educada muito bem, claro que isso é mais culpa minha do que dela.

Inés começou a rir como louca. Tinha o hábito de explodir em gargalhadas de repente, sem nenhum motivo. Daquela vez, no entanto, sua explosão acabou sendo oportuna. A sala de estar conservava intactas as marcas da batalha noturna, um jato de sêmen seco desenhava um estranho "s" no vidro da mesa, mas ninguém se atreveu a fazer comentários.

— Vou fazer café. — Coloquei Inés no chão. Pablo se sentou no sofá, a ruiva se pôs ao seu lado, tentou segurar sua mão, ele a impediu. — Querem beber alguma coisa?

Os dois queriam café.

Era bonita, muito bonita, e muito jovem, claro, 20 ou 21 anos, poderia ser sua filha. Eu jamais poderia ter passado por sua filha, nem mesmo se tivesse tentado, coisa que nunca fiz, mas ela era esbelta e flexível, elástica, ágil, tinha pernas feias, muito finas, isso me reanimou, mas seus olhos verdes eram enormes, e seu cabelo avermelhado, espesso e brilhante, era muito bonita e tinha as tetas eriçadas, seus mamilos despontavam por baixo do suéter, seios de adolescente, ainda.

Inés arrastou Pablo ao seu quarto para lhe mostrar a pasta em que guardávamos seus trabalhos do colégio. Ela me acompanhou à cozinha e ficou no umbral da porta, me olhando.

— Admiro muito você, sabia? — Parecia tranquila e segura de si.

— Olhe, por favor... — Não ia suportar, não mesmo. — Sou uma grossa, você já sabe, e se há uma coisa que me deixa irritada são as confidências de mulher para mulher, por isso agradeceria se me poupasse das suas.

— Não me referia a nada disso. — Sua voz ainda era firme. — Li seu livro.

— Duvido — respondi. — Não escrevi nenhum livro.

— Claro que escreveu — insistiu, surpresa. — Pablo me emprestou, o livro das epígrafes. E gostei muito.

— Epigramas.

— O quê? — Dava a sensação de que nada lhe importava muito.

— Epigramas, não epígrafes.

— Ah, bem. — Deu uma risadinha. — É a mesma coisa.

— Não — gritei —, não é a mesma coisa, é claro que não é a mesma coisa.

Calou-se e baixou os olhos. Agora parecia um alvo perfeito.

— Esse livro não é meu. — Estava derramando todo o pó de café, aquela cafeteira ia me custar uma fortuna. — Eu apenas o traduzi, escrevi as notas e um prólogo, nada além disso. O texto é de Marcial. — Olhou-me com estranheza. — Marco Valerio Marcial, um sujeito de Calatayud, e você não gostou nem muito nem pouco porque não o leu, e não estou com vontade de continuar com esta conversa, você não me admira, só tem curiosidade porque está se deitando com meu marido, mas este sentimento não é recíproco, entende? Acho que você é uma jovenzinha bastante comum, e por isso não tem sentido continuar falando. Vá embora e me deixe em paz de uma vez, cacete.

Eu jogava com vantagem. Ela tinha tetas pontiagudas, e nada mais. Eu tinha 30 anos, mas estava casada com ele. Ficou me olhando por um momento, vermelha como um tomate. Depois deu meia-volta e desapareceu.

Marcial, lembrei. A época dourada da minha vida, aquele trabalho maravilhoso, tão financeiramente desastroso, dois anos de pequenas satisfações pessoais, estava tão orgulhosa de mim mesma quando, por fim, o livro foi lançado, Pablo tão orgulhoso de mim...

Fechei a cafeteira e a coloquei no fogo. É bonita, muito bonita, pensei, e muito jovem, conserva o ar frágil dos adolescentes. Meditei por um instante, tentando recordar quem me causara a mesma impressão há não muito tempo. Quando consegui, a cafeteira já apitava. Desliguei o fogo e saí correndo, mas cheguei tarde.

Pablito continuava dormindo, nu, esplêndido e tão excitado que seu sexo parecia a haste central de uma lona de circo. Inés, sentada na beira da cama, apontava com um dedo.

— O que é isso, papai?

Pablo, encolhido ao seu lado, sorriu.

— Ah, isso... É que está sentindo falta da mamãe.

— É órfã, a pobrezinha? — perguntou com um tom de sincera compaixão.

— Não, Inés. — Pablo riu. — Não é órfão, está sentindo falta da mamãe, da sua mamãe, de Lulu, entendeu?

— Você não tem isso quando durmo com você, e também diz que sente falta da mamãe... — Virou-se para ele, parecia intrigada.

— É que não e a mesma coisa dormir com a mamãe e dormir com você, sabe? E, além disso, sou muito mais velho do que ele.

— Mas é uma garota, bobo! — O suposto grave erro de seu pai a encheu de alegria, adorava nos pegar em contradição, a qualquer um dos dois. — Usa rabo de cavalo, como eu... — Tocou nos cabelos, eu gostava de olhá-la, parecia muito comigo, Pablo costumava me dizer quero ter uma filha igual a você, eu acariciava minha barriga e sorria, mas, afinal, conseguiu o que queria e tivemos uma filha igual a mim.

— Não, Inés — falava bem baixinho, com um tom muito sereno, sedativo, o que adotava para dizer coisas importantes, ela ficava fascinada com aquela voz e eu também. — Isso não tem nada a ver, eu também poderia ter um rabo de cavalo, se parasse de cortar o cabelo. É um garoto, olhe direito, tem uma bolinha na garganta.

— Elisa também tem uma bolinha e é menina. — Inés sempre chamara Ely de Elisa, gostava muito dele, achava seus gestos muito engraçados, e seu sotaque, sua forma de andar e, sobretudo, seu pomo de adão.

— Mas Elisa tem seios e este não, veja. — Pablo apontou o peito liso de Pablito e Inés ficou olhando, assentindo com a cabeça, esse era, para ela, um argumento definitivo.

Eu havia me perguntado muitas vezes se aquela era a maneira adequada de educar uma menina, também perguntei a Pablo, certa noite em que Ely estava em nossa casa, tinha vindo ver *Como Agarrar um Milionário*, estava sendo exibido na tevê, queria ser Marilyn!, disse assim que passou pela porta. Então telefonou para um amigo francês, dos tempos da Filadélfia, que estava em Madri de passagem e queria nos ver. Não encontramos uma babá e acabamos aceitando a oferta de Ely, que ficou cuidando de Inés. Naquela época nossa filha acabara de completar 2 anos e perguntei a Pablo se aquela era a maneira adequada de educar uma menina, e ele me respondeu que achava que era melhor do que educá-la como me educaram para depois terminar com um sujeito como ele. Mas a estamos privando do prazer de ser pervertida, objetei. Ele insistiu, creio que, de qualquer forma, é melhor, sorria.

— Como ele se chama? — Inés achava que seu pai sabia tudo, em meus conhecimentos, confiava muito menos.

— Pablo. — Os dois se viraram para me olhar. — Se chama Pablo, igual ao papai, e está muito cansado, então vamos deixá-lo dormir. Além disso — dirigi-me a Inés —, Cristina estava procurando você, me disse que queria brincar de cabra-cega...

— Mas ela nunca quer... — balbuciou. Não acho nem um pouco estranho, pensei, brincar de cabra-cega com Inés era uma tortura, não se cansava nunca e trapaceava o tempo todo.

— Mas hoje está com vontade. — Pablo deu uma gargalhada. — Eu, se fosse você, aproveitaria a oportunidade...

Levantou-se e saiu correndo. Ele também se levantou, e saímos do quarto.

— Ora, ora! — Sua voz voltara a ser cruel. — Onde arranjou esse pedaço de carne?

Todas as minhas esperanças, quaisquer que fossem, se desvaneceram de repente.

— Eu poderia lhe fazer a mesma pergunta... — sussurrei.

— Cristina? — Olhou-me, surpreso. — Não, nela é muito menos evidente, e você sabe.

— Mas é muito jovem, é disso que você gosta, não? — Lançou-me um olhar sério, ainda mais sério. Depois pareceu se tranquilizar. Preparava-se para me ferir.

— Tem 19 anos, mas está crescendo muito depressa.

— Todas crescemos — dirigi-lhe um olhar de triunfo, mas tive medo de sustentá-lo. Seus olhos faiscavam, as narinas, seu nariz imenso, palpitavam cada vez mais depressa, seus lábios estavam tensos, eu conhecia bem todos esses sintomas, ia explodir de cólera a qualquer momento.

— Você, não! — Suas palavras feriram meus ouvidos, seus dedos se cravaram em meus braços, seus olhos fulminaram os meus, desviei o olhar, me encolhi e fiquei imóvel, mole como uma boneca de pano, sabia que ia me sacudir e permiti que o fizesse. — Você, não, Lulu, você não cresceu jamais, e nunca crescerá em sua vida, sua maldita... Nunca parou de brincar e continua brincando agora, é isso o que está fazendo, brincar com aqueles que disseram que você é uma mulher adulta. Passou alguns deveres para si mesma e procura fazê-los com caligrafia perfeita, como uma aluna atenta e aplicada, mas não consegue direito... Deixou de ser uma menina brilhante e virou uma mulher vulgar, e o pior é que não entendo por quê, ainda não consegui compreender, por que se assustou, por que se misturou com essa gente comum. Você não entende nada, Lulu, e não cresceu, você, não. Nós não éramos pessoas comuns, não somos, embora você já tenha botado tudo a perder... — Largou-me, eu não me atrevia a me mexer, segurou meu queixo e levantou meu rosto, mas não quis olhar para ele. — Nunca perdoarei você, nunca.

Deu meia-volta e se afastou de mim, mas voltou logo em seguida. Eu continuava apoiada na parede. Olhei para ele. Parecia derrotado.

— Você não pensou muito em mim, não é mesmo?

Antes, quando estava conversando com Inés, o vi sorrir, comportando-se com uma integridade que lhe pertencia tanto como seu próprio nome. Pablo era forte, tranquilo, digno, sempre fora assim, e, no entanto, agora, quando estávamos sozinhos no corredor, sem nenhuma testemunha, sem nenhum espectador de nossas palavras, de nossos gestos, percebi que ele não estava bem. Tinha a pele muito pálida, os olhos avermelhados, as pálpebras inchadas, todos os sinais de uma ressaca monumental. Isso fez com que me sentisse ainda pior, porque pensava que agora, com a história da ruiva e o simples passar do tempo, o teria abandonado. Preferia não me lembrar de tudo aquilo, de tudo o que acontecera antes do verão, quando saí de casa. Marcelo parou de falar comigo durante um tempo, Marcelo, meu próprio irmão, todos me apontavam o dedo. Pablo, não, ele nunca, mas bebia muito, muito, passava o dia inteiro bêbado.

— Não me resta muito tempo, sabe? Estou ficando velho, me sinto cada vez mais ridículo, com todas estas garotas. Não tenho assunto com elas, e não quero ensinar nada, a nenhuma delas, às vezes penso que estou começando a ficar caduco... Não é difícil encontrá-las, é verdade, consigo facilmente, essa é uma das poucas coisas para que serve ser poeta hoje em dia, não para vender livros, é claro, mas para trepar e beber de graça é muito útil, como você sabe. E, no entanto, estou cansado, muito cansado... Neste ritmo, qualquer dia destes vou começar a me deitar com minhas alunas... Não quero nem pensar.

Esperei um sinal qualquer, qualquer indício, para me atirar a seus pés. Teria bastado que repetisse a frase que Inés dissera antes, teria bastado que dissesse que sentia minha falta, mas me deu as costas e se encaminhou à sala de estar sem acrescentar uma única palavra. Estou perdendo a cabeça, pensei mesmo assim. Nesse momento, Pablito atravessou a porta e me olhou com seus habituais olhos de desculpa. Tinha ouvido tudo.

— Quer tomar um café? — Assentiu com a cabeça.

O desjejum foi breve. Pablo não voltou a abrir a boca. Cristina tentava impressionar meu convidado, que se esquivava dela com muita facilidade. Inés estava muito chata. Queria que todos brincássemos de cabra-cega. Dizia que quando tinha muita gente era mais divertido.

Pablo nem sequer se despediu de mim quando partiram.

— Esse é seu marido? — Pablito se recostara em uma poltrona, sem dar sinais de estar pensando em ir embora. — Ah, está muito bem, com aqueles cabelos grisalhos, gostei muito. Os homens mais velhos têm um troço especial...

Quando ouvi aquilo, fiquei sem saber o que fazer, se ria ou se o expulsava da minha casa, mas não queria ficar sozinha. Talvez já não possa voltar, não possa voltar nunca mais, pensava.

— Ah, não se engane. — Fiz um esforço para afastar aquela ideia da cabeça. — O do seu namorado é mais grosso.

— Bem, isso é só psicológico.

— Ora — respondi —, e o Papai Noel é o nosso pai.

Olhou para mim com cara de estranheza, como se não tivesse entendido.

— Você pedia brinquedos ao Papai Noel quando era pequeno, não? — Confirmou com a cabeça, sorri. — E continuou pedindo brinquedos a seus pais quando ficou sabendo que a história do Papai Noel era uma farsa, não? — Voltou a assentir. — E quando desejava mais os brinquedos, antes ou depois de ter descoberto tudo?

— Antes, mas isso não tem nada a ver com o tamanho da pica do seu marido

— Com a dele especificamente não, mas tem a ver com o tamanho das picas dos caras em geral, porque as duas coisas, as picas grandes e o Papai Noel, são a mesma coisa, são dois mitos, entende? — Não, não entendia, lia em seus olhos. — Veja bem, a árvore de Natal, os sapatos na janela, nada disso alterava a qualidade nem a quantidade dos brinquedos, mas acrescentava algo, e criava mais expectativa, não? Pois é a mesma coisa, o tamanho da pica de Pablo não altera a qualidade nem a quantidade de suas fodas, mas a de Jimmy é maior, está entendendo agora? Vivemos em um mundo cheio de mitos, o mundo inteiro se fundamenta sobre eles, e agora você vem me dizer que é só psicológico... Por que começar pelo mito das picas grandes, por que derrubar esse antes dos outros? Os mitos são necessários. Ajudam as pessoas a viver.

— Sabe de uma coisa? — Percebi que não o tinha convencido. — Queria muito transar com seu marido, embora a dele não seja tão grande quanto a de Jimmy.

— Eu também queria muito transar com ele. — Eu estava falando sério, não tinha mais vontade de continuar brincando. — Mas está cada vez mais difícil, de uns tempos para cá...

Na segunda vez recorri a Sergio, o novo namorado de Chelo, garçom de um bar da moda.

Queria me manter longe do submundo, ficar em Malasaña. Ali me sentia confortável, segura, ali cresceram meus sisos, horas e horas sentada naqueles insuportáveis bancos de alvenaria cobertos por finos colchonetes de espuma, tão ineficazes, bebia vodca com limada-pérsia, repugnante, mas muito feminino, naquela época, quando experimentei as primeiras risadas, os primeiros porres, os primeiros vômitos. Vivi ali depois com Pablo durante todo o tempo, em uma cobertura enorme, com as vigas expostas, ali continuava vivendo com ele, um dos últimos sobreviventes, e minha figura já fazia quase parte da paisagem. Ali minhas intenções podiam passar despercebidas, era o que eu achava, e ainda conhecia muita gente, quase toda a gente de antes, ainda éramos muitos, embora muitos também tivessem ficado pelo caminho, e todos comentávamos a mesma coisa, como o bairro mudou, não é mais o mesmo, embora talvez os únicos que haviam mudado fôssemos nós mesmos, todos nós, dez, doze, quinze anos depois, os estigmas da idade, calvície, barriguinhas, cabelos grisalhos, sutiãs debaixo das blusas, rugas na cara, cada noite um pouco mais profundas, a carne irremediavelmente flácida, cada noite um pouco mais flácida, mas éramos os mesmos, quase os mesmos, ríamos muito, ainda, e, na realidade, a praça continuava igual, as ruas, os bares continuavam iguais, um pouco pelo menos.

Queria me manter fora do submundo, porque tinha pânico de que Pablo soubesse que eu andava por aí sozinha, à noite, gastando dinheiro para me enfiar na cama com dois maricões, ou com três, ou com quatro, me aterrorizava a possibilidade de que ele ficasse sabendo, e ele tinha muitos contatos, amigos estranhos, delinquentes contumazes, gente que conhecera na prisão e fora da prisão, gente que o adorava e me conhecia, gente que teria lhe contado na primeira oportunidade.

Queria ficar em Malasaña, ali conhecera Jimmy e Pablito, e conheci mais alguns, poucos, bissexuais ávidos e bem-alimentados, nem todos bonitos, dispostos, no entanto, a compartilhar seu namorado comigo por pura diversão, mas o filão se esgotou depressa, muito depressa, e eu não tinha o bastante, descumpri a regra de ouro, uma única dose de cada coisa, e não tinha o bastante. Então aconteceu o pior que poderia acontecer. Desisti de agir através de intermediários, comecei a procurar por conta própria, e os resultados foram nefastos. Alguns riram na minha cara, eles só estavam ali para beber, e meu corpo não lhes interessava, meu dinheiro não lhes interessava, minha curiosidade não despertava sua curiosidade, outros me desprezavam, e jogavam seu desprezo na minha cara, até que fiquei famosa, isso foi o pior, ter ficado famosa, e alguns de meus amigos pararam de me cumprimentar, circularam rumores, Marisa está cada vez mais estranha... Afinal, uma antiga colega de faculdade que ingressara muitos anos atrás no movimentado ramo da hotelaria me disse às claras, olhe, se você quer esses caras, gaste seu dinheiro com isso, devem existir aos montões, tem gosto para tudo, mas não aqui, porra, que aqui a única coisa que você faz é espantar minha clientela.

— Sem uma única pluma, isso em primeiro lugar, altos, 1,78 no mínimo, grandes, convencionalmente bonitos de rosto, você sabe, o tipo de garoto que faz sucesso com as colegiais, esguios, mas musculosos sem excesso, nada de halterofilistas, de 25 a 35 anos, um deles pode ser mais jovem, só um, e nenhum mais velho, pele de preferência morena, cabelos de preferência escuros, pernas compridas e, por favor, pouco peludos, o menos possível. Seria melhor que não fossem apaixonados um pelo outro, o ideal seria que se conhecessem e se gostassem, embora eu saiba que não se pode querer tudo, a raça tanto faz, desde que não implique um aumento de preço e que nenhum seja oriental, não gosto de orientais, ah!, e, se for possível, que pelo menos um deles seja bissexual, ou, se não bissexual, pelo menos capaz de transar com uma mulher, bem, comigo, quero dizer, mesmo que não goste, isso não importa, não posso querer que ainda por cima goste, depois, bem, quanto... quanto mais bem-dotados forem, pois... enfim, você sabe, veja o que pode fazer, dinheiro não é problema, acho...

Disse aquilo de uma só vez, me atropelando, sem parar para ouvir o que dizia, como uma lição aprendida de cor na véspera de uma prova oral. Queria acabar logo, tinha muita vergonha de ter chegado a esse ponto.

Ele assentiu com a cabeça a cada um de meus requisitos, dando a entender que compreendia de sobra a natureza de minhas exigências, mas insisti uma última vez, de qualquer maneira.

— Quero sodomitas, não mariquinhas. Está claro?
— Está claro — respondeu.

Era um sujeito sinistro, Pablito tinha me avisado, sinistro, mas era também um dos donos da rua, controlava muita gente, muitos cordeirinhos necessitados, desgarrados, comoventes. Eu pretendia ficar longe do submundo, queria ficar à margem e tentei, mas não consegui.

Quando compreendi que não me restava outro remédio, tomei certas precauções, desisti de procurar meus próprios amigos e rechacei Ely, isso desde o começo, porque ela não aprovaria jamais, disso tinha certeza. Afinal, eu era tudo o que ela tentava ser, tinha tudo o que ela queria ter, e isso custava tanto para ela, tanta vergonha, tantas cirurgias, tantas lágrimas... Para Ely, a humanidade se dividia em dois grupos muito bem delimitados, e a mim cabia estar ao lado dos bem-aventurados. Jamais teria tolerado tanto desperdício.

Procurei me movimentar com discrição, marcar encontros em locais afastados dos principais circuitos, evitar todos os riscos previsíveis, mas levei bastante tempo para conhecer as pessoas adequadas nos lugares adequados, transcorreram meses até que o telefone fosse suficiente. Tinha pânico de que ele descobrisse o que eu estava fazendo e tomei certas precauções, mas não me serviram de nada, a falta de jeito sempre me perseguiu como se fosse uma maldição. Topei com Ely uma vez, no começo, e encontrava Gus, um traficante amigo de Pablo, em todos os lugares, enquanto eu também fazia a rua, embora no sentido inverso, pedindo ao invés de oferecer, à procura de alguma coisa que pudesse levar para a cama. Cheguei a suspeitar que tanta coincidência não podia ser casual, mas acabei descartando essa hipótese. Tinha indícios suficientes para supor que alguns dos meus melhores contatos podiam estar também entre seus melhores clientes. Então, um belo dia, Pablito me falou de um certo cafetão, Remi.

Perto dele, Jimmy parecia a madre superiora da Ordem das Mercês com hábito e tudo, mas isso não impediu que chegássemos a estabelecer uma longa e proveitosa relação comercial. Na primeira vez me conseguiu dois caras estupendos, muito bonitos, e também muito caros. Fiz bom proveito deles. Depois, o mais velho, não muito mais velho do que eu, de qualquer forma, gentilmente me questionou sobre aquilo que ele considerava um desejo excêntrico. O que você consegue tirar de tudo isso?, perguntou.

Eu tinha me feito a mesma pergunta muitas vezes, e ainda me perguntaria muitas mais ao longo das obscuras, febris noites que sucederam aquela primeira noite, o que eu conseguia tirar de tudo aquilo, que eles me davam além da saciedade da pele.

Segurança.

O direito de decidir como, quando, onde, quanto e com quem.

Um lugar no outro lado da rua, na calçada dos fortes.

A ilusão da maturidade.

Havia outros caminhos, intuía muitos outros caminhos, itinerários menos barrocos, menos intensos, menos cansativos, para alcançar a mesma meta, mas nenhum era tão confortável para mim, porque eu não sabia muito bem até onde queria chegar. Tropeçara com eles e me deixara levar, pensava, nada mais, a qualquer momento poderia recuar, sem traumas e lamentações, era um passatempo inocente, apenas um passatempo inocente, e me sentia bem, tão maior, tão superior, tão íntegra, enquanto brincava com eles...

No entanto, sentia medo, sentia cada vez mais medo, e não apenas pela questão do dinheiro. Isso virou um problema sério quando a conta de Inés ficou zerada, quando acabou o dinheiro que Pablo depositava todos os meses. Eu nunca lhe pedira dinheiro, não queria nada além do imprescindível para pagar a metade das despesas da menina, mas ele depositava mais, muito mais, de qualquer forma. Eu resistia a gastá-lo, no começo tentei, mas naqueles tempos minhas boas intenções não eram assim tão fortes, e estava tão a mão... Acabei gastando tudo, consumi muito depressa, até a última peseta, e então a grana começou a ser um problema, embora nunca viesse a ser o mais grave dos problemas.

Sentia medo, medo de não ser capaz de reagir, de não saber parar a tempo. Às vezes me sentia incapaz de distinguir a fronteira entre a fantasia e a realidade, ameaçada pelas sombras de um mundo sujo e distante ao qual jamais imaginara que pudesse pertencer, mas agora se estreitava um cerco cruel, obsessivo, em torno se mim.

Deveria tê-lo feito, percebia que deveria tê-lo feito, mas não conseguia abrir mão deles, não conseguia, porque nada se parecia com eles, nenhum desejo era comparável ao que me inspiravam, nenhuma carne era comparável à que me ofereciam, nenhum prazer era comparável ao que me proporcionavam, eles eram a única coisa que eu tinha, agora que voltara a levar uma vida trabalhosa e monótona, feita de dias cinzentos, todos iguais, eles, um passatempo inocente, eram, ao mesmo tempo, meu único bem e minha única diversão.

A fronteira, uma linha cada vez mais nítida, concreta, perceptível, estava perto, muito perto, e eu sentia medo.

Então pensava muito em Pablo, porque com ele tudo sempre fora muito fácil.

Seus olhos brilhavam e riam por qualquer coisa. Os dois eram tão bonitos, e pareciam tão jovens, que achei que eram os mesmos de vinte anos atrás, naquela manhã primaveril.

O Parque do Retiro. Fôramos com as freiras visitar o Jardim Zoológico, excursão, chamavam, quatro paradas de ônibus e chamavam de excursão, mas era uma verdadeira festa em um dia letivo, por mais que as jaulas fedessem e que as feras não fossem exatamente feras, apenas umas pobres bestas degradadas e magras, com a pele desbotada, cheias de feridas, e uma nuvem de moscas sobrevoando suas cansadas cabeças. O elefante já era como da família, eu ficava olhando para ele, dando umas poucas pesetas ao seu tratador para que o alimentasse mal com os mesmos pedaços de pão duro, os mesmos amendoins, senti muito quando enfim morreu, o pobre, de velho, como morreu aquele desastre de zoológico que sempre esteve caindo aos pedaços. De qualquer forma era bonito, embora fedesse, e muito pequeno, tanto que acabamos logo, vimos tudo em menos de uma hora, e não restou outra saída às freiras a não ser nos liberar.

Eles, os dois, estavam sentados em um banco, ao sol, ao lado de um tanque, quanta inveja senti, deveriam estar na sala de aula naquela manhã, mas na universidade as faltas nem eram faltas, como gostaria de ser como eles, então me afastei do grupo, avisei a Chelo, vou com meu irmão, Pablo carregava um livro, subiu no banco, Marcelo me mandou um beijo e me fez um sinal com a mão, não queria que me aproximasse mais, sentei no chão para assistir, Pablo pigarreou, anunciou com voz alta e clara — *Les fleurs du mal* — e começou a declamar, a berrar em francês, descrevendo grandes círculos com o braço livre, se encolhia e se esticava, escondia de vez em quando o rosto no ombro, tomado por uma dolorosa emoção, e me repreendia com os dedos crispados, patético, a mim, que no começo era sua única espectadora, embora logo se formasse um grupo de oito ou dez pessoas, não mais, algumas desconcertadas, outras morrendo de rir, eu imitava estas últimas para ficar bem, embora não estivesse entendendo nada, não tinha a menor ideia de por que Marcelo se virava para Pablo e o olhava com admiração, não sabia por que fingia entender cada palavra, imprimindo a seu rosto, sucessivamente, expressões de pesar, de alegria, de pânico, de tristeza, de insegurança, de medo e até de desespero... A princípio, achei que tinham ficado loucos. Depois, quando começaram a se contorcer, incapazes de continuar segurando o riso, não soube mais o que pensar, porque suas convulsões eram cada vez mais violentas. Quando acabou de falar, Pablo saudou o pessoal fazendo uma reverência. Então, Marcelo também subiu no banco, apontou para Pablo e gritou — Camaradas, isto é o socialismo! —, explodiram aplausos, longos aplausos, não sei até que ponto conscientes, que, no entanto, não me impediram de ouvir a voz da minha professora, cada vez mais nervosa — María Luisa Ruiz-Poveda y García de la Casa, venha cá! —, mas não lhe dei atenção, desobedeci, me limitei a gritar em sua direção — Vou para casa com meu irmão mais velho! —, e eles me deram a mão enquanto um guarda municipal se aproximava rapidamente. Fingimos não o ver e começamos a caminhar bem devagar na direção contrária, atravessamos a grade sem nenhum contratempo, e me convidaram para fazer um lanche por ali, Coca-Cola e camarão na brasa, um verdadeiro luxo.

Naquele momento eu também decidi mutilar a parte mais nobre dos meus sobrenomes. Desde então sou Ruiz García, simplesmente Ruiz García. Marcelo já assinava assim havia muitos anos, só para irritar, e conseguia, é claro, e meu pai ficava possesso cada vez que atendia o telefone ou tirava uma carta da caixa de correspondência. Ele tinha muito orgulho da aristocrática eufonia dos sobrenomes de seus descendentes, da casual coincidência que envernizava de nobreza nossas duas linhagens perfeitamente plebeias, e insistia muito na conjunção que os unia. Não desprezava nenhum recurso para fomentar a confusão, e por isso nenhum de nós tinha um único nome próprio, mas vários escolhidos com muito cuidado, para ver se pegava. Eu tenho quatro, e dos mais engenhosos, María Luisa Aurora Eugenia Ruiz-Poveda y García de la Casa, mas sou só Lulu Ruiz García desde aquele dia, quando os encontrei no Retiro. Em Paris, atiravam paralelepípedos na polícia, mas eles se contentavam em declamar Baudelaire em um parque público, mas eram jovens e belos, seus olhos brilhavam e riam por qualquer coisa.

— O que há com você? — A voz de Marcelo me soou muito distante, mas quando virei a cabeça quase tropecei nele. — Ainda está se sentindo mal?

— Não, não, estou bem, a febre já passou... — garanti. Estava convalescendo de uma longa gripe mal curada, por isso os três jantáramos em casa. — É que fiquei recordando uma história muito velha, daquela manhã no Retiro, *As flores do mal*, estão lembrados? Não sei por quê, mas hoje vocês estão com a mesma aparência daquele dia, vocês estão escondendo alguma coisa, tenho certeza, e isso os rejuvenesce, não sei por quê... — Riram muito dos meus comentários, se olharam com uma expressão significativa, mas permaneceram calados. — Não vão me contar?

— Não. — A resposta de Pablo foi abafada pela campainha da porta, um estrondoso mecanismo de corda que devia ter cerca de oitenta anos e que conseguíramos salvar por milagre.

Não sabia que estávamos esperando visita, mas chegou uma porção de gente, entre eles Luis, companheiro de colégio dos dois, feio e velho amigo em pleno processo de desintoxicação pós-ruptura sentimental, com chifres dolorosos inclusive, que chegou com duas garotas. Uma era pequena, loura, cheia de carnes e feminina até dizer chega, seu tipo de sempre, nunca se cansava delas. A outra, grande e ossuda, com sotaque sul-americano, me pareceu muito estranha, muito parecida com um garoto, embora o tom agudo de sua voz desmentisse essa impressão. Tentei indagar sobre sua autêntica natureza, mas Pablo não quis responder a nenhuma das minhas perguntas, e Marcelo resolveu seguir seu exemplo.

De vez em quando, Luis dirigia a Pablo olhares interrogativos, e eu pensei que soubesse por quê. Era evidente que viera dar uma força, mas estava fora do plano, qualquer que este fosse, e nem sequer sabia quando lhe cabia intervir.

— Bem — disse por fim, respondendo talvez a um sinal que não percebi —, com quem começamos?

— Ah, não me diga que você ainda está pensando nisso. — Marcelo me olhou de soslaio, não me enganava, queria me provocar.
— Eu passo.

— Passa o quê? — Caí na provocação, é claro. Não ia privá-los dessa satisfação, com o trabalho que tiveram, trazendo Luis e tudo mais.

— Nada, é besteira — foi o próprio Marcelo quem me respondeu.
— Uma grande besteira, mas meia Madri só pensa nisso...

— Mas o que é? — Começava a ficar curiosa. — Faz quase duas semanas que não saio à noite, por causa da gripe.

— É uma brincadeira. — Pablo sorriu para mim. — Uma brincadeira boba, como a do pirata da perna de pau... Aquela do meio limão, e do pescoço de galinha, claro que você era muito pequena, não sei se jogou alguma vez.

— Sim, sim, claro, joguei muitas vezes. — Ainda me lembrava do susto. — Era muito divertido.

— Como se jogava? — perguntou alguém.

— Ah! Era um jogo iniciático, muito complicado — expliquei. — Jogavam no mínimo três pessoas. Uma esperava em uma cadeira, em um quarto escuro, com uma das mãos coberta por massinha de modelar, meio limão espremido colado no rosto e um pescoço de galinha cru, o maior possível, no meio das pernas, além de outras coisas que não lembro mais... Ah, sim! Também havia um bastão, que fazia o papel de perna mecânica. Uma segunda pessoa escolhia o inocente da vez e dizia que ia levá-lo para conhecer o pirata da perna de pau, conduzia-o até o quarto escuro, pegava sua mão, passava-a pela massinha de modelar e dizia que era a mão leprosa do capitão. Depois pegava um dedo e o metia de repente na metade do limão, dizendo que era a órbita vazia do olho que o corsário perdera em uma batalha — que nojo!, exclamou a nova namorada de Luis, tão feminina —, por fim, tinha que conduzir a mão bem devagar ao longo do corpo do suposto pirata para que a vítima reconhecesse cada parte, o estômago, a barriga... Um pouco mais abaixo, de repente fechava a mão ao redor do pescoço de galinha, que o outro tinha colocado em um ângulo bem conveniente, e juro que era igual, igual, igual à pica de um sujeito, um cilindro de carne úmida e cheio de nervos por dentro. — Ri, recordando os risos e os berros que costumavam encerrar cada sessão. — Nesse momento, uma terceira pessoa acendia a luz e todos os mistérios eram revelados, era muito divertido...

— Mas é genial! — O(a) sul-americano(a) parecia entusiasmado(a). — Vamos jogar agora, por favor! Não me digam que vocês também não querem...

— Sim, vamos jogar. — Uma morena espetacular, pálida e muito magra, enfiada em uma jaqueta de couro roxo, que chegara com um grupo cujos integrantes só conhecia de vista, aderiu aos pedidos de nossa ambígua convidada. Suas palavras foram acompanhadas em coro por outras vozes.

— Mas é uma bobagem! — Marcelo resistia a aceitar as exigências do que parecia um clamor popular.

— Bem — insistiu Luis —, com quem começamos?

— Clarita? — Pablo se dirigia à namorada de Luis. Dirigi a ele um olhar furioso, ele o percebeu, me devolveu um sorriso malévolo, não se atreverá, pensei, não se atreverá. — Muito bem, começaremos por Lulu. — Não se atreveu. — Preciso de cinco lenços grandes.

— Seis. — Marcelo o corrigiu.

— Não. — Pablo tirou do bolso da calça uma esfera de plástico vermelho, um pouco menor do que uma bola de bilhar, atravessada por alguma coisa preta, uma fita, ou um elástico, e a fez dançar em sua mão. — Apenas cinco.

— Vou trazer agora mesmo...

— Não. — Deteve-me. — Você não pode ficar aqui. Precisa ficar em outro lugar, já disse que é uma brincadeira muito parecida com a da perna de pau.

Segurou meu braço e me conduziu através do corredor. Tirei cinco lenços de cabeça da gaveta da cômoda do meu quarto e voltamos um trecho para entrar no que eu costumava chamar de quarto de hóspedes, um dormitório com uma cama grande que a babá de Inés costumava usar.

— Vou vendar seus olhos. — Pablo olhou na contraluz todos os lenços, escolheu o mais escuro, enrolou e passou ao redor da minha cabeça, apertando-o com força. — Está vendo alguma coisa?

— Não.

— Tem certeza? — insistiu. — É fundamental que você não consiga ver nada, do contrário o jogo perde a graça.

— Tenho — respondi. — Não estou vendo nada.

Então parou de falar. Imaginei que estivesse acenando para mim, ou fazendo qualquer coisa que confirmasse a eficácia da venda.

— Está bem, acredito em você, não está vendo nada. Deite no meio da cama, de barriga para cima.

— Para quê?

— Vou amarrá-la nas barras.

— Escute aqui. — Tudo aquilo estava começando a me inquietar. — Que joguinho é este?

— Se quiser paramos e chamamos Clarita...

— Nem pensar. — Deitei no meio da cama. — Era só o que faltava, me amarre.

Sem parar de rir, segurou meu pulso direito e o amarrou com um lenço em uma das barras da cabeceira. Depois repetiu a operação com o pulso esquerdo. As ataduras eram firmes, mas bastante folgadas, não me machucavam e me davam certa liberdade de movimento, embora fosse impossível me libertar delas.

— Depois não vá se irritar comigo — meu tornozelo esquerdo acabara de ser imobilizado — porque é uma imensa besteira, o jogo, sério, não vá se decepcionar...

Quando terminou com minha perna direita, deitou-se ao meu lado e me beijou. Seu contato me provocou uma sensação estranha porque não podia vê-lo nem tocá-lo, não sabia onde estava. Afastou sua boca de repente e eu fiquei com a língua de fora, tentando segurá-lo, explorando o ar. Ele riu e voltou a me beijar.

— Eu te amo, Lulu.

Então comecei a suspeitar que seria imolada, ainda não sabia de que maneira, nem a quem, mas seria imolada. No entanto, não disse nada. Não era a primeira vez.

Afastou-se de mim e o ouvi caminhar até a porta. Antes de sair do quarto, fez uma última advertência:

— Não se aborreça se demorarmos a voltar... Agora preciso preparar muitas coisas.

Saiu e ouvi o barulho da porta se fechando atrás dele.

Era só o que faltava, pensei, o resto já tinha sido feito, com pequenas variações, sobretudo de caráter financeiro, é verdade. É claro, o dinheiro tem uma nítida vertente luxuriosa e no começo não andávamos muito bem de grana, até que meu sogro morreu e começamos a desfrutar dos lucros da gráfica, sólido negócio familiar, mas isso nunca fora muito importante. Sentira-me suficientemente amada, suficientemente mimada e mal-acostumada ao longo de todos aqueles anos.

Nunca tivemos empregados, nem muitos nem poucos, só uma faxineira de uma aldeia de Guadalajara, mãe solteira de duas crianças, muito rude e bastante feia, a pobre, claro que já tinha o bastante com o que carregava nas costas, mas todo o resto já tinha sido feito antes ou depois. A princípio não me acostumava, ia colocando armadilhas por toda a casa, um maço de cigarro aqui, um livro acolá, quando levantava de manhã estavam no mesmo lugar, parecia mágica abrir a porta da geladeira e descobrir que sempre havia gelo, e cervejas geladas, ninguém tinha bebido, comprar um vestido, deixá-lo duas semanas no armário, ir vesti-lo e precisar tirar as etiquetas, depois de duas semanas ainda estava com as etiquetas, era incrível, tinha um quarto só para mim, isso sobretudo, anunciar — vou estudar — e me trancar em meu quarto, um aposento inteiro só para mim, Deus do céu, essa era a mais intensa das bem-aventuranças, não conseguia acreditar, levei muito tempo para me acostumar. A intimidade era uma sensação tão nova para mim que a princípio me constrangia.

Pablo se divertia muito com minha atitude de perpétua surpresa e a fomentava com presentes individuais, coisas maravilhosas só para mim, canetas-tinteiro, pentes, uma caixa de música com fechadura, um dicionário grego-esperanto, um carimbo com meu nome completo gravado em espiral, uns óculos com lentes sem grau, isso foi o que me deixou mais contente, nunca precisara deles, mas queria tanto ter óculos... Ele não entendia muito bem os mecanismos da minha alegria. Só tinha uma irmã, e seus pais sempre foram ricos, muito mais ricos do que os meus. Nunca tinha que usar coisas de segunda mão, sempre dormira sozinho, e sempre acreditara, ele também, que os filhos de famílias numerosas riam muito e tinham a infância mais feliz possível.

Eu tinha 5 anos, nada além de 5 anos, quando parei de existir. Aos 5 anos deixei de ser Lulu e me transformei em Marisa, nome de menina mais velha. Mamãe chegou em casa com os gêmeos e tudo acabou.

Comecei a achar normal vagar sozinha pelo corredor com um cesto cheio de coisas, e que ninguém quisesse brincar comigo, que ninguém me pegasse no colo nem tivesse tempo de me levar ao parque, nem ao cinema, os gêmeos davam muito trabalho, repetiam. Foi então que Marcelo se apegou a mim. Sempre teve um fraco pelas causas perdidas, e nunca poderei lhe agradecer o suficiente, nunca. Seu amor, um amor gratuito e incondicional, foi o único apoio com que contei durante minha atípica idade adulta, só o tive entre os 5 e os 20 anos, aquela horrível vida sem cor, até que Pablo voltou e sua magnanimidade me devolveu aos prazeres perdidos, àquela infância que me fora tão brusca e injustamente arrebatada. Ele jamais me decepcionou. Nunca me decepcionou, pensei, era só o que faltava, todo o resto já tinha sido feito... Então voltaram.

Não sabia quantos, nem quem eram, porque deviam estar descalços e, além disso, o som de uma tesoura, de uma tesoura que um deles abria e fechava rapidamente, tris, tris, tris, abafava todos os outros ruídos, anulando minha única via possível de reconhecimento.

Senti que alguém se deixava cair na cama, a meu lado, e colocava um cigarro na minha boca.

— Você quer fumar? — Era Pablo. — Depois não vai poder...

Segurei o filtro com os lábios e desfrutei com ansiedade a graça que me concedia. Quando já tinha consumido quase todo o cigarro, ele foi retirado da minha boca e, logo em seguida, senti uma estranha pressão embaixo da orelha esquerda.

O que me parecia ser uma bola lisa e de contornos regulares, que devia ser de plástico, porque minha língua não foi capaz de detectar nela nenhum sabor, tampou minha boca. Alguns dedos roçaram minha orelha direita para colocar alguma coisa embaixo dela. A bola então se encaixou em meus lábios, e sobre cada uma de minhas faces foram esticados fios, ou cordas, que convergiam no centro. Mesmo às cegas, não foi difícil adivinhar a estrutura da minha mordaça. A esfera de plástico vermelho que vira antes na mão de Pablo devia estar perfurada no centro. Através dela passava um elástico duplo, certamente um elástico forrado, como os que são usados para prender o cabelo, porque não beliscava minha pele, e suas pontas deslizavam por baixo das orelhas para que ficasse apertada contra a boca. O conceito era tão simples como eficiente. Eu não conseguia emitir qualquer ruído.

Logo depois, voltei a ouvir a tesoura que se abria e fechava, desta vez ao meu lado. Na outra ponta da cama, alguém me descalçou e acariciou os dedos dos meus pés, provocando cócegas insuportáveis. Então senti o contato de alguma coisa desagradável, dura e fria, embaixo da manga da minha blusa, perto da axila. Tris, tris, tris, a tesoura cortou ao mesmo tempo o tecido e a alça do sutiã. Então Pablo, supunha que era ele porque a pressão no lado do meu corpo se mantivera invariável durante todo o tempo, se inclinou sobre mim e repetiu a operação no outro lado. Depois, a tesoura correu no meio dos meus peitos e cortou o sutiã pelo meio.

Aquilo me convenceu de vez, era mesmo Pablo, porque ele adorava rasgar minha roupa. Às vezes me irritava seriamente com ele, porque algumas coisas não duravam nem duas horas, blusas e camisetas principalmente, eu as escolhia com muito cuidado, ficava uma porção de tempo na loja, hesitando, me estudando diante do espelho, e depois nem sequer ia à rua com elas. Em certos meses, meu consumo de calcinhas atingia cifras escandalosas — vou à falência —, eu me queixava — você nem faz ideia do dinheiro que nos custa esta sua mania —, e ele ria — não as use —, ele respondia — pelo menos não em casa, não precisa delas para nada —, e acabei lhe dando ouvidos, como sempre, andava nua por baixo da saia porque quase nunca usava calça, ele não gostava, mas não cheguei a me acostumar de todo, e quando aparecia alguma visita, como naquela noite, corria para o banheiro, tinha mudas de roupa íntima estrategicamente distribuídas por toda a casa, embora sempre andasse seminua, isso também já tinha sido feito, e agora, quando qualquer um teria optado por minimizar o estrago desabotoando o sutiã por trás, ele o destruiu com uma tesourada e me despojou de tudo em dois segundos. Então, se afastou ligeiramente, e meus pés foram abandonados.

Ninguém falava, ninguém gerava sons que eu pudesse identificar, não sabia quantos, nem quem eram, mas intuía que meu irmão estava entre eles, e não gostava dessa ideia. Nunca soubera até que ponto Marcelo conhecia os detalhes da minha história com Pablo e preferia que tudo continuasse igual, mas naquela noite pressentia que ele também estava ali, me olhando.

A enorme fivela prateada de meu cinto, um cinto preto de camurça, tão largo que cobria boa parte da minha barriga, foi desabotoada de forma convencional. Então a tesoura deslizou sobre meu umbigo, por baixo da saia, e continuou descendo, tris, tris, tris, até cortar completamente o tecido ao meio. Alguém situado a meus pés então a puxou e senti como escorregava por trás de mim. Achei que terminaria o trabalho com as mãos, como de hábito, mas desta vez preferiu usar a tesoura. Depois, voltaram a abotoar o cinto.

Então fiquei sozinha na cama outra vez. Durante alguns segundos não aconteceu nada. Eu tentava imaginar minha aparência, amarrada às barras da cabeceira e dos pés da cama, as pernas abertas, os olhos vendados com um lenço preto, a boca tapada por aquele artefato extravagante cujos elásticos se cravavam em minhas faces e faziam minhas orelhas arderem, e me sentia muito incomodada, e mais do que envergonhada por minha estúpida credulidade.

Na minha idade, caíra em uma armadilha grosseira, infantil. Não parecia capaz de me tornar esperta, talvez nunca me tornaria de todo, e embora isso não costumasse me preocupar muito, naquela noite me sentia mal, porque meu irmão estava ali. Deveria ter esperado algo do tipo havia muito tempo, sabia que Pablo jamais abria mão de nada, mas, ao fim e ao cabo, não voltara a mencionar o assunto desde a primeira vez, aquela noite na rua Moreto.

— Está gostando? — Sua voz manifestava uma satisfação que eu já conhecia. Costumava se mostrar orgulhoso de mim naquelas ocasiões.

Se seu interlocutor se manifestou, não foi com palavras.

A afiada ponta de uma das lâminas da tesoura começou a desenhar arabescos retorcidos em meu colo. Depois se deteve em um ponto concreto, e um giro fez com que a outra ponta descrevesse círculos mais amplos, como se fosse um compasso. Eu procurei não mexer nem um músculo. Não tinha medo, porque sabia que não iam me machucar, mas o contato com o metal afiado me inquietava. A tesoura percorreu todo meu corpo, acariciou minha garganta, dançou nos meus mamilos, escorregou no meu ventre, chegou, inclusive, a aprisionar pequenas porções de pele, mantendo-me tensa, à mercê de suas perigosas carícias, até que de repente parei de sentir a gélida companhia no metal. Não voltaria a me encolher sob suas ameaças.

Então, alguém pousou uma das mãos sobre mim. Eu me perguntava quem seria, quem controlava aquela mão que, depois de uma ligeira palmada inicial, começou a me apertar, a comprimir minha carne, a me agarrar pela cintura, a esmagar meus peitos, a afundar no meu umbigo, a deslizar sobre minhas coxas, por fim, perscrutar a abertura do meu sexo com os dedos, pressionando-o em seguida com toda a palma. Depois senti outra, uma segunda mão, e uma terceira, eram duas pessoas, ainda consegui perceber uma quarta mão, embora fosse difícil calcular, sobretudo porque a cama ficou cheia de gente, percebia sua proximidade em ambos os lados, ouvia os rangidos do colchão, que acusava sua movimentação, lábios pousaram em meu pescoço, beijando-o muitas vezes seguidas, e nesse mesmo instante uma língua diferente se deteve em minha axila, um dedo se enfiou em mim, um braço deslizou por baixo da minha cintura, uma mão acariciou minha mão direita, uma perna rolou sobre minha perna, um joelho se cravou em meu quadril. Eu tentava pensar.

Uma era a sul-americana, tinha certeza, outro era Pablo, porque jamais me oferecera a ninguém sem participar do jogo, e devia haver um terceiro, um segundo homem, sem dúvida, porque acreditava sentir o predomínio de formas masculinas, seu toque era anguloso e áspero, ou talvez a sul-americana fosse mesmo um cara no fim das contas. Estava desconcertada, e eles, quem quer que fossem, faziam todo o possível para me desorientar ainda mais, suas mãos e suas bocas se movimentavam em meu corpo muito depressa, trocavam de alvo toda hora, era impossível seguir sua pista, adivinhar se a língua que reaparecia agora sobre minha orelha dolorida era a mesma que segundos antes desaparecera no meio das minhas pernas, identificar as carícias, as mordidas, não conseguia saber quem eram, alguma coisa muito grossa para ser um dedo pousou em minhas pálpebras fechadas por cima da venda e pressionou meus olhos um de cada vez, um pênis — não me atrevia a qualificá-lo de outra maneira, estando assim, às cegas, com as mãos amarradas... como saber se era uma pica gloriosa, uma verdadeira verga, ou um simples pintinho triste e enrugado — se deixou sentir no meu seio, rodeando-o primeiro, depois esfregando o mamilo até impregnar a pele de baba pegajosa. E Marcelo estava vendo tudo.

Durante um tempo tentei me conter, não me deixar levar, ficar quieta, sem exibir complacência e com todo o corpo grudado na colcha, a cabeça reta. Fazia aquilo por ele, por meu irmão, porque não queria que me visse entregue, mas percebi que minha pele começava a se fartar. Conhecia bem as etapas do processo, os poros eriçados no começo, mais tarde calor, uma onda que inundava meu ventre para se esparramar depois em todas as direções, cócegas sem motivo, gratuitas, nas curvas, nas faces internas das coxas, ao redor do umbigo, um formigar frenético que anunciava a iminente explosão, até que uma mola inexistente, mas de potência fabulosa, saltava de repente dentro de mim, me empurrava com violência para a frente, e esse era o princípio do fim, a realização de todas as vontades, meus movimentos se reduziam em proporções drásticas, me limitava a me abrir, a arquear o corpo até meus ossos doerem, e mantinha a tensão enquanto me agitava lentamente contra o agente desencadeador do fenômeno, quem quer que fosse, tentando encontrar a incisão.

Minha pele estava se fartando, e eu não conseguia lutar contra ela.

— Agora... — A voz de Pablo, falhada e rouca, inaugurou uma nova fase.

As mãos, todas as mãos, e todas as bocas, me abandonaram de repente. Dedos frescos e úmidos, deliciosos sobre a pele ardente, escorregaram por baixo de uma de minhas orelhas e a livraram do pequeno tormento do elástico. Suas unhas não sobressaíam mais além da ponta dos dedos. A sul-americana tinha unhas curtas, eu lembrava porque prestara atenção em suas mãos, mãos bonitas, finas e delicadas, diferentes do resto de seu corpo. A bola de plástico caiu dos meus lábios. Sua ausência me provocou uma sensação tão agradável que, assim que mexi a mandíbula para desinchar a metade inferior do meu rosto, me senti obrigada a manifestar minha gratidão.

— Obrigada.

Alguém que não era Pablo, porque ele jamais teria reagido assim, soltou uma gargalhada. Achei o som quase familiar, mas não tive tempo de parar e analisar suas possíveis fontes, porque não transcorreram mais do que alguns segundos quando me vi de novo com a boca cheia. Um sexo masculino desconhecido escorregava entre meus lábios.

— Eu continuo aqui, estou ao seu lado. — O esclarecimento era desnecessário, porque sabia muito bem que não era ele. Senti seu hálito perto do meu rosto, e notei uma de suas mãos penetrar entre minha nunca e o travesseiro para segurar meus cabelos e me impulsionar em seguida para cima. Agora Pablo marcava o ritmo, guiando minha cabeça contra o êmbolo de carne que entrava e saía da minha boca, uma pica anônima, bem maior do que a dele na base, embora decrescente na direção da ponta, que me parecia mais curta e mais estreita. Pouco depois, quando os movimentos de meu desconhecido visitante se tornaram mais descontrolados por alguns momentos, Pablo se aproximou e se acomodou ao meu lado. Supus que ia se juntar à gente, mas não o fez.

Suas mãos começaram a remexer no lenço que prendia meu pulso direito, até que o soltou da barra dourada. Quase ao mesmo tempo, outras mãos, que não consegui saber ao certo se eram do meu amante da vez, desamarraram minha mão esquerda. Então ele tirou seu sexo da minha boca.

Já pressentia que eram apenas dois, dois homens, talvez desde o princípio, a sul-americana não devia ter sido nada além de uma miragem. Foram suficientes dois homens para fazer tudo, mas agora, com tanto movimento, não sabia mais quem era Pablo e quem era o outro, voltara a perder todas as minhas referências.

Alguém desfez as ataduras que prendiam meus tornozelos.

Alguém segurou meus pulsos e amarrou minhas mãos para trás, no meio das costas.

Alguém me empurrou para me virar.

Alguém se agarrou ao meu cinto, puxou-o para cima e me obrigou a cravar os joelhos na cama.

Alguém, atrás de mim, me penetrou.

Alguém, diante de mim, pegou minha cabeça com as mãos e a segurou enquanto enfiava seu sexo em minha boca. Era a pica de Pablo.

— Te amo.

Costumava me repetir isso nos momentos-chave, tranquilizava-me e me incentivava. Sabia que sua voz dissipava minhas dúvidas e meus remorsos, mas desta vez Marcelo estava vendo tudo, talvez tivesse ouvido também sua última frase. E, no entanto, naquele momento eu já estava muito longe dele, muito longe de tudo, tinha ido quase completamente, prestes a gozar.

— Me largue, Lulu. — Não deixava de ser engraçado que me pedisse isso, que o largasse, quando eu mal era capaz de afastar a boca de seu corpo sem ajuda, minhas mãos amarradas, meu corpo também imobilizado pelas prazerosas investidas que me atravessavam. — Agora é comigo.

Levantou minha cabeça com muito cuidado e a depositou na cama, minha face esquerda em contato com a colcha. Como impulsionado por uma cruel intuição, o desconhecido saiu de mim no exato momento em que meu sexo começava a palpitar e a se agitar por si só, alheio a minha vontade.

— Não façam isso comigo agora. — Mal podia ouvir minha própria voz, um sussurro quase inaudível. — Agora não...

— Mas como você consegue ser tão puta, querida? — O riso pulsava sob as palavras de Pablo. — Nem sequer sabe quem é. Ou já está imaginando? — Respondi que não, não sabia, a verdade era que não tinha a menor ideia de quem poderia ser, e tampouco me importava nada, desde que algo, ou alguém, me preenchesse de uma vez. — Ai,

Lulu, Lulu... Que vergonha! Ter de contemplar uma cena como esta da própria esposa, isso é demais para um homem de bem...

Os dois continuavam ali, em algum lugar, sem encostar em um fio de cabelo meu, enquanto os segundos iam passando sem que nada acontecesse. Eu estava cada vez mais histérica, tinha que tomar uma decisão e optei por tentar prescindir deles, embora a contragosto. Estiquei as pernas e tentei me esfregar com a colcha. Fracassei em algumas tentativas, porque me dava muito trabalho coordenar meus movimentos com as mãos amarradas, mas finalmente consegui estabelecer um contato regular, embora muito leve, com o tecido. Não me adiantou muito, meus movimentos acentuavam as necessidades do meu sexo ao invés de amortecê-las e, enquanto isso, Pablo continuava falando, e seu discurso me excitava mais do que qualquer carícia.

— Mas agora virou mesmo uma puta, minha filha... Por mim não pare, deixe, continue esfregando a boceta na colcha, mas fale, comente a brincadeira, tem vontade? Que espetáculo mais lamentável, Lulu! E diante de todos os nossos convidados, todos estão aqui, olhando você, e o que vão pensar da gente agora...! Mas continue, não se preocupe comigo, mesmo, não pretendo aguentar isso por muito mais tempo, sabe? Vou embora, vou partir agora mesmo, não quero continuar aqui, contemplando você destruir minha honra... Ah, mas juro que desta vez você vai se lembrar, vai se lembrar... — Inclinou-se sobre mim para me falar ao ouvido, seu corpo ainda inacessível. — Estou pensando em deixá-la trancada aqui por alguns dias. Inclusive voltarei a amarrá-la na cama, mas com fita adesiva, para ver se assim você se comporta...

— Por favor. — Estiquei a cabeça em direção à sua voz e insisti pela última vez, à beira das lágrimas. — Por favor, Pablo, por favor...

Então, algumas mãos me seguraram com violência pela cintura e me giraram no ar. Seus dedos afundaram de novo em meu corpo e me puxaram depressa para a frente. Quando, por fim, começou a me penetrar, voltou a me dizer que me amava. Repetiu várias vezes, em voz muito baixa, como uma ladainha, enquanto me conduzia a minha própria aniquilação. Mas eles ainda não tinham o suficiente.

Penetraram-me alternadamente, em intervalos regulares, um depois do outro, de forma sistemática e ordenada. Então, o que não era meu marido, me levantou pelas axilas e me obrigou a ficar em pé. Pedi que me segurasse, porque minhas pernas tremiam, e o fez, me ajudou a dar alguns passos e então ouvi a voz de Pablo, fique aí, falou.

Ele era o único que falara durante todo o tempo, o outro ainda não tinha aberto a boca, e eu continuava sem vê-lo, não conseguia ver nada, o lenço apertando minhas têmporas, pressentia que se o prazer não tivesse sido tão intenso minha cabeça já teria explodido de dor.

Pablo se pôs atrás de mim e desamarrou minhas mãos.

— Suba nele.

Seus braços me guiaram, me ajoelhei primeiro sobre aquilo que me parecia uma espécie de *chaise longue* pequena e muito velha, forrada de couro escuro, procedente do mobiliário do velho ateliê de minha sogra. O desconhecido me pegou pela cintura e me colocou em cima dele. Uma de suas mãos segurava seu sexo enquanto com a outra me ajudava a me enfiar nele. Depois, ambas percorreram meu corpo durante um breve, brevíssimo período, depois do qual agarraram meu traseiro, apertando ligeiramente a carne para abrir um segundo acesso ao meu interior.

Ora, esta noite vamos ter um fim de festa de gala, pensei, enquanto admirava a tranquilidade com que ambos, Pablo e o outro, dividiam meu corpo em partes iguais, como se estivessem habituados a dividir tudo. E então fui penetrada pela segunda vez.

O corpo do desconhecido ficou tenso embaixo do meu, suas mãos me mudaram de posição, ele me obrigou a me deitar em cima dele enquanto levantava meus braços para que eu apoiasse minhas mãos no respaldo. Depois ficou quieto. Só então Pablo começou a se mexer, bem devagar, mas ao mesmo tempo de forma muito intensa. Suas investidas me impulsionavam contra o corpo do outro homem, que depois me afastava, as mãos firmes na minha cintura, para facilitar um novo começo, e enquanto o ritmo da penetração ficava cada vez mais regular, mais fácil e fluido, percebi que meu visitante anônimo abandonava sua passividade inicial para erguer todo seu corpo na minha direção, no começo de forma quase imperceptível, mas depois com progressiva nitidez, embora sempre com suavidade, acompanhando sem dificuldade o ritmo que Pablo marcava por trás. Seus sexos se mexiam ao mesmo tempo dentro de mim, e eu podia perceber a presença de ambos, suas pontas se tocavam, se roçavam através do que me parecia uma frágil membrana, uma leve proteção de pele cuja precária estrutura parecia se desfazer a cada contato e ficar mais fina, cada vez mais fina. Vão me rasgar, pensava eu, vão me rasgar e então se encontrarão de verdade, um com o outro, repetia a mim mesma, gostava de ouvir aquilo, vão me rasgar, que ideia mais deliciosa, a membrana ferida desfeita para sempre, e seu estupor quando percebessem a catástrofe, suas extremidades unidas, meu corpo um único recinto, um só, para sempre, vão me rasgar, continuava pensando quando avisei que ia gozar, não costumava fazer isso, mas daquela vez a advertência brotou por conta própria dos meus lábios, vou gozar, e seus movimentos se intensificaram, me fulminaram, não fui capaz de me dar conta de nada no começo, depois percebi que, embaixo de mim, o corpo do desconhecido tremia e se contorcia, seus lábios gemiam, seus espasmos prolongavam meus próprios espasmos, então, por trás, uma mão arrancou o lenço que tapava meus olhos, mas não os abri, ainda não podia fazê-lo, não até que Pablo terminasse de se agitar em cima de mim, não até que sua pressão se dissolvesse de todo.

Depois ficamos imóveis por um momento, os três, em silêncio.

Talvez, pensei, o melhor seja não abrir os olhos, sair dele às cegas, às cegas me virar e me enfiar na cama, me encolher em um canto e esperar. Isso teria sido o melhor, mas não fui capaz de resistir à curiosidade, e levantei bem devagar a cabeça, afundada até então em seu ombro, esperei alguns segundos e olhei seu rosto.

Meu irmão, seus traços ainda distorcidos pelas marcas do prazer, sorria para mim.

Então aproximou sua cabeça da minha e beijou meus lábios, o gesto que reservava para ocasiões importantes. Voltei a fechar os olhos e então Pablo se ocupou de mim, como sempre fazia. Levou-me para a cama, me cobriu, me beijou, pegou Marcelo e saíram do quarto, ficou com ele até que foi embora, levou um copo de água para Inés, que tinha acordado, voltou para junto de mim, me abraçou, me ninou, me consolou e me fez companhia até que adormeci.

Pablo tinha muito clara a fronteira entre as sombras e a luz e jamais misturava uma coisa, uma única dose de cada coisa, com a outra, a serena placidez de nossa vida cotidiana.

Com ele era muito fácil atravessar a raia e voltar sã e salva ao outro mundo, caminhar pela corda bamba era fácil, enquanto ele estivesse ali, me apoiando.

Depois, a única coisa que tinha de fazer era fechar os olhos.

Ele se encarregava de todo o resto.

Sua voz era a que menos queria ouvir naquele momento. Fiquei tentada a desligar sem responder, mas depois recordei que recebera poucos presentes naquele ano, porque Pablo não tinha me presenteado com nada.

— Marisa?

— Sim, sou eu.

— Olá, é o Remi.

— Eu já tinha reconhecido sua voz.

— Liguei para você várias vezes na semana passada, mas você nunca estava em casa...

— Sim, é que na segunda-feira foi meu aniversário, e saí bastante estes dias.

— Parabéns. Quantos anos você fez?

— Vinte e oito... — menti, mas fiquei com vergonha e por isso corrigi — mais três, 31.

— Ora, uma bela idade.

— Sim. — Ele devia ter 45, pelo menos. — É o que dizem.

— Bem, eu liguei por causa de um assunto...

— Sinto muito, cara, sério, prefiro avisar antes que continue, mas é inútil, estou sem um tostão, não posso me permitir nenhum luxo.

— Não, não é bem isso...

— Não? — Sua última frase me desconcertou. Nossa relação se limitara, exclusivamente, desde o princípio, a um único aspecto, um só, muito preciso.

— Não. Desta vez não estou ligando pelo de sempre, ou sim, na verdade é bem parecido, mas não vai lhe custar um vintém, fique tranquila..

— Não estou entendendo.

— Veja, é que tenho um cliente... especial, um sujeito de Alicante que montou na grana vendendo apartamentos a aposentados alemães e belgas, você sabe como é...

— E daí?

— Bem, acontece que o sujeito vem de vez em quando a Madri no inverno, para cair na farra, entende?

— Entendo.

— Ouça, se vai ficar zangada comigo, é melhor parar por aqui, tudo bem?

— Não, não estou zangada contigo. — Notei que minha última resposta fora muito rude. — Continue.

— Está bem. Acontece que este faz de tudo, sabe? E... Bem, ele me pediu para organizar uma festinha e para chamar também uma garota e pensei que talvez quisesse aparecer, os outros você conhece, Manolo, Jesús e outros mais, enfim, pense nisso, seria depois de amanhã...

— Na Encarna?

— Bem... Ainda não havia decidido, mas se você quiser pode ser lá, na Encarna, a 1h30...

— Tão tarde?

— Sim, ele precisa fazer alguma coisa antes, um jantar com os companheiros milicos, ou sei lá o quê, não me explicou direito, e então marcamos...

— Não, olhe, Remi, de verdade, estou fora.

— Mas você não teria que fazer nada com ele! Você não, ele só quer olhar, vai trazer um garoto, uma puta e tudo...

— Não acredito.

— Juro que é verdade. Por que iria mentir? Não me interessa ficar mal com você, cara, você sabe.

— Dá no mesmo. Não quero, não irei.

— Bem, você é quem sabe, porque, se é verdade que anda mal de dinheiro, poderia ganhar uma grana preta, sabe?

Na hora do almoço, estava quase decidida a ir, embora naquela tarde tivesse desligado o telefone quando mencionara a questão do dinheiro.

A princípio me senti péssima, fiquei horrorizada e, mais do que isso, espantada comigo mesma. Perguntava a mim mesma que tipo de impressão eu passava para que Remi tivesse se atrevido a vir com aquela proposta, mas ele insistiu, voltou a ligar poucas horas mais tarde, e me atacou pelo meu ponto mais fraco. Mas e daí, falou, não é a mesma coisa estar de um lado ou do outro? Eu havia lhe dito certa vez que a princípio achava mais vergonhoso pagar do que receber para me deitar com um homem. Ele me lembrou disso e, o que foi pior, adotou o tom sincero e desinteressado de um irmão mais velho para criticar minha falta de coerência, aquilo que teria explicitado se dispusesse de um vocabulário suficiente para fazê-lo, como uma simples coleção de preconceitos infantis, pura ingenuidade. Falou de outra maneira, se você está metida nisso, está metida até o fim, tire algum proveito, sua tola, qual é a importância, você fez a mesma coisa uma porção de vezes, por que seria diferente agora?

Na hora do almoço, estava quase decidida a ir.

O limite me tentava, sua proximidade exercia uma atração quase irresistível em mim, a chamada do abismo, atirar-me no vazio e cair, cair ao longo de dezenas, centenas, milhares de metros, cair até me estatelar contra o fundo, e não ter de voltar a pensar por toda a eternidade.

Depois, em casa, ao sair do chuveiro, me olhei atentamente no espelho e notei que estava começando a engordar. Vesti um roupão, para não me ver.

As dúvidas brotaram depois, no meio da tarde, quando me perguntava como deveria me vestir para ir ao meu estranho encontro, que tipo de roupa escolher, alguma coisa preta, curta, apertada, decotada, ou um vestido normal, de mulher comum.

Se não tivesse encontrado uma maneira de me livrar de Inés, tudo teria sido mais fácil, mas já tinha pedido a minha irmã Patricia que fosse apanhá-la no colégio e a levasse para dormir na casa de meus pais.

Embora talvez não tivesse sido uma má ideia, afinal. Decidisse o que decidisse, creio que não teria gostado de ver minha filha naquela noite.

Hesitava.

A reflexão era nefasta.

Ele não quis me ouvir, eu tinha tentado explicar, falei, falei sozinha diante dele por horas, mas minhas palavras rebatiam contra seus ouvidos como as bolas de tênis em um paredão.

Não quis me ouvir, se agarrou à mais recente de minhas convulsões e não quis ver mais além, se negou a me ouvir, se negou a entender. Sinto muito, falou, sinto muito, a ideia foi minha, só minha, e ninguém ficou sabendo, juro que ninguém ficou sabendo, ninguém sabe de nada, botamos todo mundo para fora de casa... É culpa minha, estava há anos com isso na cabeça, você sabe... Marcelo não é apenas seu irmão, também é meu melhor amigo, e pensei... Não sei o que pensei, mas ele não teve nada a ver, estou falando sério, tudo partiu de mim, a ideia foi minha, embora na realidade não tenha me dado muito trabalho convencê-lo... Nós dois achávamos que não tinha importância, vocês não têm mais idade para se deixar prender por uma paixão fatal, não é mesmo? Era isso o que pensávamos, mas não imaginamos que pudesse afetá-la tanto... Pode ter certeza de que, se tivesse suspeitado, teria desistido a tempo, juro que sinto muito, Lulu, me perdoe... Por favor, me perdoe.

Eu tentava explicar, tentei, falei sozinha, sozinha durante horas. O incesto nunca estivera em meus planos, que fique claro, e nunca pensei tampouco que Marcelo pudesse reagir de uma maneira tão natural depois de uma coisa daquelas, porque nenhum dos dois voltou jamais a abordar o assunto, nem juntos nem separados, nada havia acontecido, eu lia isso em seus rostos, em seus gestos, na imperturbável naturalidade de todas as suas ações, nada havia acontecido, e aconteceram coisas, muitas coisas, mas não era isso, não era apenas isso.

Então já estava começando a questionar a qualidade das lições teóricas, de todas as lições teóricas, a começar pela primeira, e me atormentava a suspeita de que o amor e o sexo não pudessem coexistir como duas coisas completamente distintas, convenci a mim mesma de que o amor tinha de ser outra coisa.

A metade da minha vida, nem mais nem menos do que a metade da minha vida, girara exclusivamente em torno de Pablo. Nunca amara ninguém mais, e isso me assustava. Minha limitação me assustava. Sentia como se todos os meus movimentos, desde que pulava da cama a cada manhã até quando voltava a ela à noite, tivessem sido concebidos de antemão por ele, e isso me agoniava. Sua segurança me agoniava. Então me convenci de que, enquanto continuasse a seu lado, jamais cresceria, e completaria 35 anos, e depois 40, e depois 45, e depois 50, 55, e até 66, a idade da minha mãe, e não teria chegado a crescer jamais, seria eternamente uma menina, mas não uma bela menina de 12 anos, como quando vivíamos naquela falsa casa, enorme e vazia, na qual o tempo não passava, mas um pobre monstro de 66 anos mergulhado na maldição de uma infância infinita.

A autocomiseração é uma droga pesada. Por isso fui embora.

Mas nunca consegui me esquecer de que antes, quando vivia com ele, era feliz.

Finalmente escolhi um vestido preto, curto, não muito decotado, mas, sim, muito apertado, de um tecido elástico que se grudava no meu corpo como se fosse um maiô.

Depois, o aplicador de rímel, que eu segurava com a mão direita, escorregou inexplicavelmente de meus dedos e desenhou três linhas finas na minha face. Estalei a língua para expressar meu desagrado e molhei a ponta de um lenço de papel para tentar remediar o erro. Ao me olhar no espelho, vi o rosto de uma mulher de meia-idade, velha, lábios tensos emoldurados por marcas de expressão familiares, mas diferentes, duas finas rugas que revelavam sabedoria e idade, uma mistura complexa, a antítese do riso fácil, descontrolado, que costumava alterar em uma careta o sorriso daquela extravagante e inocente sacana que fora certa vez.

Mantive os olhos fixos naquela mulher durante alguns segundos, e decidi que não me agradava.

A reflexão era nefasta.

Abri a torneira de água fria, lavei o rosto com sabonete, esfreguei cuidadosamente com uma esponja, fazendo espuma, até que a pele começou a se esticar, e me senti muito melhor.

Precisava levar algo nas mãos, um objeto capaz de me fazer companhia, de me apoiar, de me animar. Sentia que não podia voltar com as mãos vazias.

De repente me lembrei dela, uma sacola de plástico laranja, listrada e rasgada à qual sempre faltara uma alça. Dentro, cinco peças de porcelana, dois braços, duas pernas, uma cabeça e um corpo recheado de lã, um vestidinho sujo e um gorro branco, pequenino, já amarelado, a holandesinha despedaçada, colega nos trabalhos da infância eterna, que herdei no berço junto com meu próprio nome, da tia-avó María Luisa, a quem nunca conheci.

Estava havia vinte anos prometendo a mim mesma que no dia seguinte, sem falta, a levaria para ser consertada em um hospital de bonecas da rua Sevilla, e nunca o fizera.

Ele compreenderia.

Mas ainda era muito cedo.

Comprei um guia na banca de jornal da esquina e consultei a seção de filmes. Procurei um sinal, um sortilégio. Em um cinema de Villaverde Alto estavam exibindo *Milagre em Milão*, mas Villaverde ficava muito longe, e não fui capaz de encontrar nenhum outro filme antigo e maravilhoso em nenhum lugar.

Então escolhi Fuencarral, minha rua favorita, e fui ver a estreia de uma comédia americana, um besteirol descartável com uma atriz coadjuvante esplêndida no papel de mãe do protagonista.

Finalmente, resolvi usar a chave.

A casa estava às escuras. No princípio, avancei com precaução, apertando com as duas mãos a sacola laranja como se fosse um escudo, até que meus olhos se habituaram à falta de luz. Então, depositei a pequena inválida holandesa em um canto da sala e comecei a driblar obstáculos com rara agilidade.

A porta do quarto estava fechada. Imóvel no corredor, sem fazer nenhum barulho, grudei a orelha na porta, cruzei os dedos e não ouvi nada. Tirei os sapatos, empurrei a maçaneta com dedos cuidadosos e entrei na ponta dos pés.

Levei alguns instantes para ter certeza de que era Pablo quem dormia, sozinho, virado para o meio da cama.

Respirei fundo e sorri.

Aquilo não era a mais favorável das possibilidades — ninguém em casa, deitar e esperar —, mas tampouco era a pior — encontrar duas pessoas embaixo dos lençóis.

Tirei a roupa em silêncio, procurei a camisa que ele devia ter tirado momentos antes, encontrei-a jogada em uma cadeira, olhei para ela, toquei, cheirei, reconheci, vesti e me deitei no chão, do seu lado, executando o melhor plano que fora capaz de conceber enquanto aqueles dois imbecis californianos se divorciavam e se reconciliavam sem parar na tela grande. A filha pródiga volta para casa, se joga no chão como uma cadela, reconhece suas faltas e implora o perdão do pai, que sabe que é compassivo e magnânimo. Não era um plano impecável, mas também não era ruim, considerando o improviso e o quão terrível tinha sido o filme.

— Te amo — sussurrei.

Pronto, pensei logo, tudo foi muito fácil.

Fechei os olhos, estava muito cansada, tudo correu bem, repeti a mim mesma, agora poderei dormir, dormir por horas, quando acordarmos ele me descobrirá e compreenderá, tudo foi muito fácil... O chão, duro, pareceu infinitamente acolhedor até que ouvi o rangido de um isqueiro e, em seguida, sua voz, fria.

— Levanta, Lulu. Não cola.

A princípio não me atrevi a me mexer, fiquei quieta, encolhida, tremendo, convencendo a mim mesma de que não ouvira nada porque ninguém dissera nada, mas ele repetiu, com voz clara.

— Já é muito tarde, Lulu. Desta vez não cola.

Levantei-me de repente, agarrei as golas de sua camisa e abri os braços com todas as minhas forças.

Os botões foram pulando no chão, um a um.

Passei o vestido pela cabeça, enfiei como pude os braços nas mangas e estiquei a barra para baixo, fugi para o corredor, coloquei os sapatos e continuei correndo.

— Aonde vai?

Cheguei à sala, peguei minha bolsa e agarrei também a sacola laranja, mas então notei que ele vinha atrás de mim, pelo corredor, e certamente já tinha visto, não havia tempo de escondê-la.

A velha holandesinha não podia me fazer companhia no lugar aonde ia e por isso deixei-a de novo em cima de uma mesa.

— Aonde vai?

Saí batendo a porta, mas falhei, como de hábito.

A porta bateu na moldura algumas vezes sem chegar a se fechar.

Conhecia Encarna havia muitos anos.

    Fora com Pablo algumas vezes ao velho chalé da rua Roma, onde ela começara honradamente na juventude, com uma pensão para toureiros, picadores rudes e esquálidos, bandarilheiros baixinhos e rechonchudos que a fodiam com vontade, sempre conscientes de que talvez ela fosse a última mulher das suas vidas. Disso ainda se lembrava com nostalgia, mas costumava repetir que com todas as fodas próprias, as fodas do matador, e daquele bando de safados que na metade das vezes iam embora sem pagar, a pensão acabou sendo um negócio desastroso. Segundo sua própria versão, fora a necessidade que a obrigara a alugar quartos para outro tipo de espetáculo.

    Mas a rua Roma, um excelente lugar para uma pensão taurina, não o era tanto para uma casa de encontros, sobretudo naquela região, pois o bairro de Salamanca acabou se enchendo de yuppies, os novos-ricos, até mais incultos do que os de antes e incapazes de apreciar o encanto de tradições tão antigas como a casa de Encarna, e por isso a acabou vendendo mal a um diretor de cinema que a revitalizou chamando-a de monumento, e com o que ganhou por ela comprou um apartamento imenso em uma esquina da Espoz y Mina, em um velho edifício senhorial, acentuava empolando a voz, senhorial, trouxe da aldeia uma sobrinha cabeleireira que fizera um curso de decoração de interiores por correspondência, e recrutou um punhado de garotas, não muito jovens, não muito bonitas, mas rentáveis, já que estamos nessa, vamos fazer as coisas direito, repetia.

Quando não podia ir para casa, recorria a Encarna. Eu me doava muito bem com ela.

Peguei um táxi para ir até lá, porque estava sem vontade de dirigir, e depois dei uma volta no quarteirão, caminhando bem devagar. Tentava não pensar, esquecer que fora rejeitada, mas havia muita animação naquela noite de sexta-feira, dia 3.

Uma puta magra e velha, com manchas escuras na cara, fios brancos muito evidentes sobre os cabelos tingidos, blusa de alças com um decote impiedoso para com seus tristes peitos flácidos, e uma jaqueta de nylon leve com estampas da Fórmula 1, me pediu um cigarro, tremendo de frio. Dei a ela, olhando-a de frente, e refiz em seguida o caminho.

Encontrei na portaria a sobrinha de Encarna, que estava voltando de um bar com o namorado, um bom rapaz que trabalhava em uma ótica e não tinha nenhuma ideia de nada. A dona da casa estava lá em cima, jogando paciência diante da televisão. Quando me viu entrar, acenou com a cabeça para apontar um quarto pequeno ao final do corredor, um aposento que nós duas chamávamos, brincando, de suíte nupcial, o melhor da casa.

Encarna estava estranha, nervosa e distraída. Quando perguntei sobre sua artrose, notei que não queria conversar comigo. Limitou-se a responder às minhas educadas perguntas com monossílabos forçados e me lembrou de que estava chegando tarde.

Não gostava do clima daquela noite, nunca gostara, cheirava mal desde o princípio, pressentia algo de que não ia gostar, mas não podia voltar atrás.

Não havia mais nenhum lugar para onde pudesse voltar.

No quarto dos fundos, três velhos conhecidos me saudaram como se tivessem ficado muito alegres de me ver. Eu não respondi da mesma maneira.

— Onde está Manolo?

— E eu sei...? — Jesús, um rapaz baixinho de aspecto atlético que nunca me agradara, muito embora, pelo visto, fizesse muito sucesso com os outros caras, ficou me olhando, surpreso. — Que eu saiba, não virá.

— Remi me disse que Manolo estaria aqui. — Aquela ausência confirmava minhas piores previsões. — Se ele não está, vou embora...

— Vamos, Marisa. — O que se meteu na conversa era um dos meus grandes favoritos, se parecia muito, muito, com Lester, um encantador estudante britânico de boa família, maltratado pela vida, desconhecia seu nome verdadeiro, eu sempre o chamara assim. — O que Manolo tem que nós não temos?

— Confio nele, e em vocês, não.

Manolo gostava de mulher. Manolo gostava de mim. Estou nisso só pela grana, costumava repetir, só por isso. Era jovem, embora não muito, bonito, embora não muito, esperto, embora não muito, mas tinha algo especial, além de uma pica que mais parecia um martelo. Tínhamos trepado algumas vezes sozinhos, em casa, não profissionalmente, e adquiri carinho por ele. Gostava de mim e me aconselhava, dizia com quem eu devia e com quem não devia ir, o que devia e o que não devia fazer. Ele não me venderia, não ele, tinha certeza disso, mas nos outros não podia confiar, não confiava, estive prestes a dar meia-volta e sair dali, mas a ideia de me deitar sozinha naquela noite era insuportável.

Entretanto, já tinham começado os trabalhos. Eles me conheciam muito bem, e conheciam seu ofício.

O que se parecia com Lester se colocou atrás de mim, envolveu meu corpo com os braços e começou a me acariciar, a me alisar com as mãos abertas, falando em voz alta, levantando meu vestido por trás, descobrindo a carne nua com dissimulada surpresa, apertando o corpo contra o meu, cravando a braguilha de sua calça de couro na minha bunda, se movendo ritmicamente para me empurrar para a frente. Manolo me jurara algumas vezes que ele era um homossexual puro, que só gostava de homens, e de fato jamais fodera comigo, mas às vezes era difícil acreditar.

Em compensação, seu namorado, que se chamava Juan Ramón, tinha cara de bobo e contemplava a cena com uma expressão risonha, aceitava qualquer coisa que fosse colocada diante dele.

Aproximou-se da gente, postou-se diante de mim e me abraçou. Suas mãos esbarravam nas do amigo, sua boca se encontrava com a dele por cima do meu ombro, seu sexo, alojado em um jeans velho que parecia prestes a explodir, esbarrava no meu, suas carícias envolviam a nós dois.

Não pude evitar que meus olhos se fechassem, que meu corpo ficasse tenso, que, por sua vez, meus braços relaxassem, ficassem indefesos, que meu sexo começasse a inchar, não pude evitar, e tampouco me dei ao trabalho de tentar, porque já tanto fazia, e eles eram tão deliciosos, essa era a única coisa que não mudara, eles continuavam deliciosos quando brincavam comigo, passavam meu corpo para o outro como se fosse uma bola imensa, sentia suas acometidas me empurrarem para a frente e para trás, me balançando entre eles, me apertavam, me aqueciam, um prazer fácil, primário, gostava deles, gostava do que faziam um com o outro e do que faziam comigo, se beijavam e me beijavam, se tocavam e me tocavam, se chupavam e me chupavam, e eu sentia mais prazer com os olhares, os sorrisos e as palavras que um dirigia ao outro do que com os olhares, os sorrisos e as palavras que dirigiam a mim, mas não dizia nada, eles não entenderiam, os dois eram muito brutos, animaizinhos, suas mãos se perdiam de vez em quando embaixo do meu vestido, e seu contato era muito diferente do que produziam as mãos dos outros homens, não havia violência, nem ânsias de reconhecimento nelas, isso reservavam para si mesmos, e seus dedos, ligeiros, não chegavam a se deter em mim, de vez em quando me davam descuidadas palmadinhas, carícias leves, desajeitadas, mas o simples toque de suas mãos eriçava minha pele, e eu acariciava suas cabeças, afundava as mãos em seus cabelos, pobrezinhos, meus meninos pequenininhos, do que vocês se livraram, que falha incompreensível da Natureza, me privar da oportunidade de me medir com vocês em igualdade de condições, me relegar à condição de espectadora de suas brincadeiras inocentes, teriam deixado de ser tão inocentes comigo, mas não há mais remédio, pobrezinhos, que sorte vocês tiveram, queridos, meus queridos.

Quando já o tinham embolado acima de meus peitos, ambos puxaram ao mesmo tempo meu vestido para me obrigar a erguer os braços e o tiraram pela cabeça. Então me anunciaram rindo que iriam me fantasiar.

Jesús, que jamais colocara um dedo em mim, nos olhava de um canto, vestido de forma estranha. Parecia um herói de história em quadrinhos, um reluzente vingador galáctico, obscuro e perigoso, ao mesmo tempo estúpido, com aquelas enormes ombreiras, e colantes pretos, abertos na frente e atrás, como meias-calças esburacadas — meias-calças para foder, a crua realidade é que nenhum mito dura eternamente — que agora são vendidas até nas mercearias mais comuns com a desculpa de que não precisam ser tiradas para ir ao banheiro, e assim é mais difícil puxar os fios. Seu sexo depilado pendia entediado sobre o látex grudado em suas coxas como se fosse uma segunda pele. Está ridículo, pensei, embora na verdade gostasse de olhá-lo. Estava ridículo, mas em breve eu também teria um aspecto semelhante ao dele.

Puseram em mim umas botas pretas muito altas, que chegavam até a metade da coxa, estreitas até o joelho, mais largas depois, com uma plataforma selvagem, e os saltos mais finos e altos que eu já tinha visto em minha vida.

— Não vou conseguir andar com isto — avisei, eles riram. — Sério, vocês não me conhecem, mas vou me matar, sei que com estas botas vou me matar...

Os outros acessórios eram mais confortáveis, mas igualmente exóticos, um cinturão enfeitado com tachas prateadas, que se prolongava em várias tiras de couro também tacheadas que se abotoavam e se cruzavam sobre meu quadril, uma espécie de sutiã vazio, três tiras de couro que emolduravam em um triângulo preto cada um dos meus seios sem cobri-los, e uma coleira de cachorro na minha medida, enfeitada com aros metálicos.

Lester me levou até um espelho, olhei e gostei, aquelas correias me caíam bem, me achei bonita, comentei e eles concordaram comigo, você está muito bem, teriam dito a mesma coisa se estivesse usando um saco de batata, mas era agradável ouvir aquilo. Depois me pegaram pelos braços e me conduziram ao cômodo mais ao fundo, onde três figuras, sentadas em uma espécie de divã com enfeites de falsa madeira dourada, saudaram minha aparição com estrépito.

O do meio — muito magro, baixinho, quase careca, a unha do mindinho direito muito comprida, as outras simplesmente pretas, com um daqueles bigodinhos ridículos, uma linha finíssima que não chegava a cobrir os cantos do lábio, sobre uma paradigmática cara de viciado — devia ser o especulador imobiliário alicantino.

À sua direita, um adolescente de beleza simplória, bochechas rosadas, 15 anos, não mais que 16, acariciava a própria roupa sem parar. De um dos cotovelos de seu blazer, casimira de desenho italiano com ombreiras enormes, ainda pendia o gancho de plástico de uma etiqueta.

À sua esquerda, uma jovenzinha de faces pálidas, o braço esquerdo sulcado por um rosário de pequenos pontos sanguinolentos, não tivera tanta sorte.

Havia também um homem muito alto, imenso, com pinta de halterofilista, que eu não conhecia, e uma mulher de uns 35 anos, alta, robusta, mas de carnes rígidas, bela, apesar da maquiagem de bruxa, cílios postiços, olhos ampliados por traços, lábios grená e os mamilos perfurados por duas argolas prateadas.

Foi ela quem mais se alegrou ao me ver. Apontou o dedo para mim e depois arqueou as sobrancelhas, franziu os lábios e me dirigiu um sorriso pavoroso.

Alguém me dissera, muitos anos atrás, e eu tinha achado que era uma péssima piada, que só doem as trinta primeiras porradas, mas é verdade, a mais pura verdade, só doem as vinte, as trinta primeiras porradas, depois tudo passa a dar no mesmo.

E, no entanto, a princípio me senti bem, muito bem, a verdade é que acreditava que aquilo fosse uma questão de puro fetichismo, couro, ferro, argolas e só, a julgar pelos comentários iniciais, o sujeito de Alicante era muito simples, muito simples para que aquilo fosse muito mais além. Por isso fiquei tranquila quando o imenso desconhecido fixou a ponta da corrente no aro posterior da minha coleira, enlaçando um dos elos em um prego grosso que prendera antes na parede. Pobre Encarna, pensei, estão fodendo sua casa.

Ainda estava tranquila, e muito excitada pela atmosfera que solidificava o ar do quarto, o desejo sólido, denso, que distorcia o rosto de alguns dos presentes, apenas dois olhos ávidos, enormes.

O halterofilista assumiu o papel de mestre de cerimônias, agarrou Jesús por um braço, levou-o ao centro do quarto e o atirou no chão.

Juan Ramón se aproximou devagar e colocou um pé em cima da sua nuca para impedir que se levantasse, uma mera concessão à ortodoxia iconográfica, pensei, porque a vítima não mostrava nenhum sinal de inconformismo com sua situação.

Enquanto isso, com a mesma forçada parcimônia que caracteriza os últimos rebolados de uma dançarina de striptease, aquela besta fez desaparecer uma boa parte do seu braço direito dentro de uma longa

As Idades de Lulu

luva de couro grosso, enfeitada com pequenos rebites pontiagudos, que chegava até o cotovelo.

Depois, sorrindo para si, fechou o punho e o olhou rapidamente, como se precisasse se concentrar para apreciar a potência daquela bola cheia de pontas metálicas cujo aspecto recordava o de uma arma medieval, antes de se encaminhar até Jesús, que, desabado no chão, perdera o último ato.

Percebi que eu mesma sorria, os dentes cravados em meu lábio inferior, e me assustei, mudei em seguida a expressão do meu rosto, procurei adotar um ar distante, neutro, como se nada daquilo fosse comigo, mas não consegui manter a aparência imperturbável durante muito tempo.

E o fez. Nunca teria acreditado que fosse possível, que um corpo tão pequeno pudesse abrigar uma clava semelhante, mas o fez, seu braço desapareceu quase por completo dentro do miúdo atleta, que berrava e se contorcia, incapaz de se levantar sob a pressão do pé que agora já esmagava sua nuca, e o fez, e, não contente com isso, começou a mover o braço dentro de seu envoltório, recebendo com um sorriso os alaridos de dor que arrancava em cada percurso. Ele o fez, mas não era o único que parecia desfrutar o espetáculo.

Lester se aproximou do namorado, se apoiou languidamente nele e começou a acariciá-lo por trás com a mão direita, enquanto a esquerda liberava o sexo desejado, segurava-o e começava a agitar as duas coisas, acariciando a cabeça úmida com a ponta do polegar. Logo foi correspondido. Sem diminuir nem um milímetro a pressão do pé com que mantinha Jesús grudado no chão, o outro conseguiu desabotoar com a mão esquerda a fileira de colchetes que atravessavam as calças de couro do meu favorito e, depois de acariciar ligeiramente sua carne, tão rígida, enfiou o dedo indicador em seu cu, tome, falou, Lester suspirou e fez cara de tolinho, que maravilhoso, pensei, enquanto percebia que meu sexo se molhava, meu ser escorria sem remédio entre minhas coxas, nunca teria conseguido resistir àquela visão, nunca.

O avermelhado adolescente de roupa nova parecia muito excitado. Inclinado para a frente, a boca entreaberta, ofegante, não perdia um detalhe. Seu dono também ficara fogoso, beijava-o, passava a mão, obrigava-o a fazer a mesma coisa com ele, e falava com voz rouca, entrecortada. Vou fazer tudo isto com você quando voltarmos a Alcoy, você me deixa louco, mas vou trancá-lo no porão e nunca mais voltará a ver a rua, nem sua mãe, nem seus irmãos, só vai me ver quando descer para lhe dar umas chicotadas, mijarei em cima de suas feridas, não voltarei a comer seu cu jamais, encontrarei outros mais bonitos e mais jovens do que você e os levarei para casa, vou jogá-los diante de seu nariz, nunca mais vai foder comigo, nunca mais vai foder com ninguém, usarei uma barra de ferro para isso, vou rasgá-lo com ela, vou deixá-la dentro de você durante toda a noite, e vou obrigá-lo a chupar meu cachorro, isso será a primeira coisa que fará ao acordar cada manhã, vai ver, não lhe adiantará de nada chorar, nem suplicar, vai arrastar-se de joelhos me pedindo que lhe dê de comer e deixarei que morra de fome, vou matá-lo, vou destroçá-lo com uma luva pior do que essa aí, porque você me deixa louco, louco, vou fazer tudo isso com você quando voltarmos a Alcoy...

A mulher dos mamilos perfurados, trepada em uma poltrona, as pernas atravessadas em cima dos braços do móvel, os pés pendendo no ar, se masturbava com um consolo metálico, preto, com a ponta dourada. Olhou para mim, sorriu, depois olhou para a *junkie*, fez um sinal com a mão, se aproxime, a outra fingiu que não era com ela, então falou, se aproxime, e por fim conseguiu, a jovenzinha do braço ferido se levantou e foi até ela, a voz daquela mulher atraiu toda a atenção por um instante, depois extraiu seu brinquedo do meio das coxas e apontou com ele a boca da lerda e assustada prostituta, que manteve os lábios fechados inclusive quando a dura extremidade molhada pousou neles, não deve aguentar isso por muito tempo, pensei, e me compadeci dela porque não fazia ideia, então a bruxa a agarrou pelos cabelos, levantou-a no ar, os punhos fechados sobre as madeixas castanhas, ela gritou, deixou escapar um grito assustador, e manteve a boca aberta até que o consolo se perdeu entre seus dentes. Depois, segurando-a bem firme, a mulher dos mamilos perfurados puxou violentamente sua cabeça para si mesma, e parei de ver sua cara, só ouvia os sons abafados que sua língua produzia em contato com o sexo nu da outra mulher, que, abrindo-se com uma das mãos, usando a outra para guiar o instrumento do qual obtinha um prazer cada vez mais intenso, se contorcia em seu assento, emitindo gritos débeis que, por um instante, aproximaram-na da condição humana.

O gigante se cansou de penetrar Jesús com seu braço enluvado e o tirou finalmente de seu corpo, sujo de sangue. Depois se sentou no chão com as pernas cruzadas, bem diante da cabeça de sua vítima, que, agora livre de qualquer pressão, não se mexeu. Não conseguia se mexer, apenas se arrastar com esforço pelo chão, mas a mesma mão que antes o penetrara, agora nua, pousou em sua cabeça, remexendo seus cabelos e, como se respondesse a um sinal combinado de antemão, o pequeno maltratado conseguiu então meio que se levantar, abraçou o pescoço do torturador, olhou para ele com olhos úmidos, ternos, e o beijou na boca. Depois, em silêncio, dirigiu os lábios à verga do verdugo e começou a lambê-la com a ponta da língua antes de fazê-la desaparecer em sua boca, sem insinuar nenhuma reprovação. Parecia feliz. Não conseguia acreditar, mas parecia que estava contente apesar do pequeno riacho vermelho que corria por suas pernas.

Então as coisas começaram a se complicar. Tudo mudou depressa, o alicantino chamou Juan Ramón e falou ao seu ouvido, quando este assentiu aquele o beijou na boca, abraçando-o com repentina paixão, e se formaram dois novos casais.

A princípio o adolescente reclamou, olhou seu protetor com olhos chorosos, estendeu em sua direção a mão patética, mas não lhe serviu de nada, Juan Ramón o levou a um canto, deitou-o de bruços em uma mesa e aplicou um par de chibatadas, se você se comportar mal eu me comportarei ainda pior com você, meu rei, aquilo pareceu tranquilizar o cordeirinho, que ficou imóvel, tive de me esforçar para distinguir o que aconteceu depois, estavam muito longe, o namorado de Lester introduziu sua pica em uma espécie de protetor de borracha com agulhas que aumentava um perímetro já por si só bastante respeitável, e depois, sem avisar, abriu com as mãos a bunda do jovenzinho e a enfiou de súbito, até a base.

O cliente, nu, ficara de quatro em cima do divã, para contemplar melhor o tormento de seu favorito, quando o meu, Lester, aproximou-se dele por trás, com uma expressão séria no rosto e o sexo só meio ereto em uma das mãos. Ainda assim, não teve dificuldade para fazê-lo passar através do enorme buraco que se abria naquele corpo velho e flácido, ao mesmo tempo em que, com a outra mão, agarrava o pintinho de seu beneficiário e começava a agitá-lo mecanicamente, sem vontade.

O alicantino, que não conseguia contemplar as divertidas caretas de nojo que Lester me dirigia enquanto o fodia no ritmo mais lento possível, não acusava em absoluto aquela falta de ardor, concentrado na cena que se desenvolvia diante de seus olhos, seu pequeno berrando e se contorcendo diante das investidas de uma arma terrível, cujas dolorosas consequências não era difícil calcular, tendo em vista o miserável calibre do sexo que o pobre estava habituado a engolir. No entanto, em certo momento, a vítima parou de berrar e começou a emitir sons diferentes, como se a dor tivesse se diluído em sensações de outra natureza. Eu conhecia muito bem esse processo, podia antecipar suas consequências. Alguns segundos depois,

As Idades de Lulu

já era evidente para todos que ele sentia prazer, agora estava vivendo aquilo de maneira estupenda. Apoiou as mãos na mesa, ergueu-se, começou a se mexer e permitiu que víssemos sua pica, dura, contra o vidro.

Então seu proprietário se assustou, já chega.

Sorri comigo mesma, não vai servir de nada mandá-lo parar, pensei, você se achou muito esperto e ele não voltará mais a sentir prazer com você, descobriu que neste mundo existem coisas melhores, imbecil.

Os acontecimentos me deram razão.

O grau de conformismo que Lester parecia ter quanto ao seu destino mudou de repente quando seu namorado, sem ainda ter desnudado o sexo, se dirigiu a ele com um sorriso nos lábios, deu um jeito de encontrar um lugar onde pudesse apoiar os joelhos e o penetrou, acariciando seu peito com a mão. O alicantino teve de perceber a mudança de situação, porque, a julgar pela expressão de felicidade que se desenhou em sua cara, a pica do meu favorito devia ter ficado como pedra e capaz de preencher por completo seu folgado canal, mas isso agora não importava, porque o boneco que trouxera de Alcoy se negava a obedecer às suas ordens e, longe de se apresentar diante dele, cruzou de joelhos, com a boca aberta, todo o aposento, para satisfazer depois com a boca o eventual amante do amante de seu amante, o magnânimo ser que abrira seus olhos de uma vez e para sempre, e se dedicou a lamber generosamente seus testículos antes de abrir sua bunda com as mãos para afundar a língua no orifício central. Juan Ramón, sem olhar para trás, aceitou o presente com um grunhido.

Eu estava me divertindo, muito, mas, de repente, percebi que éramos nove e que oito, todos, a não ser eu, já haviam entrado no jogo.

Então me assustei, tive consciência pela primeira vez da minha imobilidade e intuí que meu destino era ser o prato principal da noite.

Ela se aproximou de mim, me segurou pelos pulsos e apertou minhas mãos contra seus peitos perfurados, fazendo a mesma coisa comigo, no começo só me acariciava, seus dedos, suas unhas, produziam uma sensação agradável, mas seus dedos deslizaram sem avisar até meu sexo, esticaram meus lábios e os beliscaram várias vezes com suas pontas afiadas, estava me machucando e, por isso, embora intuísse que o efeito de minha ação seria talvez pior do que sua causa, empurrei um de meus joelhos contra seu corpo e consegui atirá-la no chão enquanto gritava com todas as minhas forças, chamando Encarna aos gritos, acreditando ainda que conseguiria escapar ilesa dali, nunca mais, jurei a mim mesma, nunca mais, mas ninguém apareceu, ninguém, os outros participantes daquela festa me olharam por um instante com curiosidade e nenhuma intenção de ficar do meu lado, exceto a *junkie*, que tinha os olhos cheios de lágrimas e tentou, mas a detiveram antes que conseguisse se aproximar de mim, não se meta, disse alguém, isto não é assunto seu, esta noite vai sair muito cara para nós duas, disse para mim, então aquela mulher se levantou por fim, me olhou, sorriu, e, me agarrando pelos pés, primeiro o direito, depois o esquerdo, arrancou os saltos das minhas botas, tive de agarrar a corrente para impedir que a pressão provocada pela súbita diminuição de minha estatura me quebrasse o pescoço, e consegui um certo equilíbrio ficando na ponta dos pés em troca da imobilidade mais absoluta, meu carrasco deu uma gargalhada antes de alojar seu punho no meu estômago, mas nem sequer então esqueci que não podia me mexer, ela também sabia, suas unhas se cravaram no meu busto e deslizaram para baixo deixando marcas longas, avermelhadas, mais tarde recorreu a procedimentos mais sutis, duas pequenas pinças prateadas que apertaram meus mamilos, unidas por uma correntinha que ela puxou para que todo meu corpo se afastasse dos meus seios, que eu sentia cada vez mais distantes, como se fossem se rasgar a qualquer momento, brincou assim comigo durante um bom tempo, me jogando para a frente e para trás com simples movimentos de sua mão, me forçando a oscilar sobre meus precários apoios, as mãos já esfoladas pelo roçar dos elos da corrente, os braços cada vez mais fracos, os músculos quase dormentes, mas também disso se entediou, e me concedeu alguns minutos de descanso enquanto ia buscar alguma coisa que não consegui distinguir muito bem no começo, depois, enquanto o batia contra a palma da mão, percebi que se tratava de um objeto bastante comum, uma calçadeira de metal presa em uma vara de bambu, e não vi mais nada, ela me virou com as mãos, encostando-me na parede, para iniciar uma nova fase, e foi aí que recordei aquela velha piada de mau gosto, porque só me doeram as primeiras trinta porradas, desferiu a primeira pancada em minhas panturrilhas e foi subindo aos poucos ao longo das minhas coxas, concentrando-se no trecho fora das botas, não me batia com as arestas, mas com o dorso da calçadeira, não me rasgava a pele, mas a dor era insuportável, sobretudo quando, depois, ao contrário do que eu imaginava, se deteve por pouco tempo em minhas nádegas para desferir em troca uma espantosa saraivada de golpes um pouco mais acima, na altura dos rins, mas isso ainda não era suficiente, voltou a me virar e repetiu o processo no sentido inverso, desta vez de cima para baixo, açoitando selvagemente meus peitos em primeiro lugar, notei que gostava daquilo e me espantei ao comprovar que ainda era capaz de pensar, naquele momento o gigante se aproximou de nós duas e envolveu minhas costelas com um braço, para levantar meu torso e impedir que tremesse depois de cada golpe, ela desprendeu a pinça do meu mamilo esquerdo, fechou os dentes ao redor dele, e eu pensava que a carne estaria tumefata, já insensível, mas não era assim, sua mordida veio me demonstrar que o estado de inconsciência no qual confiava me submergir de um momento a outro ainda estava muito longe, os golpes foram redobrados, e, afinal, ele passou seus braços sob minhas pernas e me segurou com firmeza, liberando por ora minhas mãos da dolorosa obrigação de segurar a corrente, para que ela se ocupasse da pele interna das minhas coxas, aproximando-se pouco a pouco do meu sexo, eu esperava, e esperava então desmaiar de uma vez, mas senti o impacto da calçadeira na carne contraída, trêmula, e não pude escapar da dor, tive de suportá-la integralmente, durante minutos lentos como séculos, enquanto me consolava pensando que aquilo não iria durar muito mais, porque se a calçadeira não me matasse, quando ele parasse de me sustentar, abandonando-me outra vez à minha sorte, não iria ter forças para segurar a corrente nem meia hora mais, e acabaria quebrando o pescoço dentro da rígida coleira de cachorro.

Que desperdício, pensei, porque em nenhum momento consegui parar de pensar, esbanjar tanta cor, tanto pateticismo, na morte de uma mulher insensível, tão incapaz de desfrutar os finais trágicos.

—Água!
Ela, que estava vindo na minha direção com um gancho que aquecera antes no fogareiro, parou de repente no meio do tapete.

Eu disse a mim mesma que aquilo era uma miragem, que não podia ser, que não era possível ter tanta sorte, mas era a voz de Encarna e voltou a soar do outro lado da porta, acompanhada pela batida nervosa na madeira.

— Água!

O som de uma sirene se fez ouvir com clareza na rua.

Ela olhou o relógio, deixou o gancho em cima do fogareiro, pegou um sobretudo que estava sobre a cadeira, vestiu-o às pressas e escapou por uma pequena porta escondida em um armário, que eu também conhecia. Então Encarna gritou pela terceira e última vez.

— Água!

O alicantino, que não devia estar entendendo o que acontecia, ficou sentado no divã, o menino enfim de novo em seus braços, enquanto todos os outros corriam atrás daquela megera.

Eu chorava, incapaz de acreditar ainda, uma blitz, uma bendita blitz, a bendita polícia salvara minha pele, a vida inteira encolhendo os ombros, andando na ponta dos pés quando passava ao lado de qualquer tira uniformizado, mesmo que fosse um guarda de trânsito, e agora aqueles anjos tiveram a bendita ideia de armar uma blitz exatamente naquela rua, exatamente naquela noite, exatamente naquela hora, e eu salvara minha pele, benditos sejam, repetia, bendita seja a polícia madrilena, bendita para todo o sempre.

Os três ocupantes iniciais do divã e eu ficáramos sozinhos.

Eles me olhavam, desconcertados. A *junkie* chorava sem fazer barulho, estava encolhida, alguém rasgara sua roupa, parecia paralisada.

— É uma blitz — sussurrei.

O alicantino ficou em pé, pegou o amigo pela mão e saíram correndo pela porta, que dava no corredor. Ela ameaçou ir atrás deles, mas a detive.

— Não, não saia por aí. — Estava tão esgotada que era difícil até mover os lábios.

Aproximou-se de mim e desenganchou a corrente do prego. A princípio, mal senti algum alívio, estava com os músculos intumescidos, atrofiados, ao desgrudar as mãos dos elos me surpreendeu que meus ossos não rangessem, mas as palmas ardiam, minha pele queimava. Só tinha forças para deslizar contra a parede até cair sentada no chão.

— O terceiro painel de madeira daquele armário é uma porta — acrescentei então. — Empurre com força e verá uma escada estreita. Leva ao terraço. Esconda-se lá, espere que os tiras partam e desça pela escada de incêndio. Vai dar em um beco que sai desta mesma rua. Corra...

— Venha comigo. — Agarrou-me pelos pulsos, eu neguei com a cabeça.

— Não, eu fico. Sou a vítima e estou limpa, não podem me acusar de nada. — Estava muito cansada. — Mas você precisa ir embora agora, corra...

Desapareceu à minha esquerda e fiquei sozinha.

Estavam dando uma boa surra em alguém, a julgar pelas súplicas e berros que chegavam aos meus ouvidos de vez em quando, de algum lugar.

Depois, uma figura atravessou a porta entreaberta.

Gus, com os punhos ainda fechados e os dedos sujos de sangue, foi o primeiro a entrar no quarto.

Pablo vinha atrás dele, as mãos impolutas, como sempre.

Nunca batera em mim.

Nunca, em toda minha vida, batera em mim, e também nunca o vira chorar, mas enfiou os dedos por baixo da coleira, me levantou, me apoiou na parede e acertou meu rosto com a mão direita, primeiro a palma, depois o dorso, enquanto lágrimas enormes escorriam por suas faces.

— Fora daqui!

Gus, eunuco contemporâneo, impotente por culpa da heroína havia mais de uma década, estava ao meu lado, ofegando e resfolegando. Não se mexeu. Pablo o olhou no rosto.

— Já disse fora daqui!

Devolveu o olhar, improvisou um gesto de desprezo, deu meia-volta e se afastou de má vontade. Ficamos sozinhos.

Então voltou a me bater, sempre com a mão direita, primeiro a palma, depois com o dorso, atirando minha cabeça para um lado, depois para o outro, e eu permiti que batesse, agradeci as pancadas que me quebravam em pedaços, que desfaziam o mal, que desfiguravam o rosto daquela mulher velha, distante, que me surpreendera algumas horas antes do outro lado do espelho. Minha pele voltava a nascer, tensa e suave, a cada bofetada. Você me ganhou, pensei, me ganhou à força.

Depois, com os olhos ainda úmidos, me afastou por um instante para me olhar, percorreu meu corpo com os olhos e me abraçou, seus braços me apertaram com força, seus dedos acariciaram as marcas das minhas costas, sua língua lambeu o fio de sangue que manava do canto da minha boca, o sangue que seus próprios golpes fizeram brotar.

— Você consegue andar?

Balancei a cabeça para dizer que não, e ele me pegou no colo, me levou a uma mesa, me sentou em cima, tirou minhas botas e pegou meu pé direito com as mãos, esfregando a planta, apertando-o depois entre os dedos.

— Você tem pés horríveis, muito grandes...

Balancei a cabeça para dizer que sim, e ele pegou minhas mãos e virou-as com as palmas voltadas para cima, deixando a descoberto a carne vermelha, brilhante, lampejos de sangue em enegrecidas lascas de pele rasgada, morta.

— Sempre gostei de suas mãos, no entanto. — Seus olhos estavam carregados de fúria, e de misericórdia. — Azar...

— Me perdoe. — Seu olhar permaneceu fixo em minhas palmas esfoladas, nós não éramos pessoas comuns, recordei, não somos, e voltei a lhe pedir perdão, embora não soubesse exatamente por que o fazia. — Me perdoe.

Levantou por fim seu rosto para mim, tirou o casaco, vestiu-o em mim com muito cuidado e me segurou pela cintura enquanto me descia da mesa.

— Vamos.

Começou a andar pelo corredor e tentei segui-lo, mas me senti sem forças para acompanhar seu ritmo. Encarna mostrou a cabeça por um instante, insinuando um gesto que era uma mistura de espanto e desaprovação, e voltou a desaparecer na sala da televisão.

— Me ajude. — Ele tinha quase chegado à porta da rua, e me olhava. — Me segure, por favor, não consigo continuar...

Retornou, pegou um de meus braços e o colocou ao redor de seu pescoço, me segurou pela cintura e chegamos à porta. Começamos a descer as escadas bem devagar, ele me sustentava em cada degrau, eu recuperava o controle das pernas pouco a pouco, e adquiria, progressivamente, consciência de meu fracasso, e de seu sofrimento, que ele interpretava como seu próprio fracasso, e nunca na minha vida me sentira tão estúpida. O fantasma da rejeição pairava sobre o que restava de mim, e sua ameaça inconsistente era mil vezes mais dolorosa do que os golpes daquela mulher. Descíamos bem devagar as escadas e eu sentia medo, e nojo, e cansaço, medo sobretudo, e não me atrevia a olhá-lo, não o olhei até que suas palavras silvaram como balas perto dos meus ouvidos. Não havia trégua, ainda não.

— Ely me ligou certa noite, parecia preocupada, queria me falar de você e a convidei para jantar. — Seus olhos permaneciam fixos nas paredes rachadas da escada, como se as sebentas descascaduras desenhassem mensagens secretas e valiosas, vitais, que só ele poderia decifrar. — Nós dois sabemos que Lulu não é exatamente uma dama, ela me disse, mas está andando com uma gente que não me agrada nem um pouco, tenho medo do que possa acontecer com ela. Então resolvi intervir de novo na sua vida, apesar de tudo e de não me caber, mas o fiz. Conversei com Gus, ele também tinha visto você com sujeitos pouco recomendáveis e precisava de grana, sempre precisa de grana, e por isso lhe dei, pedi que a seguisse e pouco a pouco fui sabendo de tudo... Pare, vamos descansar um pouco. — Recusei com a cabeça, não queria parar, queria continuar, chegar ao fim, acabar de uma vez, e avancei meu pé inchado, nu, ao degrau seguinte. — Bem, como queira... O fato é que fiquei sabendo de tudo e também fiquei assustado, por isso estou aqui. Tínhamos Encarna no bolso, você pode imaginar, foi ela quem me avisou, não quis me contar o dia, nem a hora, mas esta noite, quando você saiu de casa daquela maneira, tão depressa, compreendi que certamente viria para cá e liguei para Gus... Tínhamos tudo meio planejado, a princípio pretendia nunca lhe contar, mas agora acho que preciso fazê-lo, ele buscou o carro e as pistolas, já tinha feito uma proposta aos caras que estavam dentro e não teve dificuldade de encontrar mais dois ou três que serviram de gancho, gritando da rua. Eu só precisei comprar a sirene, foi muito barata, quem a conseguiu foi um cigano que vende sapatos em Vara del Rey, você o conhece. Gus me garantiu que a polícia também está incluída no preço, embora não se possa descartar que acabem prendendo aqueles quatro larápios, e então vou precisar pagar a fiança e um advogado decente, não vou abandoná-los, os pobres...

Nesse momento intuí que estava me olhando, me olhava fixa e implacavelmente, mas eu não conseguia despregar meus olhos do chão, vacilava entre a raiva e a gratidão, entre o desespero e a paz, entre a soberba, recuperada em um póstumo e milagroso instante, e a última, definitiva submissão. Amava-o, mas isso eu já sabia, sabia desde o princípio, sempre o amara.

— Olhe para mim, Lulu. Logo encontrarei uma forma de cobrar você, não se preocupe.

Recordo todo o resto como um confuso amálgama de detalhes desconexos, ao ritmo de um pesadelo, caminhava descalça pela rua, a baleira da esquina nos olhou com expressão de tédio, uma poderosa náusea me empurrou para a frente, ele me segurou, sua mão na minha testa, vomitei em um canteiro, o casaco se abriu, revelando minha carne macerada, os olhos de um velho que fazia a cama com jornais em um banco brilharam por um momento, a náusea continuou me atormentando, ele não falava, eu, deitada no assento de trás, tentava calcular aonde me levava, por onde íamos, outra vez, depois de tantos anos, e lutava com desespero contra a demolidora suspeita que crescia a passos agigantados dentro da minha cabeça para adquirir a estrutura de certezas odiosas, as verdades sujas, as coisas certas em que não se quer acreditar, lutava contra elas, tentava encontrar uma explicação diferente, verossímil, tranquilizadora, para os vertiginosos acontecimentos daquela noite, me esforçava para dar um sentido à verdadeira origem das marcas impressas em minha pele, à insistência de Remi, à ausência de Manolo, à impassibilidade de Encarna, à pontualidade da falsa blitz, ao sangue que tingia de vermelho os punhos de Gus, e a suas lágrimas, as lágrimas que vira em seus olhos, as lágrimas que desfiguraram sua voz, uma voz tão distinta da que me expulsara de casa naquela mesma noite, lutava contra aquela certeza disfarçada de suspeita e não encontrava nenhuma alternativa, não existiam alternativas, ele estivera ali, mexendo os fios a distância, podia imaginá-lo, podia ver seu rosto, os olhos brilhantes, os lábios apertados, podia ouvir suas palavras exatas, você quer perigo?, teria dito em voz baixa, sem gritar, sem se alterar, eu o conhecia muito bem, podia vê-lo, ouvi-lo, mas aquilo era muito duro, de uma dureza insuportável para as forças de uma menina pequena, sou uma menina pequena, concluí, e amanhã pensarei em tudo isto, amanhã, não hoje, amanhã tudo estará muito mais claro...

Mercedes nos esperava sentada em um sofá, retorcendo as alças de uma velha maleta que minha mãe lhe dera de presente quando terminara a faculdade. Pobrezinha, pensei, todos sempre recorremos a ela nas mesmas ocasiões, e nunca são agradáveis.

Quando nos viu entrar, perscrutou meu rosto com sinais de inquietação, dirigiu seus olhos a Pablo, depois de novo a mim.

— Estava esperando algo pior — falou.

Então, ele me tirou o casaco.

As mãos de minha cunhada começaram a tremer, seus olhos se encheram de lágrimas, nunca consegui compreender como uma mulher tão frágil, tão delicada, tão assustadiça fora capaz de escolher uma profissão tão sanguinolenta como a dela.

— Meu Deus! — Voltou a nos olhar, primeiro a ele, depois a mim. — Mas... o que é isto?

— Nada. — Pablo se aproximou dela e colocou a mão em seu ombro, como se tentasse tranquilizá-la. — As marcas do sarampo.

* * *

Acordei com todos os sintomas de uma ressaca gigantesca, e depois recordei que Mercedes me dera uma injeção para me fazer dormir.

Estava em casa, na casa de Pablo, e era de dia, a luz do sol penetrava até o meio do quarto através dos basculantes entreabertos.

Ele não estava comigo. As feridas me doíam. O ar fedia a solução de iodo.

Com muita dificuldade, ergui-me um pouco, e só então percebi em minha cintura uma tensão familiar, o mais poderoso de todos os sinais.

Ele não estava comigo, mas ali, embaixo da minha mão, duas borboletas sustentavam uma grinalda de sete pequenas flores bordadas, com diminutas contas brancas, redondas. Passei a mão nelas, uma e outra vez, acariciei-as e contei-as para confirmar que não faltava nenhuma, e estavam ali, todas as minhas pérolas, falsas, intactas, resplandecentes, plástico incalculavelmente precioso em cima da minha blusa branca, uma roupinha de recém-nascido feita à medida de uma menina grande, cambraia tão fina que parecia gaze.

Voltei a me deitar, e fechei os olhos.

Sabia que Pablo demoraria a voltar, não gostava de estar presente nos momentos decisivos.

Não haveria nenhum momento decisivo.

Rolei sobre os lençóis até me instalar do seu lado da cama, e me concentrei até rastrear seu cheiro, o iodo não facilitava, não estava com o olfato muito apurado naquela manhã, mas acabei encontrando uma nota reveladora em cima do travesseiro, peguei com os dedos um pedacinho de pano e o grudei em meu nariz, e fiquei imóvel, encolhida, sorrindo, imersa naquele cheiro, deixando o tempo passar.

Sua chegada foi precedida pelo inconfundível aroma de roscas fresquinhas.

Então se deitou ao meu lado, tocou a ponta do meu nariz e esperou.

Tentei fingir um sono profundo, mas meus lábios foram se curvando pouco a pouco em um sorriso que voltava a ser inocente.

Ele aproximou a cabeça da minha e disse em um sussurro:

— Abra os olhos, Lulu, sei que não está dormindo...

Impresso no Brasil pelo
Sistema Cameron da Divisão Gráfica da
DISTRIBUIDORA RECORD DE SERVIÇOS DE IMPRENSA S.A.
Rua Argentina 171 – Rio de Janeiro, RJ – 20921-380 – Tel.: 2585-2000